rowohlt
HUNDERT AUGEN

Anselm Neft

SPÄTE KINDER

Roman

ROWOHLT HUNDERT AUGEN

Originalausgabe Veröffentlicht im Rowohlt Verlag, Februar 2022 Innentypografie Daniel Sauthoff Satz Clifford bei Dörlemann Satz, Lemförde Druck und Bindung CPI books GmbH, Leck, Germany ISBN 978-3-498-00237-4

SPÄTE KINDER

AUGUST

1. Kapitel

Sie fühlt sich leicht. Ein warmer Wind hüllt sie ein, trägt sie und lässt ihre Füße durch das Gras am Ufer des Flusses gleiten. Auf der anderen Seite warten ihre Leute. Und hier ist der Tiger. Sie ist ein Kind, nackt und glücklich. Sie krallt sich in das gestreifte Fell und fühlt die Muskeln. Er ist ihr Freund. Er wird sie hinübertragen. Es ist schön hier unter der Sonne und über dem Wasser. Das ist sie. Das sind ihre Beine, mit denen sie sich auf den starken Rücken schwingt, das ist ihre Haut, die in der Sonne leuchtet, das sind ihre Leute, die drüben auf sie warten, und das ist ihr Lachen, das der Wind in die Welt trägt.

Sie liegt in einem Bett und spürt immer noch, wie Leichtigkeit ihre Brust füllt, ihre Beine und Füße. Sie könnte ewig hier liegen und sich ohne Gier satt atmen. Sie könnte weiteratmen oder damit aufhören. In diesem Moment wird sie schwerer. Noch bevor ihr der Gedanke bewusst wird, fühlt sie, wie sich ihre Brust zusammenschnürt: Du hörst bald auf zu atmen. Du wirst sterben.

Schon früher hat Sophia manchmal diesen Gedanken gehabt, nachts. Der Tod. Wie kann das sein? Jetzt aber ist aus einem flüchtigen Bekannten ein Begleiter geworden, der im Laufe des Tages immer wieder schwer die Arme um sie legt, ihr die Luft abpresst, bis sich die Gedanken in Panik verengen, und dann plötzlich den Griff lockert, nur um die nächste Umarmung vorzubereiten.

Sie hat die Diagnose vor sechzehn Tagen bekommen. Unfassbar, dass es so etwas gibt, dass die Medizin nichts tun kann, nichts, außer betreten gucken und leise sagen, in diesem fortgeschrittenen Stadium seien das bestenfalls noch neun Monate.

Neun Monate, eine Schwangerschaft lang hat sie Zeit, um sich auf ihr Ende vorzubereiten. Bestenfalls. Sie denkt an Julika, und in die Schwere mischen sich heillose Trauer und das Gefühl, nicht zu genügen, nicht genügt zu haben und in Zukunft erst recht nicht mehr genügen zu können. Was kann eine Mutter ihrem Kind Schlimmeres antun, als zu sterben? Sophia kann sich wieder und wieder sagen, dass es nicht ihre Schuld ist, wenn Zellen bösartig in ihr wuchern. Aber die Schuldgefühle hören nicht auf Sophia. Sie denkt an den Traum zurück, das freie, schwebende Gefühl, ein Kind zu sein, keine Frau sein zu müssen.

Erst jetzt nimmt sie den Körper neben sich wahr: Marcel, der selbst im Schlaf nicht schutzbedürftig, sondern zufrieden wirkt. Natürlich hätte sie ihm gleich von der Diagnose berichten müssen, jeden Tag denkt sie mehrmals daran, aber sie hat ihm ja noch nicht einmal erzählt, dass sie zum

Arzt geht. Neulich hat er im Plauderton bemerkt, sie sehe in der letzten Zeit ein wenig gelbstichig aus, ein richtiges Rembrandt-Gelb sei das, ob sie anders esse, andere Kosmetik benutze, oder ob es nur das Licht sei, sicher sei es nur das Licht.

Da liegt er und atmet und träumt wahrscheinlich von Dingen, die ihn stärker und erfolgreicher machen. Sophia denkt, dass sie sich gerade jetzt ein bisschen mehr an Marcel orientieren sollte, an seinem Glauben, durch und durch berechtigt zu sein und das Beste verdient zu haben. Aber es gelingt ihr immer weniger. Zunehmend blickt sie auf ihr Leben wie auf einen lange Zeit kaum beachteten Raum, in dem nun plötzlich zum ersten Mal das Licht brennt. Jetzt zeigen sich Einrichtungsgegenstände, von denen sie sich die wenigsten ausgesucht hat. Manche sind nichts als Gerümpel, das andere hier gelagert haben.

Seine Hand tastet nach ihr. Julika übernachtet bei Emily. Sophia wird nervös. Die Hand tastet nicht fragend, sondern zielstrebig, sie tastet vom Oberschenkel zur Hüfte, von dort zum Bauch, kurz oberhalb der Scham. Dann wandert die Hand tiefer und verharrt zwischen ihren Beinen. Sophia weiß, wie es weitergehen wird, und sie überlegt, ob sie die Kraft hat, sein Drängen abzuwehren und die Schuldgefühle danach zu ertragen. Je früher sie «nein» sagt, desto besser, weiß Sophia, aber sie ist noch zu sehr gefangen zwischen der Leichtigkeit ihres Traums und der Schwere ihrer wachen Gedanken. Und sie hat schon so viele Kompromisse gemacht, dass es auf einen mehr nicht ankommt.

Er dreht sie zu sich und streichelt mit der anderen Hand ihren Rücken, großflächig und fest. Es ist neun Uhr morgens, er hat eine Erektion und lächelt sie an. Sie fragt sich, ob sie sich auch freuen sollte. In der Regel hat Marcel keine Lust mehr, vielleicht weil sie älter und nun obendrein auch gelb wird und die Geschichte ihrer gemeinsamen Lust zu Ende erzählt ist.

Sophia ist so sehr damit beschäftigt, sich zu fragen, warum sie nicht «nein» sagen kann, dass sie nicht «nein» sagen kann. Die Phase des Küssens hält sie kurz, indem sie Marcel zu ihren Brüsten lenkt. Sein Kneten ist nicht unangenehm. Sie stöhnt zweimal ermunternd. Ansonsten macht sie ab jetzt nicht mehr viel. Das ist für ihn völlig in Ordnung, er weiß schließlich, was er will, er hat ein Konzept, das kennt sie und es beruhigt sie, denn darauf ist Verlass. Im weiteren Verlauf fühlt sie sich durch sein Begehren ein wenig erregt. Seine Lust hilft ihr dabei, von ihrem eigenen Körper angetan zu sein – ein schönes Gefühl. Und wie viele Paare haben nach siebzehn Jahren noch Sex? Was sie nicht mag, ist der Part, bei dem sie sich in die Augen sehen. Sie vermutet, dass ihm dieser Blickkontakt wichtig ist, um auszudrücken, dass er es persönlich meint, du und ich, das soll dieser Blick sagen, und das stört sie. Weil sie nicht weiß, was sie sonst tun soll, lächelt sie, er lächelt zurück. Sie schließt die Augen und stöhnt genießerisch. Sie versucht, sich hinzugeben, dabei muss sie beinahe lachen, so absurd erscheint ihr die Situation in einem grellen, aber sofort wieder verblassenden Augenblick. Das in ihrem Inneren sprudelnde Lachen versiegt, bevor es wirklich aufsteigen konnte, und sie fragt sich jetzt wieder einmal, warum sie es Marcel nicht sagt. Je länger sie es aufschiebt, desto weniger kann sie sich vorstellen, mit ihm ein Gespräch über ihr Ende zu führen. Auch Thomas hat sie bisher nichts gesagt, auch wenn er der Mensch ist, dem sie sich neben Julika am nächsten fühlt. Kaum jemand kennt sie so gut wie ihr Zwillingsbruder. Heute Abend wird sie ihn sehen, und sie wird versuchen, von sich zu erzählen.

Sie muss ihn um etwas bitten, das ihr gleichzeitig anmaßend und richtig erscheint. Auch wenn niemand in Thomas einen guten Vater vermuten würde – am wenigsten er selbst: Sophia will, dass er sich nach ihrem Tod das Sorgerecht mit Marcel teilt. Schließlich ist da auch noch Katrin. Vielleicht wird Thomas sie dann endlich heiraten. Ein solches Arrangement würde allen guttun. Auf keinen Fall kann sie Julika Marcel allein überlassen. Er würde es zwar nie so sehen, aber Vaterschaft ist für ihn auch nach neun Jahren noch etwas Abstraktes, eine Behauptung. Und seine Eltern sind erst recht keine Alternative. Julika soll nicht bei ihnen aufwachsen. Den Gedanken erträgt Sophia kaum.

Ein klatschendes Geräusch reißt sie aus ihrem entrückten Zustand. Marcel hat ihr mit der Hand locker auf die rechte Hüfte geschlagen. Jetzt ist es an der Zeit, sich umzudrehen.

Ein paar Minuten später küsst er sie auf die Stirn. Er liegt noch ein wenig neben ihr, und sie fragt sich, ob er das als eine romantische Schuldigkeit betrachtet, während seine Gedanken schon bei der Arbeit sind, dann fragt sie sich, ob sie sich das zum ersten Mal fragt oder ob sie schon früher solche Gedanken zugelassen hat.

«Ich muss mal langsam los», sagt er in die Stille. «Du kannst den Audi nehmen.»

«Danke», sagt sie, weil sie weiß, dass es für Marcel ein Opfer bedeutet, in den nächsten Tagen mit ihrem Mini Cooper zu fahren, dem «Mädchenauto».

Kurz darauf hört sie Wasser aus dem Duschkopf auf seinen verschwitzten, gebräunten Körper aufschlagen. Er hat die Tür zum Bad offen gelassen. Er pfeift.

Erst ist Sophia erleichtert, als Marcel die Haustür hinter sich schließt. Dann merkt sie, dass er sie abgelenkt hat. Es wäre tatsächlich einfacher für sie, gleich jetzt noch einmal mit ihm Sex zu haben, als mit ihrem neuen Begleiter allein zu sein. Sie hat Angst vor der langen Autofahrt, stillsitzend und allem ausgeliefert, was in ihr aufsteigt.

Sophia ballt eine Hand zur Faust. Sie muss sich jetzt zusammenreißen. Sie muss taktisch durch den Tag gehen, ihn in kleine, überschaubare Einheiten unterteilen, sich auf den jeweils nächsten Schritt fokussieren, als würde sie auf einem sehr langen, schmalen Brett über einen Abgrund balancieren. Wenn sie eine Eigenschaft an sich schätzt, dann ist es ihre Disziplin. Bisher hat sie es immer geschafft, zu tun, was getan werden muss.

Der Hamburger Verkehr fordert ihre Aufmerksamkeit ausreichend, als sie aber schließlich über das gerade Band der Autobahn fährt, beginnen ihre Gedanken wieder zu kreisen. In ihrem Magen und ihrer Brust zieht sich etwas zusammen. Sie weiß, dass sie tief atmen muss, um es nicht schlimmer werden zu lassen. «Reiß dich zusammen», sagt sie und stellt fest, dass sie die drei Worte tatsächlich laut ausgesprochen hat. Sie passen gut zu dem Gefühl in ihren Eingeweiden und in ihrer Brustmitte. Ihre Gedanken ziehen die immer gleichen Schleifen um Julika. Natürlich ist die ein eigenständiger, von ihr getrennter Mensch, aber irgendwie ist sie das auch nicht, es gibt eine Verbindung zwischen ihnen, die sie am ehesten mit ihrer Verbindung zu Thomas vergleichen kann, früher, als sie noch Kinder gewesen sind: zwei Körper, aber eine Identität, die versucht, sich zu teilen, und doch immer wieder zusammenfließt. Was den einen Zwilling betrifft, betrifft auch den anderen, ein gemeinsamer Organismus erlebt die Schmerzen und Freuden, die Triumphe und Niederlagen. Sophia hat es an ihrer Mutter gehasst, dass sie das Leiden ihrer Kinder immer nur zum Anlass genommen hat, ihr eigenes Leiden zu spüren, und auf deren Leistungen stolz war, als hätte sie selbst etwas geleistet. Aber war das wirklich etwas anderes gewesen als die Verflechtung, die sie zwischen sich und Julika wahrnimmt?

Das Aufblenden einer Lichthupe holt sie zurück in den Sitz ihres Autos. Der Wagen hinter ihr fährt dicht auf. Der Fahrer wischt mit einer Hand vor seinem Gesicht, dann schlägt er sich gegen die Stirn. Sie fährt schon länger mit 100 auf der mittleren Spur. Das ist zu langsam. Sie muss rüber nach rechts zu den lahmen Enten, obwohl sie in einem Audi A8 sitzt. Sie betätigt den Blinker, aber noch bevor sie die Spur wechseln kann, zieht der Wagen hinter ihr in einem ruppigen Manöver nach links und braust an ihr vorbei. Der Fahrer guckt zu ihr herüber, sein Gesichtsausdruck wirkt plötzlich weniger wütend.

Sophia fühlt sich wie aufgeweckt. Für einen Moment kommt es ihr so vor, als sähe sie die Fahrbahnen wie aus der Draufsicht, ganz dreidimensional. Es ist, als enthüllte sich ihr die Autobahn zum ersten Mal als soziale Plastik.

Dann muss sie wieder an Julika denken. Sophia wird es nicht erleben, dass ihre Tochter den Führerschein macht, sie wird nicht auf dem Beifahrersitz sitzen und sich von ihr fahren lassen. Sie wird nicht dabei sein, wie Julika ihr Abitur besteht, volljährig wird, eine große Party zu ihrem achtzehnten Geburtstag feiert, vielleicht für eine Zeit ins Ausland geht. Es ist so, als ob Julika sterben würde, nicht sie, das macht aus Sophias Perspektive in diesem Augenblick keinen Unterschied.

Nun muss sie doch rechts ranfahren, die Blinkanlage anstellen. Jemand hupt. Sie hat wieder etwas falsch gemacht. Sie sitzt, krümmt sich und umklammert das Lenkrad. Der Druck in ihrer Brust lockert sich, ihr Magen wird weit. Das Weinen tut gut, danach ist sie ausgelaugt. Sie ist noch nicht einmal bei Bremen und möchte nur noch schlafen, Arm in Arm mit Julika, egal, wer wen mehr braucht, egal, ob sie eine gute Mutter ist oder nur ein trauriger, bedürftiger Mensch.

Sie fährt zur nächsten Autobahnraststätte, parkt und wählt die Nummer von Marcels Eltern. Es tutet dreimal an ihrem Ohr, dann hört sie ganz unvermittelt und sonderbar nah die Stimme von Marcels Mutter, ein fragendes «Hövermann?».

«Hier ist Sophia.»

Marcels Mutter schweigt kurz, so als sei sie verblüfft, dann redet sie viel. Ob Sophia schon in Bonn sei? Sie habe ja erst heute Nachmittag mit ihrem Anruf gerechnet. Ob etwas passiert sei, bei ihnen sei alles gut, sie müsse sich keine Sorgen machen, und vielleicht sei es gar nicht so gut, wenn sie Julika jetzt aufscheuche, sie lebe sich ja gerade ein. Das Mädchen sei mit seinen Gedanken doch ganz im Hier und Jetzt, da müsse man es nicht gleich aufscheuchen, Julika neige ja leider zu Heimweh und einer für das Alter ganz untypischen Anhänglichkeit an die Mutter. Umso schlimmer, wenn sie dann aufgescheucht werde.

Sophia konzentriert sich darauf, die aufwallenden Gefühle in sich zu verschließen und weder geräuschvoll auszuatmen noch zu stöhnen oder laut zu werden. Wenn Marcels Mutter noch einmal das Wort «aufscheuchen» benutzt, wird sie sich vielleicht nicht mehr zusammenreißen können.

«Ich habe Sehnsucht nach Julika», sagt sie und ärgert sich sofort über ihre Ehrlichkeit.

«Ich will dir ja nicht reinreden, aber du solltest sie jetzt mal lassen.»

«Da hast du recht», sagt Sophia. «Gibst du sie mir jetzt?»

«Ich weiß ja gar nicht, wo sie ist. Bist du denn schon in Bonn? Willst du denn nicht erst mal nach Bonn fahren?»

«Ruf sie doch mal.»

«Also», Marcels Mutter räuspert sich. «Ich brülle hier jetzt nicht durchs ganze Haus. Sicher ist sie im Garten. Wenn es so wichtig ist, gehe ich gerne die Treppen runter und über die Terrasse in den Garten und hole sie.»

«Ja, das wäre ganz lieb.» Sophia massiert sich mit der freien Hand eine Schläfe.

«Ist denn etwas passiert?»

«Nein, Christa, alles in Ordnung.»

«Dann weiß ich wirklich nicht ... Aber bitte, ich gehe sie holen. Kann jetzt nur etwas dauern.»

«Kein Problem.»

Sophia hört Marcels Mutter in langsamen, rhythmisch versetzten Schritten die Treppenstufen hinuntergehen, das tragbare Telefon scheint gegen ihr Bein zu schlagen, dennoch kann Sophia auch das Schnaufen der alten Frau hören. Sophia fragt sich, ob ihre Schwiegermutter sie immer schon derart angestrengt hat und sie es jetzt bloß zum ersten Mal so richtig bemerkt. Gleich nach dem ersten Besuch muss Sophia einen Filter über ihre eigene Wahrnehmung gelegt haben.

Es dauert ewig, bis Christa im Garten ist und Julika das Telefon gibt mit den Worten «Deine Mutter will dich unbedingt sprechen».

«Hallo Mama», ruft Julika aufgedreht ins Telefon. Ihr geht es gut.

«Ich will dich nur mal kurz aufscheuchen», sagt Sophia. Julika macht ein glucksendes Geräusch und erzählt dann ansatzlos davon, wie sie mit dem Opa eine Tränke für Igel und Eichhörnchen gebaut und ganz dicke Pflaumen geerntet hat. Die seien rund, die länglichen Dinger hießen Zwetschgen. Ob sie das überhaupt wüsste?

Ich liebe dich, denkt Sophia, dann ermahnt sie sich, nicht

sentimental zu werden. Sie lässt sich alles ganz genau von Julika erzählen und verspricht, dass sie ihr aus dem Haus in Bonn etwas mitbringen wird, eine Überraschung, ein Einhorn werde es aber wohl nicht sein, Einhörner habe die Bonner Oma nicht im Sortiment gehabt.

«Vielleicht schaust du mal im Garten?», sagt Julika. «Man kann nie wissen!»

Sophia möchte genau so ein Gespräch weiterführen, aber plötzlich dringt wieder die kratzige Stimme von Marcels Mutter an ihr Ohr: «So, hier gibt es jetzt gleich Mittagessen. Ruf doch noch mal kurz durch, wenn du hoffentlich heil angekommen bist.»

«Ja, ich ruf durch!», sagt Sophia und weiß, dass Marcels Mutter die Persiflage nicht versteht. Julika ruft laut im Hintergrund: «Ich hab dich lieb, Mama.»

«Jaja, deine Mama dich auch», sagt Christa und beschließt mit einem «also dann» das Gespräch.

Sophia fühlt sich plötzlich sehr dünn. Sie fährt ein Stück weiter, parkt den Audi erneut und geht dann, obwohl sie keinen Hunger hat, die Stufen zu einer McDonald's-Filiale hinauf. Am Verkaufstresen drängt sich ihr der Gedanke auf, neben Pommes frites und Cola auch einen Big Mac zu bestellen, aber als sie angesprochen wird, fragt sie nach einem veganen Burger. Seit zwanzig Jahren hat sie kein Fleisch gegessen, noch nicht einmal bei den Hövermanns, obwohl es Marcels Mutter jahrelang große Schwierigkeiten bereitet hat, für Sophia das Fleisch und den Speck wegzulassen aus den Soßen, Suppen, Salaten. Jahrelang wurde Sophia vor den Mahlzeiten gefragt: «Bist du immer noch vegetarisch?» Und Marcel hat verlässlich den Witz wiederholt: «Nein, Sophia ist aus Fleisch. Sie isst es nur nicht.»

Sie kann sich nicht daran erinnern, wann sie das letzte

Mal bei McDonald's gewesen ist, diesem bunten Proletenbistro, für das sich Julika erfreulicherweise nie interessiert hat. Die Inneneinrichtung wirkt moderner, als Sophia gedacht hätte, die Tische, Stühle und Lampen könnten von Ikea sein, generische Kopien hochwertigen skandinavischen Designs. Sie setzt sich mit ihrem Tablett an einen freien Tisch, als wäre sie ein Tier, das Beute in Sicherheit bringt. Nicht weit von ihr hocken eine sehr dicke junge Frau und ein sehr dünner junger Mann in rundum schwarzer Kleidung und essen still und mit ausdruckslosen Gesichtern. Die Frau nimmt jede Pommesstange einzeln zwischen Daumen und Zeigefinger und knabbert damenhaft daran. Der Mann beißt kraftvoll und über das Tablett gebeugt in seinen Burger. Sophia versucht, ihren Burger ebenfalls damenhaft zu essen, aber es macht keinen Spaß, man muss ihn mit beiden Händen halten wie der dünne Mann, sich vorbeugen und voll reinbeißen. Das Ding schmeckt trotzdem nicht besonders gut.

Es ist bescheuert: Da frisst ihr der Krebs die Energie aus dem Leib, aber sie hat keinerlei Antrieb, sich jetzt erst recht mit Nahrung zu stärken. Auch Alkohol schmeckt ihr nicht mehr, ihr wird schon von kleinen Mengen übel. Nach der Hälfte des Burgers klumpt der süßliche Brei unangenehm in ihrem Mund. Sie zwingt sich noch zu einem weiteren Bissen, einer Handvoll Pommes frites und zwei Schlucken Cola, dann trägt sie das Tablett zur Ablage. Mit dem Gefühl einer Niederlage verlässt sie das Schnellrestaurant.

Schließlich, am Ende einer anstrengenden, sich mehr und mehr hinziehenden Fahrt durch gleichförmige Landschaften und extreme, die Zeit dehnende Gefühle, fährt sie die Kurven zum Venusberg hinauf. Es ist heiß, sie hat Durst, und plötzlich muss sie an die letzten Tage ihrer Mutter denken: den heißen Mai, die Fahrten zum Krankenhaus und zurück zum Haus der Eltern, diese Straße hier hinab und hinauf. Die Gespräche mit ihren Brüdern, das Schreiben Dutzender Karten an das gesamte Adressbuch der Mutter, die Absprachen mit dem Bestattungsinstitut, die verantwortungsbewusste, umsichtige Tochter, die immer das Passende tut und sagt und dennoch von ihrer Mutter mit weniger Zuwendung bedacht wird als Lorenz, der auch während dieser Zeit des Abschieds nur halb anwesend wirkte, und Thomas, der sich kaum blicken ließ und der Mutter bei seinen seltenen Besuchen im Krankenhaus noch als Fragen verkleidete Vorwürfe machte: Warum sie sich nicht von dem Alkoholiker getrennt, warum sie ihre Kinder dieser Bedrohung ausgesetzt habe, was eine Frau eigentlich dazu bewegt, den größten Teil ihres Lebens mit einem solchen Mann zu verbringen?

Während Sophia die Mutter nach solchen Attacken tröstete, ihr vorlas und still und fleißig im Hintergrund alles Nötige organisierte, beschwerte Thomas sich noch bei ihr, wie sehr die Mutter ihn mit ihrer Pseudoliebe zu erpressen versuche. «Ich habe dich sehr lieb» – das habe sie doch nur gesagt, damit er es erwidere, aber so laufe das nicht. Sophia sagte nichts zu diesen Tiraden, sie sah Thomas nur stumm an und spürte einen sich unter der linken Brust ausbreitenden Schmerz. Was hat Thomas besser gemacht als sie? Wie kann es sein, dass er so viel bekommt und so wenig gibt?

Der Blick auf die große Wiese und den nahen Wald beruhigt sie auch diesmal. Sie parkt den Audi unmittelbar vor der Garage. Das Innere des Hauses hingegen kommt ihr seit dem Tod ihrer Mutter noch bedrückender und gespenstischer vor: so viele dunkle Möbel, halb verstellte Räume, Ansammlungen von überflüssigen Gegenständen, eine schwere, volle, braunstichige Atmosphäre, der beengende Geschmack der Kriegsgeneration, die materialisierte Sehnsucht nach Trutzburgen voller Vorräte und Verstecke. Sophia geht von einem Zimmer zum anderen und sieht die weißen Post-it-Zettel, die Lorenz an Bücher, Möbel oder Bilder geklebt hat. Auf dem Esstisch liegt eine handschriftliche Nachricht von ihm:

> Hätte gerne die markierten Objekte. Was mit dem Rest passiert, entscheidet bitte ihr. Bin in den nächsten Tagen voll eingespannt: Sommergeschäft läuft auf Hochtouren.
>
> Gruß
> Lorenz

Amüsiert registriert Sophia, dass Lorenz vor allem die Objekte beklebt hat, die einen gewissen Marktwert ausstrahlen: zwei kleine bronzene Jugendstilstatuetten, das Midcentury-Modern-Sideboard aus Teakholz, die alte Goethe-Gesamtausgabe, der Deckenleuchter im Wohnzimmer mit den acht weißen Lampenschirmen, die wie überdimensionierte Teelichter aussehen. Tatsächlich hat Lorenz auch einen Zettel auf den Blüthner-Flügel geklebt, obwohl er selbst gerade mal ein Jahr Klavierunterricht durchstand, bevor die Eltern ein Einsehen mit dem Jungen hatten. Sophia hingegen hat jahrelang Unterricht genommen und spielt auch heute noch manchmal auf dem Klavier in ihrem Haus in Harvestehude, genau wie Julika, die sicher mehr Talent hat als Lorenz und allein deshalb mehr mit dem Flügel anfangen könnte. Was Lorenz braucht, ist jede Menge Geld, damit er seinen Plan oder eher noch den seiner Frau umsetzen und als neuer Eigentümer ins Elternhaus ziehen kann. Ersten Schätzungen zufolge sind Haus und Grundstück rund 750 000 wert. Wenn Lorenz Thomas und sie ausbezahlen will, müsste er ihnen jeweils etwa 250 000 Euro geben. Da wird er wohl mit seinen Post-it-Objekten nicht hinkommen, denkt Sophia.

Die Sommerhitze staut sich in den Räumen. Staubkörner schweben durch das Zwielicht. Sophia macht sich einen Salat und trinkt eine Apfelschorle. Es ist still. Sie vermisst Julika. Sie wartet auf ihren Bruder. Das Alleinsein bedrückt sie. Als sie den Fernseher anschaltet, erhält sie eine Nachricht von Thomas. Sie hätte es sich denken können: Er kommt mal wieder später.

2. Kapitel

Thomas steigt aus dem Zug. Die Leute im gelbstichigen Ambiente des Provinzbahnhofs erscheinen ihm wie die Figuren eines Computerspiels. Gereizt bewegt er sich durch den Parcours aus menschlichen Hindernissen. Seine abgewetzte schwarze Reisetasche trägt er über der linken Schulter. Ein kleiner, breiter Typ mit Baseballkappe spielt das «Ich weiche keinen Zentimeter zur Seite»-Spiel. Thomas rempelt gegen seine Schulter, hört das mehr verblüffte als wütende «Ey, du Wichser», überlegt kurz, ob er sich umdrehen soll, sagt dann aber nur mit halb gedrehtem Kopf: «Oh, sorry!», und geht weiter, während das Blut heißer und schneller durch seine Adern rauscht.

Wenige Meter von ihm entfernt bewegt sich eine hagere, langhaarige Frau wie ein großer Vogel in zugleich eckigen und hüpfenden Bewegungen über den Bahnsteig. Sie trägt einen kleinen, schlaffen Rucksack, an dem eine Stoffmaus baumelt, als hätte die sich dort erhängt. Die Frau bleibt vor einem Mann stehen, spricht ihn an und federt dabei unruhig in den Knien. Der Mann dreht den Kopf kurz nach links und wieder zurück, und schon geht die Frau weiter.

Thomas bleibt stehen. Das heiße Gefühl im Nacken, die Vorstellung, dass der Typ mit der Baseballkappe von hinten angreift, ist verschwunden. Vor ein paar Monaten hat Thomas einen Artikel über die Verbreitung von Crystal Meth in der ostdeutschen Grenzregion zu Tschechien geschrieben. Natürlich bringen Geschäftsleute das Produkt längst auch nach Bonn. Thomas fühlt sich zwischen Gefühlen eingeklemmt: Die Frau tut ihm leid, und sie widert ihn an. Er zieht sein Portemonnaie aus der Tasche, gleich wird sie bei ihm sein. Er nickt ihr freundlich zu, schaut in seine Brieftasche, blickt wieder hoch zu ihr: Ihr Alter ist schwer einzuschätzen, unter vierzig wahrscheinlich. Ihr Blick ist vertrocknet, die Mundwinkel wirken wie ins graue Fleisch geschnitzt.

«Hast du mal ’n kleine Spende?», leiert sie. Thomas nickt, nimmt ein Zwei-Euro-Stück aus seinem Portemonnaie, kleiner hat er es nicht, und ärgert sich kurz darüber. Dann entscheidet er sich für ein aufmunterndes Lächeln und gibt der Frau das Geldstück. Sie bemüht sich, nicht zu hastig danach zu greifen. Er sieht in ihre Augen, aber der Blick der Frau gleitet ab.

«Danke», sagt sie wie ein Kind, das gerade Danke sagen lernt, und geht in ihrem sonderbar federnden Gang weiter. Thomas fühlt sich schuldig. Er fragt sich, ob er nur Geld gibt, um sich etwas weniger schuldig zu fühlen. Er hält es nicht für normal, dass Menschen um ihn herum in Not sind und er weitergeht, als ob nichts wäre, als ob ihn das nichts anginge. Geht es ihn etwas an? Man müsste die Frau packen und in ein Krankenhaus bringen. Sie bräuchte einen stationären Entzug, vier Wochen lang, und danach ein verlässliches Umfeld. Sie bräuchte jahrelang Zuwendung, Struktur und Aufrichtigkeit, so lange, bis neue Pfade in ihrem Gehirn entstanden sind und die Sucht zu einem bösen Traum aus der Vergangenheit verblasst. Und selbst dann bliebe sie wahrscheinlich weiterhin labil, verletzbar, leicht zu verunsichern und voller Bedürftigkeit. Aber es wird sich ohnehin niemand darum kümmern. Warum fühlt er sich zuständig und gleichzeitig abgestoßen? Er weiß, dass die Antwort nichts mit der Frau zu tun hat, die er bald vergessen haben wird.

Thomas denkt an seine Mutter, an ihr bettelndes «Ich habe dich sehr lieb!» vor drei Monaten auf dem Krankenbett, das kurz darauf zu ihrem Totenbett wurde. Er denkt an die weiße Mutterhand, über deren Rücken sich violette Adern ziehen.

Er tritt aus dem Bahnhofsgebäude und geht über die Straße in die Fußgängerzone. Das Stadtbild wirkt enger als früher, irgendwie verbaut. Die gleichen Läden wie überall: Back-Factory, Starbucks, H&M, O_2, Burger King. Und das Volk auf der Straße sieht bei jedem Besuch in der alten Heimat prolliger aus. Er registriert die vielen Dunkelhäutigen. Menschen mit Migrationshintergrund, denkt er. Ihm sind seine Gedanken peinlich. Schon lange, bevor er einen Begriff wie «politische Korrektheit» kannte, hat er sich beim Denken beobachtet. Neu ist dieser Gedanke: Es sind tatsächlich so viele Menschen hier zu sehen, die erkennbar nicht aus seinem Kulturkreis stammen, und es ist ihm nicht gleichgültig. Natürlich sieht er sich weiterhin als links, er hat auch noch Sympathien für linksradikale Gedanken und steht zu seiner Zeit bei der Antifa. Aber jetzt in diesem Augenblick, aufgeraut durch Schuldgefühle, das Gesicht der Süchtigen und eine zermürbende Zugfahrt von Berlin nach Bonn, während deren er ständig auf sein Smartphone geguckt hat, ohne dass eine einzige Nachricht von Rabea gekommen wäre, jetzt empfindet er die vielen anders aussehenden Menschen tatsächlich als befremdlich.

Er ist wirklich in keiner guten Verfassung. So sollte er nicht zum Haus fahren, seiner Schwester gegenübertreten, sich dieser ganzen Familienenergie aussetzen. Er geht, bis er vor einer Trinker-Kneipe stehen bleibt. Auf dem Weg hat er mehrmals dem Drang widerstanden, auf sein Smartphone zu sehen, mehrmals hat er ihm allerdings auch nachgegeben. Keine Nachricht von Rabea.

Die Zwischenstation kommt ihm gerade recht. Zwei, drei Bier, und es wird ihm besser gehen. Er tritt in das halbdunkle, muffige Innere und atmet einmal tief ein. Hier wird tatsächlich noch geraucht. Es ist kurz vor acht, aber der Ort gibt ihm sofort das Gefühl, es könnte auch elf Uhr morgens oder um drei in der Nacht sein. Aus den Boxen einer silbernen Kompaktanlage mit rot leuchtenden Lämpchen tönt leise ein Song der späten Scorpions, irgendetwas mit Streichern. Weiter hinten im Raum sitzt ein Mann in Lederjacke auf einem Hocker vor einem Spielautomaten, raucht und drückt auf Tasten.

Thomas setzt sich an das kurze Ende des Tresens, der in seiner Form ein U mit sehr kurzen Aufwärtsbögen darstellt. An der Längsseite stehen zwei Männer neben ihren Hockern und sprechen in der lauten Dringlichkeit der frisch Berauschten. Vermutlich sind sie nur unwesentlich älter als er, und doch gehören sie für ihn mit ihren Oberhemden und bequemen Herrenschuhen in eine ganz andere Generation.

Hinter dem Tresen steht eine braunhaarige Frau von vielleicht Mitte dreißig in einem schwarzen T-Shirt, ihre Arme sind braun und muskulös. Sie lächelt ihn an, als müsse sie sich vor ihm für die Kneipe und ihre Gäste entschuldigen. Dankbar für diesen Moment wortloser Übereinkunft lächelt Thomas zurück und bestellt ein Bier. Die Männer beäugen ihn kurz, dann unterhalten sie sich weiter. Sie sprechen darüber, warum noch immer Menschen im Mittelmeer ertrinken.

Thomas lauscht dem Gespräch, während er auf sein Smartphone guckt und den ersten Schluck des frisch gezapften Bieres nimmt, der kühl durch den knisternden Schaum schwappt. Ihn fasziniert, wie die Männer es schaffen, immer einer Meinung zu sein und gleichzeitig die Atmosphäre eines gewichtigen Konfliktes zu erzeugen. Er kennt das aus den Redaktionen. Man sitzt im Büro und verfasst Artikel über das Pro und Contra der privaten Seenotrettung, dann geht man in die Kantine und isst Tilapia mit Wokgemüse. Vielleicht regt man sich dort noch ein wenig über einen Kollegen auf, der es anders sieht als man selbst, aber eigentlich ist es Entertainment. In manchen Momenten träumt man davon, wirklich etwas zu tun und mit einem Rettungsschiff in See zu stechen oder in Afrika irgendetwas Bleibendes aufzubauen, so wie man als Junge davon geträumt hat, Robin Hood zu sein.

«Noch ein Bier?», fragt die Frau hinter der Theke, als Thomas gerade sein leer getrunkenes Glas abstellt. Sie hat einen slawischen Akzent. Ihre Augen sind grün. Zwischen den Fingern hält sie eine brennende Zigarette. Thomas nickt. Er beginnt, sich wohlzufühlen, zündet sich selbst eine Zigarette an, lässt sie dann aber zur Hälfte im Aschenbecher abbrennen, weil er seinen Facebook-Account checkt und dort immerhin ein Like von Rabea findet, das noch keine zwei Stunden alt ist. Er hat den langen Artikel eines senegalesischen Intellektuellen über die «Krise der Menschenrechte» gepostet. Für derartige Textmengen gibt es erfahrungsgemäß nicht allzu viele hochgereckte Daumen, aber Rabea likt solche Postings nicht nur, sie liest sie auch komplett und gründlich und teilt sie, wenn sie mit dem Inhalt übereinstimmt. So etwas hat Katrin nie getan. Sie fand seine journalistische Arbeit gut und wichtig, so wie er es gut und wichtig findet, dass irgendjemand Sanitäranlagen baut. Details will er deswegen aber in der Regel nicht wissen.

Er bemerkt, dass ihn die Thekenfrau ansieht. Seit seine Mutter gestorben ist, scheint er eine stärkere Wirkung auf Frauen zu haben. Vielleicht, weil sich attraktive Frauen mehr für ihn interessieren, wenn er durch Fragen vereinnahmt ist, die nichts mit attraktiven Frauen zu tun haben. Aber natürlich ist das nur ein versponnener Biergedanke, denn tatsächlich wartet er ja ängstlich darauf, dass Rabea endlich zurückschreibt.

«Du kommst nicht aus Bonn, oder?» Die Thekenfrau steht plötzlich ziemlich dicht vor ihm. Ihre Augen blicken intelligent aus dem gebräunten, irgendwie ein wenig schiefen Gesicht.

«Nein, Berlin», sagt er sachlich.

«Sieht man irgendwie.»

Jetzt sollte er etwas Schlagfertiges sagen.

«Ich komme aber ursprünglich von hier», sagt er humorlos. «Bonn-Röttgen.» Die Frau nickt.

«Und du?», fragt er in einem Tonfall, als ob es ihn eigentlich gar nicht interessieren würde.

«Bulgarien.»

«Von wo genau?»

«Aus der Nähe von Varna», sagt die Frau ruhig und freundlich. «Das ist ...»

«Am Schwarzen Meer.»

«Genau.» Sie lächelt. «Sehr schön da. Dann habe ich einen Deutschen geheiratet.»

«Kann ja mal vorkommen», sagt er und fragt sich, ob er einen Ehering an der Hand der Frau gesehen hat. Als ob der Gedanke in Leuchtschrift auf seiner Stirn zu lesen stünde, stützt sich die Frau mit beiden ringlosen Händen auf der Theke ab und sieht ihn an.

«Nimmst du noch eins?», fragt sie. Er nickt. Kurz darauf betrachtet er ihre ringlose Hand, die den Zapfhahn sanft, aber bestimmt zu sich heranzieht. Thomas stellt sich vor, mit der Frau zu schlafen, ihre muskulösen Beine umklammern seinen unteren Rücken, ihre Fersen drücken sich in seine Pobacken, ihre Zunge schmeckt nach Rauch. Er denkt: Wenn ich Rabea wirklich lieben würde, dann hätte ich nicht solche Phantasien. Dann denkt er: So ein Quatsch. Die Gedanken, die immer gleichen Zweifel strengen ihn an.

«Hast du noch Familie hier?» Die Thekenfrau stellt das Glas vor ihm ab.

«Einen Bruder», sagt er. Dann erzählt er, dass neulich seine Mutter gestorben und neben seinem Vater beigesetzt worden ist. Er erzählt von dem Haus am Waldrand, das verkauft werden soll, von all den Sachen, die vorher aufgeteilt, verramscht, verschenkt oder weggeschmissen werden müssen. Deswegen komme heute auch seine Schwester aus Hamburg, seine Zwillingsschwester. Genau genommen sei sie längst da, und er müsse ihr jetzt mal schreiben.

Er nimmt sein Smartphone in die Hand und sieht, dass Rabea zwei Nachrichten geschickt hat:

Danke, OWM, kann deine Aufmunterung gut gebrauchen. Rock jetzt Röttgen!

Die zweite Nachricht besteht nur aus einem Emoji, das völlig verstrahlt lächelt. Kein «Kuss», nichts Verbindliches. Das mit dem «OWM», dem Old White Man, meint Rabea nur halb im Spaß, und sie weiß, dass es ihn ärgert. Er unterdrückt den Impuls, ihr sofort zu antworten, und textet stattdessen seiner Schwester, dass es später wird. *Brauchst nicht auf mich zu warten.*

«Und dein Bruder kommt auch?», fragt die Thekenfrau und schiebt sofort hinterher: «Ich bin sehr neugierig, ich weiß.»

«Mein Bruder ist ein Fall für sich», sagt er und merkt, dass er die Bulgarin nun tatsächlich neugierig gemacht hat. Sie sieht ihn mit einem intensiven, fast ein wenig unangenehmen Blick an, und er erzählt gerade so viel, dass es seinem Bruder gegenüber fair bleibt und Diskretion und Informationsgehalt eine stimmige Balance finden.

«Und in Berlin?», fragt die Thekenfrau schließlich. Sie scheint tatsächlich an ihm interessiert zu sein. Er schaut noch einmal auf ihre braunen Arme und die Brüste, die sich unter ihrem T-Shirt abzeichnen. Noch bevor er bewusst eine Antwort überlegt hat, hört er sich sagen: «Ich habe mich von meiner Freundin getrennt.» Jetzt könnte er hinzufügen, dass er es für eine andere getan hat und dass er sich davor fürchtet, es seiner Schwester zu sagen, weil die Exfreundin in den Augen seiner Schwester das Beste ist, was jemandem wie ihm passieren konnte, und weil die beiden Frauen miteinander befreundet sind und er sich ohnehin denken kann, was seine Schwester zu einer Neuen sagen wird, die achtzehn Jahre jünger ist. Damit würde er dem durchaus als Flirt zu verstehenden Gespräch allerdings eine Kummerkasten-Wendung verleihen. Er sagt also nur: «Nach fünf Jahren.»

Die Thekenfrau stemmt eine Hand in die Hüfte und zieht an ihrer Zigarette.

«Kinder?», fragt sie.

«Nein.» Er greift nach seinem Glas und trinkt einen langen Schluck. «Was ist mit dir?», fragt er, um nicht nur von sich zu reden, und bemerkt, wie das Leuchten in den Augen der Thekenfrau herunterdimmt. Vermutlich gehört es hier nicht zum Programm, dass die Gäste ihr Fragen stellen und sie über sich erzählt.

Sie wendet sich den beiden anderen Männern am Tresen zu und fragt, ob die «noch eins» wollen. Dann kommt sie zu ihm zurück, nimmt ihre Zigarette aus dem Aschenbecher und stützt sich mit den Ellbogen auf dem dunklen Holz des Tresens ab: «Also, ich arbeite in einer Kneipe.» Sie lächelt, beugt sich noch ein Stück weiter zu ihm und flüstert: «Ist manchmal ein bisschen langweilig.»

«Wann hast du denn heute Schluss?», fragt er.

«Um eins. Und dann muss ich noch sauber machen.»

Thomas hört aus diesen Worten weder eine Ermunterung noch eine Abwehr heraus. Es handelt sich einfach um eine Feststellung. Was er damit macht, muss er jetzt selbst entscheiden. In einer Fernsehserie gäbe es jetzt einen Schnitt, und man sähe zwei Menschen auf einem Bett ineinander verkeilt. In der Realität aber müsste er jetzt über vier Stunden hier ausharren und darauf achten, weder zu betrunken noch zu nüchtern zu werden. Anstatt etwas zu sagen, nimmt Thomas einen weiteren Schluck von seinem Bier. Die Thekenfrau wendet sich einem Neuankömmling zu, einem jungen Mann in Trainingsjacke, der nur Zigaretten kaufen will. Thomas nutzt den Moment, um eine Nachricht an Rabea zu schreiben: «Könnte auch sein, dass Röttgen mich rockt. Wir telefonieren morgen.» Zufrieden legt er sein Smartphone beiseite. Das dürfte sich souverän und unabhängig lesen. Normalerweise hätte er ihr vorgeschlagen, heute noch zu telefonieren. Aber angesichts der Thekenfrau scheint das weniger dringlich. Er könnte nach Röttgen fahren und dann um eins die Frau abholen, deren Namen er noch nicht kennt.

«Noch eins?», fragt sie ihn und lächelt.

«Eins noch», sagt er und sieht unwillkürlich auf sein Smartphone.

«Bittu böse?» Rabea rundet ihre Nachricht mit dem GIF eines grimmig dreinblickenden Häschens ab.

«Deine Schwester?», fragt die Thekenfrau und deutet mit dem Kopf in Richtung des Smartphones. Thomas macht ein Geräusch, das sich als Zustimmung interpretieren lässt.

«Magst du sie?»

Mit dieser Frage hätte er nicht gerechnet. Zum ersten Mal an diesem Abend spürt er ein völlig zwangloses Lächeln auf seinem Gesicht.

«Ja», sagt er. «Sehr.»

Jetzt lächelt auch die Thekenfrau, weich und mädchenhaft.

«Dann solltest du vielleicht mal langsam zu ihr.»

Thomas nickt und muss noch immer lächeln.

Als er im Bus sitzt, breitet sich eine violette Abenddämmerung über der Stadt aus. Thomas fühlt sich ruhiger. Die Wirkung der Biere hält an, das Begehren ist verschwunden, als wäre es niemals das seine gewesen. Jetzt kann er nicht begreifen, was er sich eben noch von der Thekenfrau versprochen hat. Er sieht sie wieder vor sich: eine sanfte Dompteurin in einer Trinker-Manege, eine Mutter, die Männern Alkohol gibt statt der Brust.

Der Bus schaukelt an den Altstadtbauten des Musikerviertels vorbei. Wieder einmal erfüllt Thomas der Blick in warm erleuchtete Wohn- und Arbeitszimmer mit einer behaglichen Sehnsucht: in so einer Altbauwohnung mit hohen, stuckverzierten Decken und bis dorthin reichenden Bücherregalen im ruhigen Bonn wohnen, das Denken eingefriedet in einen überschaubaren Bereich. Schon als Student hat trotz seiner systemverachtenden Einstellung damals das Bild der erleuchteten Bürgerwohnzimmer auf ihn diesen Reiz ausgeübt, die Vorstellung eines Ankommens, standesgemäß und unhinterfragt, irgendwie erwachsen. Natürlich ist das Blödsinn, denkt Thomas. Und doch verspürt er eine Verhärtung, wenn er an das Haus in Harvestehude denkt, in dem seine Schwester mit Mann und Kind wohnt, während er sich seit ein paar Tagen vorübergehend ein WG-Zimmer in Kreuzberg mit Rabea teilt, die auch keineswegs etwas dagegen hat, wenn er die Nacht bei einem Freund oder sonst wo verbringt.

Thomas denkt an Katrin. Ihr eingefallenes Gesicht, nachdem er ihr von Rabea erzählt hat. Ihr eingefallenes, gealtertes, verbittertes Gesicht, ein Anblick, der ihm das Weggehen leichter gemacht hat und der ihn zugleich gefangen hält. Er hätte nicht gedacht, dass sie so wütend werden würde, und auch diese heftige Wut treibt ihn von ihr fort und hält ihn zugleich fest. Manchmal nachts, wenn sich Zeit und Raum in Dunkelheit auflösen, fühlt er dieses Knäuel aus Schuld, Trauer, Ratlosigkeit und Erleichterung als körperlichen Schmerz, gleißend und fiebrig.

Der Bus bremst, und Thomas gerät aus seinen Gedanken. Die Türen öffnen sich, Menschen steigen aus, andere ein. Keine Minute später gleitet er weiter durch die kaum veränderten Kulissen seiner Studentenzeit. Tatsächlich ist er jahrelang fast jedes Wochenende mit dieser Linie «nach Hause» gefahren, ins wenige Kilometer von seiner Altstadt-WG entfernte Haus der Eltern. Die Mutter hat die Wäsche gewaschen, der Sohn ein heißes Bad genommen, der Vater sich in seinem Arbeitszimmer betrunken, mit seinem Gebrüll aber keine Furcht mehr erzeugt, nur ein an- und abschwellendes Unbehagen. Seltsam, denkt Thomas, dass es ihn immer wieder da hingezogen hat, aber er kannte es ja nicht anders. Allerdings kannte Sophia es auch nicht anders, sie aber hat gleich nach dem Abitur das Weite gesucht und in Berlin gefunden. Auch in dieser Hinsicht war sie, die wenige Minuten vor ihm Geborene, die Ältere gewesen, die große Schwester.

Der Bus fährt bergan, am Freibad vorbei, dann auf die Anhöhe des Kreuzbergs hinauf, von dem aus sich ein Teil Bonns und des Rheintals überblicken lassen, schließlich durch die Kurven des Katzenlochbachtals. Die Blätter der Bäume erscheinen im Zwielicht schwarz, die Straße wie von Riesen verschattet. Thomas gleitet durch Erinnerungen: seine Erkundungen der Waldgebiete als Stöcke schwingender Junge, die einsamen Spaziergänge als unglücklich Verliebter, Nachtwanderungen mit Sophia, das nächtliche Eindringen ins Melbbad, Lagerfeuer mit seinen Freunden, Händchenhalten und Küssen mit Franka auf der Bank bei der Kreuzberg-Kapelle, dann später die langen Gänge und philosophischen Gespräche mit Denise, von der er erst etwas wollte, als sie nichts mehr von ihm wollte, hinter allem bis heute eine Sehnsucht nach etwas nicht Greifbarem.

Der Bus nähert sich der Haltestelle «Schlossplatz». Thomas drückt den Halteknopf, das Signal leuchtet auf, und die Flügeltüren des Busses öffnen sich zischend. Er steigt aus und nimmt den tausendmal gegangenen Weg zu seinem Elternhaus. Der Augustabend hat sich zur Nacht verdunkelt, warm und sternenklar. Thomas geht die lange, gerade Straße hinunter, rechter Hand in Reihe gepflanzte Alleebäume, Bürgersteig und Einfamilienhäuser, linker Hand Wiesen. Weiter voraus wartet der Wald. Als Kind hat er ihn gefürchtet und geliebt.

3. Kapitel

Das Warten greift Sophias Nerven an. Es ärgert sie, dass Thomas mal wieder seinen Freiheitsdrang kultivieren muss, während sie jetzt gut Gesellschaft vertragen könnte. Wie üblich schreibt er nicht, wann er ungefähr kommt und warum er sich verspätet. Verbindlichkeit ist für ihn offenbar nach wie vor Ausdruck von Spießigkeit. Sie soll nicht auf ihn warten. Jeder kann ganz cool tun und lassen, was ihm oder ihr gerade in den Sinn kommt. Was Thomas nicht zu begreifen scheint, ist, dass diese Art der Lässigkeit auf Kosten derjenigen geht, die es gerne weniger lässig haben. Dass ihm andere ihre «Modelle» aufzwingen wollen, ist einer seiner Standardsprüche, dabei zwingt er anderen sein Modell auf. Sophia hätte ihm gerne gleich von ihrer Krankheit erzählt, nicht aber kurz vor dem Zubettgehen. Jetzt sitzt sie hier mit ihren Gedanken und der drei Stunden dauernden Casting-Show im Fernsehen und ärgert sich über ihren Bruder, obwohl sie ihn schon so lange kennt.

Da das Wettsingen sie nicht genügend ablenkt, geht Sophia mit Kladde und Kugelschreiber ein weiteres Mal durch die Räume und notiert schon mal alle Möbel und größeren Gegenstände. Dahinter macht sie Zeichen: «L» für Lorenz, «M» für Müll, «V» für Verkauf. Auf ihrem Rundgang schaut sie auch in das karg eingerichtete Zimmer von Emilia – der Polin, die sich in den letzten Monaten um ihre Mutter gekümmert hat. Ganz früher ist dieser lichte, kleine Raum im ersten Stock das gemeinsame Zimmer von ihr und Thomas gewesen. Etwa ab dem Ende der Grundschulzeit hat Thomas dann allein hier gewohnt, und sie bekam ein eigenes Zimmer, nämlich das von Lorenz, der sich schon vor seinem Auszug ohnehin mehr im ausgebauten Speicher aufgehalten hatte. Später, als Thomas in den Keller gezogen war, wurde der kleine Raum renoviert und zum Gästezimmer, in dem die Mutter manchmal auch an der Nähmaschine saß, einfach ein Buch las oder durch das Fenster über den Hauszugang, die Straße und die nahen Felder schaute. Sophia kommt zum ersten Mal der Gedanke, dass sie ja gar nicht in ihrem Kinder- und Jugendzimmer übernachten muss. Genauso gut kann sie für die nächsten zwei Tage hier einziehen.

Gerade als sie beschwingt von dieser Einsicht ihre Tasche neben das schmale Bett im «Emiliazimmer» stellt, schallt das kirchenglockenartige Ding-Dong der Haustürklingel durch die Diele zu ihr. Wie oft hat sie Thomas angeboten, einen Schlüssel für ihn nachmachen zu lassen oder ein Exemplar für beide bei den Mülltonnen zu verstecken, aber er fand das wahlweise «unnötig» oder «irgendwie unsicher», und es reiche für die wenigen Male ja, wenn sie den Schlüssel habe und er klingeln könne. Dass diese Aussage von dem gleichen super-unabhängigen Bruder stammt, der Sophia eben getextet hat, sie brauche nicht auf ihn zu warten, sondern könne ruhig schon ins Bett gehen, das ist schon fast wieder amüsant.

Sie öffnet die Tür und sieht ihn vor sich stehen: die Hälfte des Gesichtes von der Außenbeleuchtung hell angestrahlt, die andere im Dunkeln. Da steht er in Jeans und grauem T-Shirt, die Sporttasche über der Schulter, die Muskeln treten plastisch hervor am gebräunten Arm, der den Gurt der Tasche hält.

«Thomas», sagt sie und verliert im gleichen Moment jede Lust, ihm irgendwelche Vorhaltungen zu machen. Er ist da, und das zählt.

«Sophia», sagt er im gleichen Tonfall und mustert sie prüfend. Ob er ihr ansieht, dass sie krank ist? Sophia öffnet ihre Arme, dann hält sie seinen warmen, nach Schweiß und Bier riechenden Körper, froh, dass er endlich da ist.

«Hast du noch jemanden getroffen?», fragt sie. Thomas scheint nachzudenken, dann sagt er «Nein und ja» und beginnt eine umständliche Erzählung von einem Kneipenbesuch und einer Frau hinter dem Tresen, mit der er sich unterhalten habe. In diesen Sekunden wird Sophia klar, dass sie ihm heute Abend auf keinen Fall von ihrer Krankheit erzählen wird.

Thomas verändert sich kaum, wenn er getrunken hat. Er wird vielleicht etwas euphorisch und noch redseliger, aber nicht aggressiv, nicht rechthaberischer als sonst und auch nicht sentimental oder aufdringlich. Er läuft nicht nachts durchs Haus und stößt Schreie aus wie ein Tier. Er sagt nicht mit verzerrtem Gesicht widerliche Dinge zu Menschen, die ihm nahestehen. Sophia hält Thomas für einen Trinker, aber nicht für einen Alkoholiker wie den Vater. Dennoch überlegt sie nicht zum ersten Mal, ob sie ihn nicht trotzdem auf seine Neigung zum Alkohol ansprechen soll, in einem ruhigen Moment, tagsüber, wenn er nüchtern ist.

«Du hast nicht zufällig was gekocht?», fragt Thomas und lässt seine Tasche mitten in der Diele stehen. Sophia erklärt ihrem Bruder die Lebensmittelsituation und erwähnt auch die sicher seit Monaten abgelaufenen Lebensmittel in der Tiefkühltruhe im Keller. Sie hätte darauf gewettet, dass er sich Nudeln kocht und sie im Teller mit Butter und Maggi-Würze verkleistert. Stattdessen geht er in den Keller, um in der Tiefkühltruhe zu wühlen, deren Inspektion sich Sophia erspart hat. Vielleicht hat Emilia in den letzten Tagen der Mutter auf deren Anordnung etwas eingefroren, dann könnte es noch genießbar sein.

4. Kapitel

Thomas geht in den Keller, diese Ansammlung unrenovierter Räume, in denen sich Regale mit ausrangiertem, aber nicht weggeworfenem Krempel finden, eine Tiefkühltruhe, ein Kühlschrank, ein Schrank mit Konserven, sein alter, von der Decke baumelnder Boxsack und – hinter einer Stahltür mit gelbem Schild – ein wuchtiger Heizungskessel.

Seine Schwester hat sich in der Umarmung dünner als üblich angefühlt, und er fragt sich, ob es eben am Licht lag, oder ob die Haut seiner Schwester tatsächlich eine ungesunde Färbung aufweist. Er ist sich nicht sicher, ob sie vielleicht schon immer so ausgesehen und er nur mittlerweile eine hypersensible Wahrnehmung entwickelt hat, so wie in den letzten Monaten gegenüber Katrin, bei der er körperliche Unzulänglichkeiten suchte, bis sie ihm in krasser Deutlichkeit vor Augen standen. Thomas erträgt es nicht gut, dass seine Schwester altert, dass ihre Haare stumpfer und ihre Finger faltiger werden. Früher hat er es manchmal entsetzlich gefunden, dass sie auf so eine überlebensgroße Art gut aussah. Hin und wieder hatte er den Eindruck, seine Freunde interessierten sich mehr für Sophia als für ihn. Immer wieder sollte er «ein gutes Wort» einlegen, erzählen, wie sie nackt aussieht, oder Fotos von ihr herzeigen. Gleichzeitig war die Schönheit seiner Schwester derart eindrucksvoll, dass viele Jungen eine heilige Scheu befiel, wenn Sophia tatsächlich den Raum betrat. Sie war ein Mädchen, das man aus der Ferne begehrte. Wenn sie als Teenager zusammen unterwegs waren – und das waren sie oft –, zog Sophia fast alle Aufmerksamkeit auf sich, auch die der anderen Mädchen. Es war einfach zu viel: lange blonde Haare, volle Lippen, blaue Augen, und auch alles andere stimmte: die Proportionen, die Bewegungen, die Ausstrahlung, diese leicht verlangsamte Art, zu reden, zu schauen, die Hände zu bewegen, den Kopf zu neigen, huldvoll zu lächeln. Thomas fällt jetzt ein, dass er manchmal beim Masturbieren an seine Schwester gedacht hat, weniger, weil er selbst sie so begehrenswert fand, sondern weil andere es taten. Ab ihrem dreizehnten oder vierzehnten Lebensjahr war seine Schwester zu einer Trophäe geworden, zum großen Preis für den Ritter, der den Drachen besiegte, auch wenn sich kaum jemand zutraute, diese Rolle wirklich zu erfüllen. Das fand er damals verwirrend: Inszenierte sich seine Schwester, oder war das eine Veränderung ihres Körpers und ihres Wesens, die ohne ihr Zutun stattfand? Passierte so etwas mit manchen Mädchen, wenn die Pubertät ihren Lauf nahm? Und wieso wirkte Sophia beinahe über Nacht wie eine begehrenswerte Frau und er weiterhin wie ein bestenfalls niedlicher Junge, der versuchte, ernst genommen zu werden? Thomas fragt sich, ob er schon vor der Pubertät ihr gegenüber manchmal Minderwertigkeitsgefühle verspürt hat oder ob sie tatsächlich dort ihren Ursprung haben. Bis heute fühlt er das Gefälle zwischen sich und ihr. Sie hat einen Schlüssel zum Haus, er muss klingeln. Er verspürt den Wunsch, diesen Umstand Rabea zu texten, als griffige Skizze, wie die Rollen in seiner Familie verteilt sind. Aber ob sich ein Einzelkind wie Rabea für das Thema «Geschwisterrollen» überhaupt interessiert? Er lässt es sein.

Im kalten, weißen Licht der Tiefkühltruhe liegen in erstaunlichen Mengen Tupperdosen, von der Mutter mit gelben, handbeschriebenen Etiketten beklebt: Erbsensuppe 10.8.2018, Dicke Bohnen und Kassler 11.11.2017, Schnippelbohnen 2.5.2016.

Thomas steht vor den rechteckigen Plastikbehältern wie vor den Artefakten einer untergegangenen Kultur. In diesem Moment hat er seine Mutter ganz deutlich vor Augen, und zugleich ist sie ihm besonders fremd. Er überlegt, wie lange sich Tiefgefrorenes wohl hält, und kommt zu dem Ergebnis, dass man die Haltbarkeitsdauer wohl in Monaten, nicht aber in Jahren angeben kann. Vor allem aber hat er jetzt auf keines der mütterlichen Gerichte Appetit. Er schließt die Truhe, entdeckt einen «Mexikanischen Bohneneintopf mit Jagdwurst» im Regal, prüft das Verfallsdatum und verlässt dann zufrieden mit der Konserve den Keller. Thomas weiß, was seine Schwester von dieser Mahlzeit halten wird: kulturlos, selbstzerstörerisch und aufgrund des Billigfleischs aus Massentierhaltung auch unethisch.

Und tatsächlich: Als er die Büchse öffnet, steht seine Schwester in der Küche, schaut ihn an und sagt: «Nicht dein Ernst!»

«Da unten findest du noch ganz andere Sachen.» Thomas

schüttelt den Inhalt der Konserve mit einem klatschenden Geräusch in einen kleinen Topf.

«Hast du an den Lebensmitteln da unten auch weiße Post-it-Zettel gesehen?», fragt Sophia, und als Thomas sie nur mit zusammengezogenen Augenbrauen ansieht, erzählt sie vom besitzergreifenden Markierungssystem ihres Bruders.

«Kommt er denn jetzt gar nicht vorbei?», fragt Thomas.

«Er hat einen Zettel auf den Wohnzimmertisch gelegt. Er denkt ja eh, dass er genug hier getan hat.» Sophia holt Thomas das Papier aus dem Nebenzimmer, er liest die Zeilen, nickt und gibt es seiner Schwester zurück. Dann rührt er im Topf und überlegt, ob er einen Kommentar darüber abgeben soll, dass Lorenz von ihnen dreien zwar die meiste Arbeit mit der pflegebedürftigen Mutter hatte, aber auch die ganzen Vorteile abgegriffen hat, die es mit sich bringt, wenn man in der Nähe des Elternhauses wohnen bleibt. Aber sie haben das ja schon oft genug mit einer gewissen Lust erörtert.

«Ich glaube ja, dass Lorenz sich gar nicht so viel gekümmert hat, wie er es darstellt», sagt jetzt Sophia.

«Sondern Bianca», antwortet Thomas gedehnt, um klarzumachen, dass sie nicht zum ersten Mal darüber sprechen. Wollte er im Drehbuch bleiben, müsste er jetzt erwähnen, dass sich Lorenz und seine Frau wirklich sehr für das Haus hier interessieren. Und er müsste sie «Bernhard und Bianca» nennen. Irgendwann haben er und seine Schwester damit begonnen und können es seitdem nicht lassen.

«Okay», sagt Sophia. «Reden wir über etwas anderes. Wie geht es Katrin?»

5. Kapitel

Als Thomas den Glibberzylinder aus der Dose in einen Topf plumpsen lässt und sich ein irgendwie abgestandener Geruch in der Küche ausbreitet, steigt Ekel in Sophia auf. Sie will mit ihm unbedingt über verschiedene Dinge reden, und gleichzeitig will sie es nicht. Vor Verwirrung und aus Unsicherheit fängt sie mit Lorenz an, aber Thomas ist diesmal nicht daran interessiert, mit ihr über die weißen Post-it-Zettel oder die Hauseroberungspläne von Bernhard und Bianca zu lästern. Vermutlich treibt ihn etwas anderes um, vielleicht hat es einen Grund, dass er sich vor seiner Ankunft zunächst einmal in einer Kneipe verschanzt und mit einer Thekenfrau unterhalten hat. Sophia fällt auf, dass Thomas sie nicht wie sonst von Katrin gegrüßt hat. Wann hat sie das letzte Mal mit ihr gesprochen? Auf der Beerdigung der Mutter ist Katrin gewesen, danach haben sie noch einmal telefoniert, das ist mindestens sechs Wochen her.

«Wie geht es Katrin?», fragt sie also ihren Bruder und merkt sofort, dass sie einen empfindlichen Punkt berührt hat. Thomas ist überhaupt nicht gut darin, seine Stimmungen zu verbergen. Sophia sieht darin mangelnde Disziplin und eine bestimmte Form der Selbstverliebtheit.

«Tja, schwer zu sagen.»

«Was soll das denn heißen?»

«Ich ess das jetzt erst mal», sagt Thomas und zeigt auf seinen Teller.

Das will Sophia sich nicht anschauen, daher geht sie ins ehemalige Arbeitszimmer des Vaters, in dem der betagte PC und die Aktenordner der Mutter stehen. Sie zieht einen hervor. «Versicherungen» steht auf dem Rücken.

«Wir müssen auch alle Versicherungen durchsehen. Die meisten können wir bestimmt kündigen», ruft sie in die Küche hinüber, hört aber keine Antwort. Sophia wird bewusst, dass sie sich gerade gefühlt hat wie früher. Eine wundervolle Normalität: Sie ruft etwas aus einem anderen Zimmer, und ihr Bruder antwortet nicht. Sie ist dankbar für dieses Gefühl und wird traurig. Die Momente werden nicht mehr belanglos verstreichen, sondern der vorvorletzte, der vorletzte und schließlich der letzte sein. Gerne würde sie das ihrem Bruder sagen, aber sie weiß nicht wie und sagt stattdessen, als sie zurück in der Küche ist: «Ich bin müde. Lass uns morgen beim Frühstück besprechen, wie wir vorgehen. Neun Uhr?»

Thomas nickt. Dann sagt er vorsichtig, fast fragend: «Du siehst auch wirklich müde aus.»

«Charmant», erwidert Sophia und imitiert ein Lächeln. Sie wünscht Thomas eine «gute Nacht» und geht in den ersten

Stock. Dort nimmt sie nicht den Weg ins Bad, sondern betritt aus einem Impuls heraus das Zimmer ihrer Mutter, das sie bisher ausgespart hat. Sie schaltet das Licht an. Ihr Blick fällt zuerst auf das große Bett, in dem ihre Mutter allein geschlafen hat, seit Sophia denken kann. Wie ein gestrandetes Boot ragt es von der Stirnseite in den Raum. Rechts vom Bett befinden sich zwei große Fenster, links eine Wand, an der drei gerahmte Fotos hängen. Wie Schutzheilige schauen sie ins Zimmer: Lorenz, Thomas und Sophia selbst. Ihr Bild ist das größte in der Reihe und hängt in der Mitte. Die Aufnahme zeigt sie als sehr junge Frau, vielleicht achtzehn oder neunzehn Jahre alt. Braungebrannt und selbstbewusst lächelt sie in die Kamera, gerade zurück von einem Interrailtrip mit zwei Freundinnen. Sie erinnert sich an das Gefühl von Freiheit und Stärke, an die Verheißung einer guten Zukunft in einer neuen, großen und aufregenden Stadt. Sophia fragt sich, warum ihre Mutter dieses Foto ausgewählt hat, ob sie ihre Tochter tatsächlich gerne so hatte sehen wollen. Sie erinnert sich an das Gefühl, überflüssig zu sein, an Blicke der Mutter, die stolz auf Thomas ruhten, sie hingegen nur kritisch streiften. Wenn Sophia in der Schule gute Noten bekam, dann lag es an ihrem Fleiß. Bekam Thomas gute Noten, wurden sie seinem Genie zugeschrieben. Erhielt er schlechte Zensuren, dann galten die gleichfalls als Ausdruck seiner von öden Beamtenseelen eben nicht zu erfassenden Begabung. Sophia hatte sich anstrengen können, wie sie wollte: Sie galt als die «Praktische», Thomas als der hochbegabte Sonderling mit der Empfindsamkeit eines echten Künstlers. Sophias Zeichnungen und Bilder kommentierte die Mutter kaum, ganz gleich, wie begeistert sich die Kunstlehrerin gezeigt hatte. Den endlosen Vorträgen von Thomas lauschte sie dagegen hingerissen und suchte immer wieder das «geistvolle» Gespräch mit ihrem Sohn. Sophia denkt einmal mehr, dass sie vielleicht Kunst statt Kunstgeschichte studiert hätte, hätte sie von ihrer Mutter Zustimmung erfahren.

Auf dem Nachttisch neben dem Bett liegen zwei Bücher, die bisher niemand weggeräumt hat. Die Mutter hat seit ihrer Jugend immer gerne gelesen. Auch Sophia hat in jungen Jahren und während ihres Studiums gerne gelesen, sie hatte auch Spaß an der wissenschaftlichen Lektüre für ihre Doktorarbeit. Dann aber, als Julika geboren wurde, fand sie das Lesen eine Weile lang nur noch mühsam, und irgendwann war es so, als ob sie das Lesen von Büchern verlernt hätte, oder zumindest die Freude daran.

Sie nimmt die Bände nacheinander in die Hand. Der eine ist ein Taschenbuch mit dem Titel «Wenn Gott spricht. Die Prophezeiungen der katholischen Kirche». Der andere hat einen festen Einband und ist ein Roman: «Verbrechen und Strafe» von Dostojewski. Sophia erinnert sich daran, wie ihre Mutter Thomas immer wieder begeistert von ihrem «literarischen Erweckungserlebnis» als Siebzehnjährige erzählt hat, mit einer Verzückung, die ans Erotische grenzte. Der Vater einer Freundin hatte sie auf den russischen Schriftsteller aufmerksam gemacht. So wurde ihre erste richtige Romanlektüre nach unzähligen seichten Jugendbüchern «Schuld und Sühne».

Jetzt liegt das Buch hier auf dem Nachttisch, neu übersetzt und mit anderem Titel versehen. Ob ihre Mutter es noch einmal ganz gelesen hat? Oder sind ihr Krankheit und Tod dazwischengekommen? Im gleichen Augenblick fühlt sie heftigen Neid auf ihre Mutter, die so lange leben durfte, so viele Bücher lesen konnte und zusehen durfte, wie ihre Kinder aufwuchsen. Sophia glaubt, dass die besten Jahre ihrer Mutter nach dem Tod des Vaters begonnen haben. Immerhin noch zwanzig freie, selbstbestimmte Jahre mit einem wachsenden Freundeskreis, einer angenehmen Nachbarschaft, eine Zeit voller Reisen, Lektüre, neuer Bekanntschaften, ehrenamtlicher Tätigkeiten für die Kirchengemeinde und einem monatlichen Literaturkreis, der reihum bei einem der Mitglieder zu Hause stattfand. Dazu das Engagement für die lokale Flüchtlingshilfe, das zu Kontakten mit jungen Syrern führte und in multikulturellen Geburtstags- und Karnevalsfeiern mit Mezze und arabischer Popmusik gipfelte.

Sophia weiß, dass es nicht konstruktiv ist, aber sie denkt, dass ihre Mutter all das keineswegs mehr verdient hat als sie. Sie ist sonst eigentlich nicht so missgünstig, aber jetzt findet sie es schmerzhaft ungerecht, dass ihre Mutter all das noch gehabt hat, was sie selbst nicht mehr erleben wird. Sie fühlt Wut in sich wie ein durch die Adern pumpendes Gift.

6. Kapitel

Thomas räumt Besteck, Teller und Topf in die Spülmaschine, als seine Schwester «Gute Nacht» sagt. Er antwortet abwesend. In Gedanken ist er bei der Frage, warum es eigentlich seit Jahren so normal ist, dass Sophia ihn nach Katrin und indirekt dadurch auch immer wieder nach dem Stand seiner Beziehung fragt, während er Sophia nie nach Marcel fragen würde oder danach, *wie es läuft*. Auch hier sind die Rollen klar verteilt: Er ist der Wackelkandidat, der kleine Bruder, auf den man achtgeben muss. Sophia hingegen ist eine Erwachsene, die mit jemandem wie ihm nicht ihre Beziehungsprobleme bespricht, vorausgesetzt, dass sie überhaupt welche hat. Natürlich sind es immer nur seine Beziehungen gewesen, die dramatisch bis katastrophal verlaufen sind, natürlich haben bis auf Katrin seine Freundinnen schon immer jede Menge Gesprächsstoff hergegeben, wohingegen Sophia nun schon siebzehn Jahre mit Marcel zusammen ist und es offenbar nicht eine nennenswerte Krise gegeben hat. Aber trotzdem hätte er Sophia ebenfalls Fragen stellen können, anstatt widerstandslos die Patientenrolle anzunehmen. Schließlich sind sie beide Kinder der gleichen Eltern, und gerade das lässt Thomas besonders an sich zweifeln. Es muss also doch an ihm allein liegen, dass er sich mit Partnerschaften so schwertut, und er weiß nicht, wie er Sophia von Rabea erzählen soll, ohne sich bescheuert vorzukommen. Andererseits: Er hat Sophia vor ein paar Monaten einmal ganz bewusst gefragt, wie es Marcel geht, und ihre Antwort lautete: «Gut. Wie immer.» Und dann hat sie gleich noch einmal bekräftigt: «Dem geht es immer gut.» Wie soll man da weiterfragen? Ein Mann, dem es immer gut geht: Für Thomas ist das ein funktionaler Psychopath. Und vermutlich sind Menschen wie Marcel und in abgeschwächter Form auch Sophia nur deshalb in der Lage, sich so reibungslos in falschen Umständen einzurichten, weil sie eine fabelhafte Ignoranz kultivieren und alle tiefergehenden Konflikte und Störungen durch irgendeinen Mechanismus an Menschen wie ihn auslagern. Diese Form der Arbeitsteilung hat in seinen Augen in der Familie Hauser Tradition. Und es ärgert ihn, dass er nicht genug zu sich und seinen Einsichten steht, dass er sich selbst immer wieder durch die Augen der Angepassten und gut Funktionierenden betrachtet.

Thomas betritt den großen Kellerraum, in dem während seiner Kindheit und Jugend die Tischtennisplatte stand, bevor er mit fünfzehn hier nach und nach sein privates Reich installierte, zunächst als Computerzimmer, dann auch zunehmend als Ort, um Freunde zu empfangen und Musik zu hören, Videofilme zu gucken, Zigaretten und Joints zu rauchen und schließlich auch zu kochen und zu schlafen. Die Luft im Raum ist gleichzeitig kühl und abgestanden. Hier konnte Thomas mit Hanteln trainieren, tanzen, wichsen oder mit einem imaginären Mikrofon in der Hand zu Songs aus seiner Stereoanlage mitsingen, ohne dass es jemand im Haus mitbekam. Und er konnte durch eine Stahltür an der anderen Seite des Kellers aus und ein gehen, ohne dabei auf einen anderen Bewohner des Hauses zu treffen. Sein Kellerreich wäre perfekt gewesen, wenn es darin auch eine Toilette gegeben hätte. Um sich zu waschen oder aufs Klo zu gehen, musste er jedoch den weiten Weg bis in den ersten Stock auf sich nehmen, denn das Badezimmer im Erdgeschoss gehörte zum Reich seines Vaters und war für Thomas unbetretbar gewesen. Ein zweiter Nachteil an der Kellerbehausung war, dass er den Vater nachts selbst hier unten hörte, sein Poltern und Schreien, nun manchmal auch sein Tappen und das Schlurfen nackter Füße in der Diele oder auf dem Küchenboden. Er hatte überlegt, den Kellerraum gegen Schall zu isolieren, wie er es von den Band-Proberäumen an seiner Schule kannte. Aber letztlich hatte er sich nicht dazu durchringen können, insgeheim wohl aus Angst, dass er selbst in einem schallisolierten Raum noch immer wach liegen und auf die Geräusche seines betrunkenen Vaters lauschen würde. Sie hatten sich längst in seinen Kopf eingebrannt und dort reizbare Pfade hinterlassen.

Vieles in dem Raum ist noch so wie in den Tagen, als Thomas seinen Zivildienst bei der Arbeiterwohlfahrt gemacht hat. Das schmale Bett steht noch in der Ecke. Früher lag da nur eine Matratze auf dem Boden, seit ein paar Jahren gibt es auch einen Lattenrost und ein Gestell dazu. In zwei Regalen stehen dicht gedrängt die Bücher, die er als Teenager gelesen hat: Lem und Lovecraft, Miller und Marx, Dostojewski und Die drei ???. Auch ein paar der Fantasyspielbücher sind erhalten geblieben: «Die Zitadelle des Zauberers», «Die Stadt der Diebe», mehrere Bände der Reihe «Einsamer Wolf». Thomas hat sich früh als links verstanden, als Antifaschist, oft auch Anarchist. Aber anders als seine Freunde bei der Antifa hatte er weder ein besonderes Faible für Punk und Hardcore noch für politische Traktate oder propagandistische Bücher über das «Schweinesystem». Er träumte sich lieber in eine Welt der Drachen, Krieger und schönen Hexen, hörte dazu Heavy Metal und phantasierte davon, Nazis zu verprügeln, als wären sie Orks und er ein heldenhafter Waldläufer.

Auf den obersten Brettern der Regale stehen noch ein paar CDs und VHS, die er bisher weder wegwerfen noch mit in Katrins und seine Wohnung nehmen wollte. Lächelnd schaut er auf die Cover von Filmen wie «Conan der Barbar», «Hellraiser», «Blade Runner», die drei Teile von «Der Pate» oder «Die nackte Kanone». Er findet eine alte VHS von «Videodrome» neben anderen Cronenberg-Filmen und überlegt, ob er diese kleine Sammlung mitnehmen soll nach Berlin. Überhaupt: Was soll jetzt mit diesen Relikten seiner Jugend geschehen, die er hier eingelagert hat, als würde es diesen Raum für immer geben?

Er wünscht sich in den Gemütszustand von damals zurück oder in das, was er aus heutiger Sicht dafür hält. Warum ist es ihm früher besser gegangen? Er hatte keine Freundin, aber die schönsten Träume von einer alle Plattheit, Langeweile und Minderwertigkeit überstrahlenden Liebe. Er war gefangen im Haus eines aggressiven Alkoholikers und seiner resignierten Gehilfin, hatte aber in sich einen Freiraum geschaffen, der mit jeder Träumerei zu wachsen schien. Das Beste schien noch vor ihm zu liegen.

Er denkt an die Stunden am Sandsack zurück, sein diszipliniertes Krafttraining, das Joggen über die Feld- und Waldwege der Umgebung. Er denkt an die Computerspiele, an die auch bereits aus damaliger Sicht grobschlächtigen Pixelgrafiken von Piratenschiffen, Barbaren, Karatekämpfern, herabrasselnden Edelsteinen oder verrückten Wissenschaftlern in Villen voller Rätsel. Er denkt an die Karten von Phantasieländern, die er hier unten gezeichnet hat. Irgendwo muss noch eine davon herumliegen. Würde er das Rabea je erklären können? Katrin stammt aus der gleichen Zeit. Sie ist im Großen und Ganzen mit denselben Filmen, Fernsehserien, Spielen und Songs aufgewachsen wie er.

Der Raum kommt ihm plötzlich dunkel, ungemütlich, fast bedrückend vor. Bevor er hier schläft, braucht er noch ein Bier. Er geht hoch in die Küche, schaut in den Kühlschrank, nichts, und greift sich schließlich die angebrochene Flasche Eierlikör aus dem Sideboard im Wohnzimmer. Er verlässt das Haus durch die Terrassentür. Grillen zirpen in der laternengesprenkelten Dunkelheit. Mit dem sämig-süßen Geschmack des Likörs im Mund geht er durch die stillen Straßen des Viertels am Rand des Kottenforstes, eines Waldes, der in etwa so groß ist wie Bonn selbst. Er ist aufgewühlt, dünnhäutig, einsam und übervoll mit Gefühlen. Er denkt an Sex mit Rabea, die erregende und verunsichernde Fremdheit ihrer ganzen Art. Problemlosen Sex mit einer schönen, klugen, jungen Frau – das hat er sich immer gewünscht, vor allem in den letzten Jahren mit Katrin, als sie kaum noch mit ihm schlafen wollte und er bald auch nicht mehr mit ihr, als nach und nach jede Lust abgeklemmt zu werden schien durch Kritik, zu genaues Hinsehen, Empfindlichkeiten. Genau beschreiben kann er es immer noch nicht. Er hat immer gedacht, er sähe klarer, wenn er sich aus der Verstrickung mit Katrin lösen und mit einer neuen Frau zusammen sein würde. Aber eigentlich ist alles gleich geblieben: Er hat tiefe Gefühle für Katrin, er fühlt sich von ihr erkannt, und er fühlt sich für sie verantwortlich, und wenn er jetzt daran denkt, mit ihr zu schlafen, verspürt er auch nicht die Unlust und Beklemmung, die ihn lange Zeit so zermürbt haben. Und gleichzeitig weiß er, dass er mit ihr nicht zur Ruhe kommen kann, nie zufrieden sein, immer etwas an ihr auszusetzen haben wird, an ihrem selbstgenügsamen Lehrerinnendasein, ihren bereits etwas ältlichen Mundwinkeln, dem gänseartigen Gesichtsausdruck, wenn er sie manchmal von der Seite betrachtete, den welkenden Fingern, den flachen Pobacken, den fürchterlichen Birkenstock-Sandalen.

Er sagt es laut vor sich hin: «Rabea ist ganz anders.» Dann spült er sich den Mund mit Eierlikör aus.

7. Kapitel

Sophia wacht auf. Ihre Augen sind noch geschlossen, aber sie weiß plötzlich, dass sie da ist. Sie spürt ihren Körper, vor wenigen Sekunden war es, als ob es ihn nicht gäbe, aber dieser Gedanke ist nur von dieser Seite des Schlafes aus möglich. Bevor sie sich in Überlegungen verrennt, die nur zu unangenehmen Gefühlen führen, greift sie nach ihrem Smartphone. Marcel hat nach ihrem Gute-Nacht-Telefonat noch einmal geschrieben: «PS: Ich liebe dich.» Eine Anspielung auf den Kitschroman, dessen Verfilmung sie zufällig in einer Sneak-Preview gesehen hatten. Zugleich handelt es sich um seine größte Zuneigungsbekundung seit Langem. Sie überlegt, ob sie ihm zurückschreiben soll, und was. Schließlich entscheidet sie sich für ein Herz-Emoticon. Das drückt Zuneigung aus und kann alles Mögliche zwischen «Danke, wie lieb von dir», «Hab dich lieb» und «Ich liebe dich auch» bedeuten. Außerdem schwingt in etwa das gleiche Maß an Ironie mit wie in seiner Anspielung auf diesen Liebesroman.

Sie steht auf. Ihr Rücken tut weh; das Bett ist nicht das beste. Dennoch bereut sie ihre Entscheidung nicht, in diesem Zimmer geschlafen zu haben, anstatt sich wie üblich oben in dieser schmuck eingerichteten Kemenate einzuquartieren, in der sie sich innerhalb kürzester Zeit fühlt, als wäre sie wieder das unsichere Mädchen von damals, begierig nach Anerkennung und doch durch Lob nur weiter zu verunsichern. Sie hatte sich über ihr Aussehen keine Gedanken gemacht, sondern sah einfach aus, wie sie aussah, bis zu dem Tag, an dem ihr der Vater angeheitert, aber noch in fröhlicher Stimmung in die Hüfte gekniffen und etwas von «niedlichem Babyspeck» gesagt hatte. Dabei war sie schon lange kein Baby mehr gewesen. Die Mutter hatte in der Tür gestanden und regelrecht angewidert geguckt, so als sei Sophias Hüfte etwas Ekelhaftes. Später hatte sie nebenbei und zusammenhanglos gesagt: «Pass auf, Schätzchen. Pummelchen werden gehänselt.»

Von einem Tag auf den anderen war es vorbei gewesen mit der Selbstverständlichkeit, mit der sie sich bisher betrachtet hatte. Nun sah sich Sophia als Besitzerin eines Körpers, den sie der Welt in bestmöglicher Form zu präsentieren hatte. Sie versagte sich die Süßigkeiten, gewöhnte sich an, langsam zu kauen und vor den Mahlzeiten ein Glas Wasser zu trinken, damit sie schneller satt wurde. Mit Genugtuung stellte sie fest, dass das Fett an ihren Hüften weniger wurde, und verdoppelte ihre Anstrengungen, bis ihr Vater irgendwann sagte, sie solle sich doch bitte nicht zum Klappergestell herunterhungern. Weibliche Rundungen seien etwas ganz Natürliches.

Sophia erinnert sich jetzt auch daran, wie sie einmal im

Sommer zusammen mit der Freundin aus dem Haus gegenüber vor ihrer Mutter und der Mutter des Nachbarmädchens ins Wohnzimmer treten und die kurz behosten Beine präsentieren sollte. Sie weiß nicht genau, wie alt sie gewesen waren, vielleicht elf, vielleicht zwölf Jahre. Aber tatsächlich hatten sie ohne Widerstand ihre Beine begutachten lassen, sich zu allen Seiten gedreht, und dazu hatte ihre Mutter in versöhnlichem Tonfall zur Nachbarin gesagt: «Also, so viel dicker sind Susannes Beine doch gar nicht. Ich finde, das geht.»

Nicht viel später begann die Zeit, in der Sophia offenbar das genau richtige Verhältnis zwischen Verzicht und durchaus mit Appetit essen gefunden hatte, denn plötzlich galt sie als «gut aussehend», «hübsch», «schön», «scharf», «Feger», «süße Maus», «Herzensbrecherin», «Schuss», «heiß», «Engel», etwas, für das man «einen Waffenschein braucht».

Sophia denkt daran, wie sie die bescheuerten Komplimente mit Stolz erfüllten, aber auch mit Furcht: Was, wenn ich gar nicht die bin, die die anderen in mir sehen? Und irgendwo lauerte auch eine ständige, unterschwellige Kränkung: Sie meinen gar nicht mich. Sonst wüssten sie, dass ich nicht begehrenswert bin.

Der Einzige, der sie auch in dieser Zeit als die echte Sophia sehen konnte, war Thomas gewesen. Thomas lobte sie nicht für ihr Aussehen. Thomas bekam mit, wenn sie wütend, traurig, verunsichert oder einfach nur nervös war. Thomas interessierte sich für ihre Gedanken, saß stundenlang mit ihr bei Räucherstäbchen im Mädchenzimmer, hörte mit ihr Tracy Chapman, U2 oder Radiohead und redete über alles, was sie beide betraf, auf eine Weise, in der sie mit sonst niemandem hätte sprechen können, selbst wenn sie es gewollt hätte. In der Gegenwart von Thomas fühlte sie sich vollständiger und freier und vergaß, dass sie jetzt als schön galt.

Ihre Mutter aber schien immer noch nicht zufrieden, im Gegenteil. Sie fand, dass sich Sophia nicht so «aufreizend» geben sollte, fragte, für wen sie sich eigentlich schminke und warum sie so enge Hosen und Oberteile tragen müsse. Das sei fast schon «nuttig». Irgendwann und wie beiläufig sagte ihr die Mutter, sie verstehe gar nicht, warum heutzutage alle so ein großes Gewese um Sex machen würden. Oft könne man froh sein, wenn es schnell gehe. Sophia erinnert sich, dass sie diese Äußerung ihrer Mutter damals einfach so hingenommen hat wie das Gerede eines älteren Menschen, dessen Leben mit dem eigenen nichts zu tun hat. Auf der anderen Seite ist sie sich sicher, auch damals schon ein schwaches, aber anhaltendes Unwohlsein nach dem Hören dieser Worte verspürt zu haben. Und dieses Unwohlsein war verstärkt worden durch etwas, das ihre Mutter zwar nicht aussprach, aber meinte, wenn sie Sophias Erscheinung nun mit Missfallen, Ekel und Wut betrachtete: Du machst alles nur schlimmer, mit deinem gierigen kleinen Mädchenkörper.

Verblüffend, wie intensiv sie sich mit einem Mal an eine bestimmte Atmosphäre erinnert, an Blicke ihrer Mutter, an heruntergezogene Mundwinkel, lapidar dahingesagte Sätze, die ihre Wirkung erst nach und nach entfalteten.

Sie wird aus ihren Gedanken gerissen, als sie ein Klappern aus der Küche hört, und wundert sich, dass Thomas schon wach ist. Schließlich hat sie ihn aus dem Fenster des Emiliazimmers noch in die Nacht spazieren sehen, mit einer großen Flasche in der Hand. Sie wird mit ihm frühstücken und ihm dann in Ruhe von ihrer Krebserkrankung erzählen. Fast freut sie sich jetzt darauf, zumindest auf das Gefühl, das sie haben wird, wenn sie es hinter sich gebracht hat und endlich mit ihm über das Sorgerecht für Julika sprechen kann.

8. Kapitel

Thomas hat sich schon um sieben von einem sphärischen Weckton seines Smartphones wecken lassen, geduscht und dann in Ruhe den Tisch auf der Terrasse fürs Frühstück gedeckt. Als seine Schwester in der Küchentür erscheint und sich räuspert, brät er gerade Rühreier. Das Wasser gluckert in einer alten Filterkaffeemaschine. Weil er weiß, dass Sophia seit Jahren grünen Tee statt Kaffee trinkt, hat er Kanne, Teesieb und die von ihr mitgebrachte Packung mit Bio Sencha Kyoto auf den Küchentisch gestellt. Er genießt es, wie seine Schwester noch im Schlafanzug im Türrahmen steht, während er geduscht und nach Rasierwasser riechend das Frühstück zubereitet.

«Da steht dein Grüntee», sagt er.

Während des Frühstücks sackt seine Laune allerdings in sich

zusammen. Nach dem ersten Marmeladenbrötchen spürt er wieder die Müdigkeit unter den Augen, den Druck in seinem Kopf. Auch Sophia sieht alles andere als frisch aus. Ist sie einfach nur übernächtigt oder vielleicht erkältet oder krank? Er hat keine Lust, sie darauf anzusprechen, unter anderem auch, weil ihn Sophia nach seiner aktuellen Finanzlage gefragt hat, mit diesem beiläufigen Tonfall, der suggerieren soll, dass sie seine Situation nicht bewertet und nichts von ihm erwartet, was genau genommen die größte Frechheit ist. Seit er sich von Marcel 15 000 Euro geliehen hat, um die Unwägbarkeiten seiner Selbstständigkeit abzufedern, fühlt sich Sophia mehr denn je berufen, nach seiner «finanziellen Situation» zu fragen. Es würde ihn weniger ärgern, wenn sie nicht recht behalten hätte: Seine Festanstellung bei der ZEIT ist die ökonomisch beste Phase seines Lebens gewesen, und er hat sie beendet, weil er sich eingesperrt und unzufrieden fühlte. Seit der Kündigung arbeitet er mehr – zumindest unter mehr Stress – und verdient weniger. Die Zahl seiner Berufsjahre wächst, die Zahl seiner Kontakte nicht. Die freundliche, zinslose Leihgabe von Marcel kann er seit Jahren nicht zurückzahlen, und es sieht auch nicht so aus, als ob sich das in absehbarer Zeit ändern ließe, es sei denn, er schriebe neben seinen Artikeln, Reportagen und Rundfunk-Features noch deutlich mehr Werbetexte, als er es jetzt bereits tut. Wenn seine Schwester wüsste, dass die Hälfte seiner Einnahmen als «freier Journalist» von einer Marketingfirma stammt, für die er Nahrungsergänzungsmittel betextet – sie könnte in Zukunft bei jeder seiner Sticheleien gegen ihren selbstgefällig-bürgerlichen Lebensstil gelassen abwinken und ihn an «Maca, die Zauberknolle aus den Anden» erinnern, an «Reishi, den Vitalpilz aus der TCM», oder die tollen Traubenkerne mit ihrem enorm hohen Gehalt an «wertvollen Antioxidantien».

«Es bleibt spannend», antwortet er auf die Frage seiner Schwester und köpft dann schwungvoll sein Frühstücksei.

«Ja, Journalismus ist eine schwierige Branche», sagt Sophia. Vermutlich meint sie es freundlich, aber es ärgert ihn. Achtlos löffelt er Ei aus der Schale, es tropft gelb auf seine Hose. Er registriert es mit einem Ärger, der weiter anschwillt, während er den Jeansstoff notdürftig mit einer Serviette reinigt.

«Vielleicht bekommen wir das Haus ja schnell verkauft», sagt Sophia. «Dann bist du deine Geldsorgen eine Weile los. Vielleicht kannst du sogar noch was in ETFs investieren. Fürs Alter.»

Thomas ärgert sich. Er ärgert sich darüber, dass seine Schwester etwas derart Offensichtliches sagt, als wäre er zu blöd, das selbst zu begreifen. Auch der ETF-Rat ärgert ihn. Das sind genau die Themen, mit denen Sophia und Marcel bei Abendgesellschaften in Harvestehude herumnerven. Noch mehr ärgert ihn seine eigene chronische Jagd nach Geld, bei der er sich nicht als Jäger fühlt, sondern als der Gehetzte, und dass er letzten Endes das Geld immer von denen bekommt, die er verachtet. Auch das ins Haus gesteckte Geld seines Vaters will er eigentlich nicht, aber er braucht es. Vor allem aber ärgert sich Thomas über den Dotterrest auf seiner Jeans, den kleinen, jetzt braunen Fleck.

«Früher hätte ich nie gedacht, dass du mal Hausfrau und Mutter wirst», sagt er versuchshalber.

«Ich auch nicht», sagt Sophia.

«Fehlt dir da nicht was?», fragt Thomas, als ob er diese Frage noch nie gestellt hätte. Er redet jetzt wie auf Autopilot.

«Eigentlich nicht», sagt Sophia leichthin. «Es hat sich so entwickelt. Und jetzt frage ich mich nicht, ob ich wahnsinnig selbstverwirklicht bin. Ich kreise einfach kaum noch um mich selbst.»

«Sondern um die Kleine», sagt Thomas, und da es freundlicher klingt, als seine Laune ist, und er ehrlich sein muss, als sei Ehrlichkeit eine Zwangsstörung, fügt er hinzu: «Arme Julika!» Kaum hat er die letzten beiden Worte gesagt, wird die Stille am Tisch von der einen Sekunde auf die andere drückend, und jetzt sieht Thomas, dass eine Tränenspur aus Sophias linkem Auge läuft.

«Das war Spaß!», sagt er, aber in seiner Stimme schwingt weiterhin Wut mit, er fühlt sich in die Ecke getrieben. Sophia schüttelt den Kopf. Dann kippt sie ein Stück nach vorne. Jetzt weint sie richtig. Wie lange hat er seine Schwester nicht weinen gesehen? Und dann wegen einem derart nichtigen Anlass. Weil er Sophias Schluchzen und ihr verknautschtes Gesicht nicht aushält, redet er wieder los: «Ich meine, das Haus hier macht mich auch fertig. Lorenz kann es gerne haben. Ich wette, er altert hier drin doppelt so schnell, und wir überleben ihn erst recht und können das Haus dann wieder ...»

«Nee, Thomas», unterbricht ihn seine Schwester. «Ich überlebe Lorenz bestimmt nicht. Ihr werdet mich beide überleben.»

«Aha», sagt Thomas und rätselt, was dieses für seine Schwester so untypische Pathos jetzt soll.

Sophia setzt sich gerade hin, hebt den Kopf, sieht ihn an und spricht mit glattem Gesicht: «Ich war neulich beim Arzt. Ich habe Krebs, eine Krebs-Art, die mich zuverlässig in den nächsten Monaten killt.»

Thomas führt seinen Becher zum Mund und merkt erst dann, dass er den Kaffee schon ausgetrunken hat. Da ihm nichts anderes einfällt, erkundigt er sich sachlich nach der Art des Tumors, nickt zu den Antworten seiner Schwester und fragt schließlich: «Was heißt das jetzt?»

«Dass ich bald sterben werde.» Seine Schwester sitzt aufrecht da und sagt diese Worte müde und ruhig. Thomas glaubt, dass er jetzt irgendetwas empfinden müsste: Trauer, Wut, Mitleid.

«Wieso sagst du mir das erst jetzt?» Er kann den Vorwurf in seiner Stimme nicht zurücknehmen.

«Du bist nach Sibel der Zweite, dem ich es erzähle. Marcel weiß es noch nicht.»

Thomas sitzt da und verwirft Sätze, die sich ihm aufdrängen: *Bist du dir sicher? Kann man da denn wirklich nichts machen? Ich glaub das nicht. Gleich wache ich auf. Kann ich dir irgendwie helfen?*

«Du musst jetzt auch gar nicht irgendetwas dazu sagen.» Sophia sieht ihn an. Er wendet den Blick ab. «Ich wollte es dir nur erzählen», sagt sie. «Man begreift das nicht in einer Minute. Ich bin seit drei Wochen dabei, es zu begreifen.»

Plötzlich spürt Thomas ein Ziehen in den Beinen, ein Unwohlsein im Hintern, als kühle er von innen aus, dazu eine Verhärtung des Bauchraums.

«So eine Riesenscheiße», sagt er.

«Ja», pflichtet ihm seine Schwester bei. «Es erfordert auch von mir ein gewisses Umdisponieren.»

«Was willst du jetzt machen?»

«Weiter», sagt Sophia und tippt mit dem Zeigefinger auf die Kladde mit Hausrats-Notizen vor sich auf dem Tisch.

9. Kapitel

Sophia steht im ehemaligen Arbeitszimmer ihres Vaters. Deckenhohe Bücherregale umstellen sie von drei Seiten. Nur etwa ein Drittel der Bücher sind medizinische Fachliteratur, der Rest besteht aus Romanen und Sachbüchern, die ihr Vater und ihre Mutter im Laufe der Jahre angeschafft oder geschenkt bekommen haben. Manche Bände dürften auch Erbstücke sein, zum Beispiel die Goethe-Gesamtausgabe von 1909 oder die Gesammelten Werke von Schiller oder Lessing mit ihren eng bedruckten Seiten auf dünnem, gelblichem Papier. Stockfleckig stehen die Bände auf den Brettern, als wären sie krank vom Alter; niemand wird sie mehr lesen. Lorenz hat an manche davon seine weißen Post-it-Zettel geklebt, offenbar hat ihn die Kunde vom Preisverfall auf dem Antiquariatsmarkt noch nicht erreicht.

Das Arbeitszimmer ihres Vaters hat Sophia immer gleichzeitig beruhigt und eingeschüchtert, bedrückt und dem Alltag enthoben. Hier hat sie schon als Grundschülerin mit ihrem Vater Kunstbände angeschaut, und er ist nicht richtig betrunken oder bedrohlich gewesen, so wie er ihr gegenüber ohnehin so gut wie nie bedrohlich gewesen ist. Sie hat ihn nicht wütend gemacht wie Thomas, sie hat ihn als kleines Mädchen, als Teenager und als junge Frau entzückt. Er nahm sie mit ins Theater, in die Oper, in Museen und Kunstausstellungen, und sie verdankt ihm sicher mindestens ebenso viel kulturelles Wissen wie dem Studium der Kunstgeschichte. Genauer gesagt: Das Studium fiel ihr leicht und füllte sie aus, weil ihr Vater sie vorher einen genauen Blick und Neugier und einen selbstverständlichen Umgang mit Kunstwerken gelehrt hatte. Die Medizin war sicherlich die Berufung ihres Vaters gewesen. Seine Religion aber hatte er in der klassischen Bildung, der europäischen Kunst und den Ideen der Aufklärung gefunden. Nicht so unähnlich zu Thomas, denkt sie und streicht mit den Fingerspitzen über Bildbände von Goya, Rembrandt, Dürer und Vermeer. Hat sich Thomas nicht den Kupferstich mit dem Ritter mitgenommen, der hier früher an der Wand über dem Schreibtisch hing? Sie denkt an das Bild und an ihren Vater, wie er darunter saß und das Zimmer mit seinem herben Pfeifentabak bedampfte wie ein in sich versunkener Drache.

Sophia stellt sich ihren Vater auf dem Klappbett vor, das bis heute an der schmalen Seite des Zimmers steht, umstellt von Bücherregalen. Jetzt liegen Aktenordner auf diesem Bett. Sophia steht da, in ihren Gedanken eingesponnen, und dann fällt ihr Blick auf einen silbernen Alukoffer unter dem Bett. Sie ahnt, was sich darin befinden könnte, und verschiebt die Sichtung auf später.

Bisher ist sie zufrieden mit dem Tag. Das Gespräch mit ihrem Bruder ist besser verlaufen, als sie befürchtet hat. Es ist gut, dass sie vor ihm weinen konnte. Und er hat offenbar auch verstanden, dass sie keine besonderen Gefühlsregungen oder Trostversuche von ihm erwartet. Jetzt muss sie ihm nur noch ihren Wunsch vortragen, dass er sich zusammen mit Katrin und Marcel das Sorgerecht für Julika teilt – am besten ganz offiziell. Julika soll nicht allein mit Marcel bleiben müssen, der schon immer besser arbeiten als mit ungeplanten Emotionen umgehen konnte. Sophia will für diese Bitte den richtigen Zeitpunkt abwarten, jetzt muss Thomas erst einmal mit der einen Neuigkeit fertigwerden. Zum Glück hat er nicht vorgeschlagen, das Ausräumen abzubrechen, um irgendetwas *Besonderes* zu unternehmen. Sie will jetzt keinen Ausflug zu einem Platz ihrer Jugend machen, so als wäre es ihr letztes gemeinsames Wochenende. Den Hausrat zu dokumentieren und über dessen künftigen Verbleib zu sprechen – das ist genau das, was Sophia jetzt tun will.

Thomas sitzt im Wohnzimmer am Laptop. Er muss Zeitungsartikel lesen und Twitter- und Facebook-Kommentare. Wenn man ihn davon abhält, wird er gereizt. Wenn man ihn lässt, allerdings auch. Sie musste ihn drängen, sich allein an seinen Laptop zu setzen, anstatt nun ständig um sie herumzustreichen. Er sagte, es komme ihm «brutal» vor, sie jetzt allein zu lassen, und sie musste ihn darauf hinweisen, dass sie auch gestern schon ihre Diagnose kannte und den ganzen Tag allein gewesen war, genau genommen habe er sie um mehrere Stunden versetzt, um sich mit einer Bardame auszutauschen. Nach dieser Stichelei fühlte sich Thomas offenbar frei genug, um mit einem weiteren Becher Kaffee in der Hand den Laptop hochzufahren.

Sophia sucht aus den Regalen Kinder- und Jugendbücher

für Julika heraus, auch wenn es dabei vermutlich mehr um ihre eigene Nostalgie geht als um die Interessen ihrer Tochter. Julika muss die russische Märchensammlung «Prinzessin Quakefrosch» oder «Die kleine Hexe» ja nicht lesen, aber vielleicht wird sie später gerne ein paar der Bücher ihrer Mutter in Ehren halten. Thomas tritt neben sie. «Das ist meins», sagt er und zeigt auf den «Räuber Hotzenplotz», den Sophia gerade in der Hand hält. «Und die anderen Hotzenplotz-Bände auch», fügt er ernst hinzu.

«Das sieht Lorenz anders», sagt Sophia und zeigt auf die an den Buchrücken angeklebten Post-it-Zettel.

«Ey, der Typ», sagt Thomas, öffnet den Buchdeckel von «Der Räuber Hotzenplotz – Schluss mit der Räuberei» und findet auf der Vortitelseite in enger Kinderschrift die Worte: «Dieses Buch gehört Lorenz Hauser.»

Thomas schüttelt langsam den Kopf und stellt das Buch wieder ins Regal.

Den Rest des Vormittags gehen sie die Bücher der Bibliothek durch. Alte Reiseführer und Merian-Hefte zu Städten wie Paris, Wien oder Rom und Regionen wie dem Allgäu bringen sie in den Papiermüll, allerdings nicht ohne dass Thomas vorher noch einmal alles durchblättern muss. Andere Bücher teilen sie unter sich auf, wobei sie sich fast immer einig sind. Sophia soll die Kunstbände und Werke zur Kunstgeschichte für ihren Mann und Julika mitnehmen, Thomas Bücher über Philosophie, Literaturgeschichte und psychoanalytische Klassiker wie «Die Unfähigkeit zu trauern». Auch den Erziehungsratgeber «Die deutsche Mutter und ihr erstes Kind» legt er für sich zur Seite.

Auf die Mehrheit der Romane erhebt Sophia keinen Anspruch. Marcel hat in Harvestehude ohnehin bereits mehr Belletristik versammelt, als er in diesem Leben auch nur annähernd wird bewältigen können, zumal er sowieso kaum zum Lesen von Romanen kommt.

Nur zwei Bücher sucht sich Sophia aus, die sie selbst noch lesen will: «Die Fahrt zum Leuchtturm» von Virginia Woolf und «Die geheime Geschichte» von Donna Tartt. Beim ersten weiß sie gar nicht so genau, warum. Vielleicht hat sie irgendwann einmal etwas Interessantes darüber gehört und fühlt sich deswegen so zu dem Roman hingezogen. Das zweite Buch hat sie einmal in der Schweizer Wohnung einer Freundin angefangen, musste es dann dort zurücklassen und hat seitdem nicht wieder hineingeschaut. Dabei wollte sie immer wissen, wie die Geschichte weitergeht.

Schließlich sind die Bestände durchgesehen. Die Mehrheit der Bücher werden sie zu Antiquariaten, öffentlichen Bücherboxen und Secondhandläden wie Oxfam bringen müssen. Sophia hat das befriedigende Gefühl, etwas Wichtiges geschafft zu haben. Thomas bietet ihr an, ein spätes Mittagessen zuzubereiten, sie soll sich ausruhen. Sophia will sich nicht ausruhen, sondern nach Läden im Umkreis recherchieren, zu denen sie die Bücher bringen könnten. Als sie es sich aber mit ihrem Smartphone im Sessel bequem macht, in dem bis vor wenigen Monaten noch ihre Mutter saß und sich strickend Kultursendungen im Radio anhörte, spürt sie eine tief von innen ausgreifende Müdigkeit. Sie hört ihren Bruder in der Küche hantieren, fühlt seine unaufdringliche, beruhigende Gegenwart, genießt, wie angenehm es ist, mit ihm hier im Haus der Eltern zu sein, wie Kinder, die sich selbst versorgen können und die nun frei sind, endlich das Leben zu führen, das sie schon immer hatten führen wollen, als Brüderchen und Schwesterchen, geschützt vor allen Hexen und Jägern in ihrem ewig jungen Zauberreich, und eine wattige Schwärze füllt sie aus, und sie gibt sich ihr hin.

10. Kapitel

Thomas betrachtet seine schlafende Schwester. Ihre Gesichtsmuskeln sind entspannt, sie atmet laut aus dem leicht geöffneten Mund. Er tritt näher an sie heran und schaut auf die vertrauten Züge. Er weiß nicht, ob er von «Liebe» sprechen darf, ob Liebe auch Wut, Genervtheit, Widerwillen, Groll und vielleicht auch Anflüge von Hass beinhalten kann. Auf jeden Fall ist Sophia der einzige Teil der Familie, mit dem Thomas viel mehr Gutes als Schlechtes verbindet. Wenn sie stirbt, hat er eigentlich keine Familie mehr. Er spürt Enge in der Brust und wünscht sich, weinen zu können. Aber das kann er nicht. Seit Jahren kommt es ihm so vor, als wären seine Tränenkanäle verstopft.

Er stellt sich vor, wie er mit Lorenz am Grab seiner Schwester steht. Das Bild macht seinen Körper schwer, als läge er selbst unter der Erde. Erst nach einer Weile fällt ihm auf, dass er sich nicht Rabea an seiner Seite vorgestellt hat, sondern Katrin.

Thomas spürt Bierdurst, aber dem wird er jetzt nicht nachgehen. Er will sich nun wirklich einmal zusammenreißen: mehr Sport, weniger Alkohol.

Dann denkt er an Rabea, ihre mühelose Fitness, die Eleganz, mit der sie eine Gelegenheitszigarette hält, die sie am Wochenende bei einem Glas Rotwein im Restaurant oder auf einer Party raucht. Er stellt sich vor, wie er ihr von der Diagnose seiner Schwester berichtet, persönlich, nicht am Telefon oder per Mail. Er fragt sich, ob er es auch Katrin sagen sollte, was aus Julika werden wird, ob man sich bei einer solchen Diagnose ganz sicher sein kann, ob es nicht doch noch Heilung geben könnte, egal wie abwegig der Weg dahin einem nüchternen Geist erscheinen muss.

Thomas lässt seine Schwester schlafen und isst von seinem Glasnudelsalat mit Räuchertofu und Mango. Er ist stolz auf das Ergebnis, hat aber kaum Appetit. Als Sophia eine Viertelstunde später aufwacht, isst er aber doch noch eine Portion mit ihr. Obwohl es warm ist und die Sonne fast unverschämt durch die länger nicht geputzten Fensterscheiben scheint, schaffen sie auch am Nachmittag und frühen Abend erstaunlich viel. Sie gehen alle Gegenstände im Wohnzimmer durch. Den noch recht neuen Flachbildfernseher, das Sideboard und die beiden Bronzefiguren im Fidus-Stil kann Lorenz haben. Den Flügel aber soll Julika bekommen, Sophia wird dafür einen Teil der Hausverkaufssumme an ihre Brüder abtreten. Thomas legt sich ein paar Klassik-CDs der Mutter heraus, stellt einen Samowar dazu, für den er derzeit nirgendwo Platz hat, und eine sogenannte Bankerleuchte mit grünem Schirm und Messingständer. Den Rest wollen sie per

Kleinanzeige verkaufen, zum Sozialkaufhaus «Schatzinsel» bringen, verschenken oder – wie den Inhalt der Schublade voller Geschenkpapier und Bastelkram – wegwerfen.

Es ist noch hell, als sie auf der Terrasse sitzen. Thomas hat sich ein Bier aufgemacht. Der Schweiß läuft ihm den Rücken hinunter. Jetzt, wo die Arbeit fürs Erste getan ist, senkt sich eine äußere Stille über ihn, in der die innere Unruhe unangenehm anschwillt. Er hasst es, wenn er nichts machen kann, wenn er einfach nur sein muss und diesen Zustand aushalten soll. Vielleicht sollte er seine Schwester fragen, was nun die nächsten Schritte sind, wie sich die Krankheit üblicherweise entwickelt, was zu tun und womit zu rechnen ist. Aber will er Sophia und sich selbst nach einem anstrengenden Tag eine solche Unterhaltung zumuten?

Sophia löst die einschnürende Stille auf, indem sie ein Gespräch beginnt. Ob er sich an die heißen Sommertage von ganz früher erinnere, hier auf der Terrasse und im Garten? Die Fingerfarben, mit denen sie die große Glasfront bemalten, das Wassereis aus Saft, das man in der Tiefkühltruhe selbst herstellen konnte, das Planschbecken, in dem sie mit Piratenschiffen gegeneinander kämpften?

«Natürlich», sagt Thomas sofort. «Ich hatte das große Playmobilschiff von Lorenz.»

«Und ich dieses Ding, das Papa gebaut hat», sagt Sophia vergnügt. Zusammen erinnern sie sich an die instabile, floßartige Konstruktion ihres Vaters, der sonst nie Zeit fand, etwas mit ihnen zu basteln oder zu spielen. Sie erinnern sich an die Legomännchen, die Sophia als Crew benutzte, während sie die Playmobilkanonen gleichmäßig untereinander aufteilten. Thomas fällt ein, wie Sophia seine Besatzung mit einer «Todeswelle» wegzuspülen versuchte, wenn die Mehrheit ihrer Männchen abgeschossen an Deck lag oder im Wasser trieb und ihr die Niederlage drohte. Sophia bestreitet nicht, bei solchen Gelegenheiten mit der flachen Hand Planschbeckenwasser auf sein Schiff geschoben zu haben, erinnert ihn aber daran, dass er schon nach der ersten Attacke dieser Art einen angeblichen Magierpiraten an Bord installierte, der wahlweise das Schiff wegfliegen lassen oder die fortgespülten Crewmitglieder wieder an Deck zaubern konnte. Thomas meint, dass sein Magierpirat zumindest Teil einer halbwegs stimmigen Geschichte gewesen sei. Sophias Todeswelle hingegen müsse man als «unmotiviert» bezeichnen. Sophia widerspricht ihm nicht, nennt aber im Gegenzug seine Ein-Mann-Shows unmotiviert. Thomas erinnert sich, wie er an manchen warmen Nachmittagen und Abenden in der Garageneinfahrt oder auf der Straße für Sophia und ein paar Kinder aus der Nachbarschaft eine «Witz-» oder «Lachshow» aufgeführt hat, die im Wesentlichen darin bestand, dass er so spektakulär wie möglich über Steine, Getränkedosen, ein Mäuerchen oder tatsächlich auch eine Bananenschale stolperte, hinfiel und sich anschließend theatralisch darüber ärgerte. Darin, sagt Sophia, habe er großes Talent bewiesen. Durch die Witzshow kommen sie auf die Nachbarskinder zu sprechen: Sandra und Nikolai, Paul und Simone. Wie lange ist es her, dass sie zuletzt an die vier gedacht haben? Sie fragen sich, was die wohl heute machen, und denken sich kurz ein paar Lebensläufe aus, finden aber beide schnell wieder das Erinnern an frühere gemeinsame Sommer unterhaltsamer. Sie sprechen über das Glück, als Kinder gleich vor dem Haus Wiesen, einen Bolzplatz und einen großen Wald gehabt zu haben – und eine Spielstraße. Die ganze Umgebung war für sie ein großer Spielplatz gewesen. Auf dem Bürgersteig und in der Garageneinfahrt konnten sie durch Kästchen hüpfen, mit einem Gummi twisten und auf der Straße Rollschuh oder Skateboard fahren. Sie spielten Nachlaufen, Verstecken und Völkerball, und wenn ein Auto kam, fuhr es langsam, und der Fahrer wartete geduldig, bis sie das Feld geräumt hatten. Manchmal kurbelte er das Fenster runter und sagte noch etwas wie «Ihr habt es gut» oder «Grüßt mal schön zu Hause».

Thomas lenkt den gemeinsamen Rückblick von der Kindheit in die frühe Jugend und erinnert seine Schwester an die aufregenden Sommernächte, in denen sie kichernd aus dem Haus geschlichen waren, erst nur so, um es mal zu machen, dann um Streiche in der Nachbarschaft zu spielen, und noch später, um im Gras zu liegen, ihre erste Flasche Wein zu trinken und zu einem Panorama aus ungezählten Sternen hinaufzusehen. Kurz nach diesem ersten Rausch stiegen sie mit ein paar anderen aus der Nachbarschaft ins Freibad ein, das sie mit dem Rad in aufregender Abwärtsfahrt schnell erreichen konnten.

Thomas öffnet sich noch ein Bier. Die Erinnerungen sind zu schön, um sie nicht zu begießen. Einen weiteren Sommer mit seiner Schwester wird er sehr wahrscheinlich nicht erleben. Wieder steigt etwas in ihm auf, das wie Weinen ist, nur dass die Tränen und die Erleichterung ausbleiben. Sophia hat sich aus der Küche ein Glas Saft geholt. Sie ist über ihre Jugenderinnerungen redselig geworden. Thomas freut sich darüber, dass sie sich an so vieles noch erinnern kann, es ist mehr, als er gedacht hätte. Beseelt von einer Mischung aus Nostalgie, Trauer und Überschwang sagt er: «Das war die beste Zeit in meinem Leben. Nach dem ersten Kuss und vor dem ersten Sex.»

«So genau kannst du das eingrenzen?», fragt Sophia. Thomas tut, als ob er nachdenken würde, dann nickt er entschlossen. Er ist sich sicher, dass Sophia ihre Jugend keineswegs als die beste Zeit ihres Lebens in Erinnerung hat, dass sie in den letzten Jahren zufriedener gewesen ist, angekommen, mit Mann und Kind und einem Haus, größer als das der Eltern und ohne einen brüllenden Säufer. Sie ist erwachsen, er ist hängen geblieben, so sieht es aus. Sein Verstand hat sich weiterentwickelt, aber davon abgesehen fühlt er sich wie ein Teenager oder wie jemand, dessen Sehnsucht an dieser Lebensphase festklebt.

«Meine beste Zeit hatte ich während des Studiums», sagt Sophia. Thomas hat es von seiner Schwester schon öfter gehört: Als sie Bonn, das Elternhaus, den Freundeskreis und ihren damaligen Freund Jonas verlassen hat, hat sie sich befreit gefühlt. Berlin verklärt sie bis heute wegen den Jahren, in denen sie dort selbstbestimmter leben konnte als je zuvor.

«Und heute?», fragt er.

«Heute? Keine Ahnung», sagt Sophia. Thomas glaubt, Unsicherheit aus der Stimme seiner Schwester herauszuhören. Er kann nicht anders, als weiter zu fragen: «Du führst doch in etwa das Leben, das du dir wünschst, oder?»

«Ich finde schon die Frage bescheuert», sagt sie und trinkt den Rest aus ihrem Glas.

11. Kapitel

Sophia ist irritiert. Sie ist es nicht gewohnt, dass ihr Bruder sie so ausfragt. Jahrelang galt die stille Übereinkunft zwischen ihnen, dass es zu ihrem Leben nichts zu fragen gibt, und nun will Thomas wissen, wie zufrieden sie ist. Natürlich haben ihr andere solche Fragen hin und wieder gestellt, vor allem Freundinnen, die den Austausch von Leid und Problemen für einen Vertrauensbeweis hielten, ein die Freundschaft festigendes Band. Auch Marcel will manchmal wissen, wie es ihr «wirklich» geht. Sie antwortet dann entweder «richtig gut» oder «gut» oder «Wie soll es mir schon gehen?». Seit der Diagnose aber ist sie verunsichert. Blickt sie jetzt auf ihr Leben der letzten Jahre zurück, dann erschrickt sie. Nicht, weil es ihr so schlecht gegangen wäre, sondern weil sie einfach nicht weiß, wie es ihr gegangen ist. Spätestens nach Julikas Geburt hat sie sich derartige Fragen abgewöhnt. Jetzt, wo sie mit ihrem Leben abschließen muss, kommt es ihr plötzlich vor wie der nichtssagende Traum einer anderen. Sie versteht nicht genau, was das zu bedeuten hat, aber es macht ihr Angst, und die Frage ihres Bruders wühlt sie auf. Ist Julika wirklich der einzige Sinn in ihrem Leben? Aber das kann sie mit Thomas nicht besprechen. Sie kann ihn auch nicht fragen, wie sie mit einem Leben abschließen soll, das sich ungelebt anfühlt. Vielleicht sind das auch alles nur Gedanken, die mit der Todesangst kommen. Vielleicht ist das ganz normal. Vermutlich ist genau dies Zufriedenheit: Man bekommt sie nicht mit. Man existiert einfach und stellt dieses Dasein erst dann infrage, wenn es plötzlich bedroht wird. Womöglich hat sie alles richtig gemacht. Aber warum ist sie dann jetzt so unsicher? Und warum glaubt sie überhaupt, dass das die entscheidende Frage wäre: ob sie alles richtig gemacht hat? Und jetzt fällt ihr wieder ein, dass sie sich seit jeher wie eine Hochstaplerin fühlt, wie jemand, dem eines Tages die Maske einer vernünftigen, zufriedenen Erwachsenen vom Gesicht gerissen wird.

«Vielleicht lebe ich nicht richtig», sagt sie, während vom Nachbargrundstück plötzlich das Knattern eines Rasenmähers ertönt. Ihr Bruder wirkt mit einem Mal ganz wach.

«Vielleicht spiele ich die ganze Zeit nur eine Rolle», sagt sie. «Vielleicht bin ich nicht ich.» Das Weinen steigt aus ihrer Körpermitte auf. Es ist wie ein heftiger werdender Krampf. Sie hat Angst, die Kontrolle zu verlieren und nie wieder aufhören zu können.

12. Kapitel

Wie hemmungslos seine Schwester plötzlich weint, wie sich ihr Körper krümmt, wie aus ihrem verzerrten Gesicht das Heulen und Schluchzen eines kleinen Mädchens dringt! Thomas weiß nicht, wie er Sophia trösten soll, er kann es nicht, er will es vielleicht gar nicht. Er sieht seine Schwester lieber stark und souverän, wenigstens ein Mitglied der Familie soll stabil sein.

«Ich weiß gar nicht, wer ich bin», sagt Sophia mit einer furchtbar quäkenden Kinderstimme. «Woher soll ich das auch wissen?»

Thomas erinnert sich an ein Erlebnis aus der Kindheit. Die Eltern hatten sich wieder gestritten, sie hatten wieder geschrien, sich wieder mit Tellern und Tassen beworfen, und Sophia und er waren wieder in das Kinderzimmer geflüchtet, das sie sich damals teilten. Aber diesmal war es nicht wie sonst gewesen, diesmal hatten sie nicht ernst und blass dagesessen und auf die Geräusche aus dem Erdgeschoss gelauscht. Stattdessen hatte Sophia plötzlich angefangen zu weinen, unvorhergesehen und untröstlich. Thomas glaubt, sich zu erinnern, dass er damals plötzlich ruhig und kalt wurde und dachte: Ich bin ganz allein.

Jetzt tut er, was er damals nicht getan hat: Er steht auf, geht zu seiner Schwester, nimmt ihre Hand und zieht sie sachte hoch. Als sie steht, legt er einen Arm um ihre Taille, den anderen um ihre Schultern. Er hält sie fest und wiegt sie sanft. Ohne nachzudenken, sagt er leise: «Ja.»

«Ich will so nicht sterben», sagt seine Schwester, und wieder sagt Thomas «Ja».

«Dann war alles umsonst», sagt Sophia. «Alles.»

Thomas wiegt seine Schwester, ihr Körper fühlt sich weicher und durchlässiger an, je länger er sie hält. Er kann jetzt auch seinen eigenen Körper intensiver fühlen, dort wo er seine Schwester berührt, die Wärme und die Verbindung.

«Wir bräuchten Eltern», sagt Thomas.

«Ja», sagt Sophia und schluchzt laut auf.

«Wir bräuchten jemand, bei dem wir noch einmal Kinder sein können, unter besseren Vorzeichen.» Er spürt die Nässe an Sophias Wangen und ihren nickenden Kopf in seiner Armbeuge.

«Dann machen wir das eben selbst», sagt Sophia mit wieder fester Stimme, ein Lachen mischt sich in ihr Weinen, und auch Thomas muss lachen.

«So wie immer», sagt er. «Brüderchen und Schwesterchen.»

«Ja», sagt Sophia. «Du bist das Reh.»

«Von mir aus.»

13. Kapitel

Thomas reicht ihr den glimmenden Joint. Sie hat seit vielen Jahren nicht gekifft. Und seit vielen Jahren hat sie nicht mehr hier auf der Bank am kleinen See gesessen. Grillen zirpen, der Mond spiegelt sich im Wasser, Meteore verglühen wie lautloses Feuerwerk zwischen Tausenden von Sternen.

Es ist ein typischer Thomas-Vorschlag: ein Rollenspiel. Er spielt für sie die Mutter, sie kann ihn alles fragen und alles sagen, was sie zu Lebzeiten die Mutter nicht gefragt und nicht gesagt hat.

Jetzt denkt sie an Jonas, ihren ersten Freund. Mit ihm hat sie vor vielen Jahren auch hier gesessen, gekifft und manchmal einen seltenen Frieden gespürt, der ihr erst im Rückblick kostbar erscheint. Alle hatten Jonas für langweilig gehalten, dabei hatte er sie einfach so geliebt, wie sie war, er war dazu in der Lage gewesen, aber sie hatte das nur ein paar Monate lang ausgehalten und dann das Urteil der anderen übernommen: Sie brauchte einen interessanteren Freund, jemanden, der etwas hermachte, eigentlich einen richtigen Mann, nicht so einen friedlich vor sich hinlächelnden Ja-Sager. Jetzt ist sie traurig, nicht wegen Jonas, sondern wegen sich selbst. Unter dem Vorwand, mehr zu wollen, ja zu brauchen, hat sie sich nach Jonas immer mit weniger zufriedengegeben. Eben hat sie es Thomas gesagt, ohne es genau zu verstehen, jetzt denkt sie es klarer: Ihr Erwachsensein kommt ihr wie eine Maske vor. Sie hat damit überspielt, dass sie noch nicht einmal richtig Kind gewesen ist. Aller Frieden, den sie erreicht hat, ist faul. Bald muss sie gehen und ist noch gar nicht irgendwo angekommen.

Sophia nimmt den Joint, zieht vorsichtig daran und inhaliert, obwohl es sich ungesund anfühlt. Ihr Körper sagt ihr, dass sie das nicht will, aber ihr Körper kann sie gerade mal. Thomas nimmt ihr behutsam die tabaklose Tüte aus der Hand, füllt seine Lungen mit Rauch und stößt ihn dann langsam aus.

«Also, mein Kind», sagt er dann. «Was ist nun? Was hast du auf dem Herzen?»

«Soll das jetzt Mama sein, oder was?»

«Ganz recht!»

«Total plausibel. Meine Mutter kifft mit mir an der Tongrube und trägt Siebentagebart.»

«Plausibilität wird überschätzt, Wahrheit ist nicht Wirklichkeit.»

Sophia lacht auf. Bei Thomas scheint das Zeug schneller anzuschlagen als bei ihr. Während sie der Wirkung des THC nachspürt, erklärt Thomas, dass die Mutter, wenn sie hier säße, auch nicht unbedingt besser für sich sprechen würde. Er habe sie gut gekannt, besser als Sophia oder Lorenz.

Dann erzählt er ihr von den Tagebüchern, die er aus einem Schuhkarton in ihrem Kleiderschrank mitgenommen habe, gleich nach der Beerdigung. Die Mutter habe ihm auf dem Krankenbett von diesen Notizheften erzählt und sie ihm vermacht. Allzu viel sei es nicht. Der größte Teil bestehe aus Einträgen, die sie als Jugendliche angefertigt habe. Der zweitgrößte Teil stamme aus den frühen Erwachsenenjahren. Dann gebe es eine sehr große Lücke und schließlich wieder ein paar Aufzeichnungen, die sie nach dem Tod des Vaters gemacht habe.

«Wieso hast du die?», fragt Sophia. Sie spürt ein Zittern, das sich von ihrer Brust in ihre Stimme überträgt und ihr übertrieben vorkommt.

«Keine Ahnung», sagt Thomas. «Ich denke, sie hat mir davon erzählt, weil ich sie immer am ehesten durchschaut und verstanden habe.»

«Aha.»

«Steht da irgendwo sinngemäß.»

«Und kann ich die auch mal lesen?»

«Klar», sagt Thomas. «Aber vorher solltest du mal mit ihr sprechen. So von Frau zu Frau.»

Sophia schüttelt den Kopf: «Du bist so bekloppt!» Sie hustet und hält den Joint von sich weg. «Okay, Helga», sagt sie dann.

«Seit wann nennst du mich Helga?»

«Okay, Mama!», sagt Sophia laut und ausdrucksvoll. «Ich muss dir jetzt etwas sagen, und ich bin froh, wenn du mir einfach zuhörst. Hörst du zu?»

«Ich bin deine Mutter, und ich höre zu.»

Sophia muss wieder auflachen. Ihr Bruder ist noch genau der gleiche Junge, der früher stundenlang in seinem Zimmer Kassetten vollgesprochen hat, mit verschiedenen Stimmen und unter Zuhilfenahme eines zweiten Kassettenrekorders, um Mehrstimmigkeit zu erzeugen.

«Also, liebe Mutter», sagt Sophia und schüttelt den Kopf. «Ich bin nicht immer ehrlich zu dir gewesen.»

«Ich auch nicht zu dir, mein Kind.»

«Mann, Thomas», sagt Sophia. «So redet sie überhaupt nicht. Lass doch wenigstens dieses dämliche ‹mein Kind› weg. Echt!»

«Das musst du schon mir überlassen, welche Marotten ich mir im Jenseits zugelegt habe. Du bist also nicht ehrlich zu mir gewesen. Möchtest du es jetzt denn sein?»

Sophia ist unentschlossen. Einerseits ist dieses Stellvertreterspiel wirklich blödsinnig. Es ist so offensichtlich, dass da Thomas sitzt, in seiner typischen Körperhaltung, mit seinem Gesichtsausdruck und seinen Ansichten. Sie könnte einfach mit ihm über die Gedanken reden, die ihr über ihr Verhältnis zur Mutter vor allem in den letzten Tagen durch den Kopf gehen. Andererseits will sie es nicht in erster Linie ihm, sondern tatsächlich ihrer Mutter sagen. Und die ist tot, was durch dieses Spiel hier erst recht deutlich wird, und obendrein – und dadurch wird ihre Unentschlossenheit noch verstärkt – will sie es ihr auch irgendwie nicht sagen. Wenn sie ihrer Mutter unbedingt mitteilen will, was in ihr vorgeht, warum hat sie es dann nicht getan, als diese noch lebte?

Thomas zieht am Joint und erzeugt ein sachtes Knistern. «Du fragst dich, ob du jetzt wirklich ehrlich mit mir sein willst», sagt er und lehnt sich auf der Bank zurück. «Jetzt wo ich tot bin, spielt es ja auch keine Rolle mehr. Vielleicht gehen wir es anders an. Du musst gar nichts sagen. Stattdessen hörst du mir einmal zu.»

Sophia sagt nichts. Sie ist neugierig, was sich Thomas nun einfallen lassen wird. Gleichzeitig hat sie Angst davor.

«Ich habe schon bemerkt, wie du dich um mich bemüht hast, Sophia. Von allen aus der Familie bist du am nettesten zu mir gewesen, das weiß ich.»

«Und deswegen gibst du Thomas deine Tagebücher.»

«Das ist genau der Punkt. Du bist nicht einfach so nett zu mir gewesen, sondern weil du eine Gegenleistung erwartet hast. Und je mehr du die erwartet hast, desto weniger bin ich dir entgegengekommen. Es ging nicht, ich hatte da eine Sperre.»

Sophia atmet hörbar aus. Soll sie Thomas fragen, ob er das tatsächlich so sieht, ob er das vielleicht sogar aus den Tagebüchern hat, oder soll sie das Spiel mit ihm weiterspielen, egal, wie sinnvoll es ist? Einfach schauen, wohin es sie trägt, auch wenn sie jetzt schon merkt, dass es sie aufwühlt?

«Okay», sagt Sophia. «Dir ist aber schon klar, dass ich deine Tochter bin, und dass nicht die Kinder ihre Eltern bedingungslos lieben sollen, sondern erst einmal die Eltern ihre Kinder.»

«Ja, Sophia, die Frage ist, ob dir das klar ist. Ich habe den Eindruck, du hast dich mir gegenüber immer zu der bedingungslosen Liebe zwingen wollen, die du dir von mir erhofft hast. Aber die Wahrheit ist, ich konnte dich nur so lieben wie mich selbst.»

Sophia steht auf und schaut auf den See. «Okay, Thomas, nicht schlecht. Gute Psychonummer. Jetzt erklär mir aber mal, warum sie dir offenbar besser entgegenkommen konnte als mir. Wenn das Problem doch nur mangelnde Eigenliebe gewesen ist, warum ...»

«Du wirst lachen, Sophia», sagt Thomas mit nur leicht veränderter Stimme, «aber mir ging es mit Thomas so wie dir mit mir. Ich wollte, dass er mich mag, ich wollte ihm gefallen. Ich wollte mit ihm verschworen bleiben, aber ab irgendeinem Zeitpunkt ist er immer weggelaufen und ich hinterher, und du bist mir hinterhergelaufen und ich vor dir weg. Wir haben uns alle verfehlt.»

Thomas nimmt einen letzten Zug, dann drückt er den Joint auf der Bank aus. Sophia findet das Lächeln ihres Bruders bescheuert. Nichts ist lustig an der Situation, auch nicht, dass Thomas glaubt, diese Dynamik bereits durchschaut zu haben, die sie erst noch begreifen muss.

«Das ist schon tragikomisch», sagt sie und setzt sich wieder auf die Bank. «Da läufst du vor dem einen Alkoholiker weg, liebe Mutter, und dem anderen hinterher. Aber wenigstens ist Thomas nicht gewalttätig, also nicht *so* gewalttätig. Er versucht, nur die Bösen zu hauen.» Sophia spürt das Pochen ihres Herzens bis in die Ohren. Bevor sie jedoch Zeit hat, sich weiter mit ihrem Zustand zu befassen, antwortet Thomas erstaunlich gefasst:

«Ach Sophia, du verstehst meine Liebe zu Thomas noch nicht so richtig. Du musst einmal deine Perspektive als Aschenputtel aufgeben, um mehr zu sehen als dich selbst.»

«Ja, genau, ich bin die große Egoistin. Ich sehe nur mich selbst. Lustig!»

Thomas fährt unverdrossen fort: «Als er da so in meinen Armen lag: ein kleines unschuldiges Wesen, aus dem jemand ganz anderes werden konnte als mein Mann ... Jemand, der nie so ein Mann sein würde, mit dieser ganzen Getriebenheit und Wut.»

«Tja», sagt Sophia. «Hat wohl nicht geklappt.»

Sie merkt, dass sie in einen Rausch gerät, dass die Hemmungen wegfallen, die sie sonst davon abhalten, zu sagen, was sie denkt, oder auch nur zu wissen, was sie denkt und fühlt.

«Ja», kommt die knappe Antwort. «Und ich glaube, dass er meine Hilfe braucht.»

«Och bitte, Mama. Nicht noch ein Mann, den du zu retten versuchst.»

«Ich dachte eben, das sei meine Aufgabe als Ehefrau und Mutter. Denkst du das nie?»

«Nein, das denke ich nie.»

«Du denkst nie, dass du für die Gefühle von Marcel und Julika verantwortlich bist?»

«Das ist doch etwas anderes», sagt Sophia. «Julika ist ein Kind.»

«Und du? Bist du erwachsen?»

«Ich versuche, es zu sein. Ich bin mir meiner Verantwortung wenigstens bewusst.»

«Gut, Sophia, aber warum läufst du dann bis heute deiner Mutter nach, auf der Suche nach einer Liebe, die so gar nicht da ist?»

Sophia hat ein Gefühl im Magen, als hätte sie einen Schlag abbekommen. Dass sie bekifft ist, steht außer Frage. Eine Zeit lang sitzt sie da und denkt nach. Schließlich sagt sie mit ruhiger Stimme: «Also Mama, was hättest du gebraucht? Was ist *bei dir* unerfüllt geblieben?»

Thomas zögert, bevor er stockend antwortet: «Ich glaube, ich wäre gerne in den Arm genommen worden. Einfach so, weil sich jemand freut, dass es mich gibt. Ich wäre gerne gestreichelt worden, ohne dass ich ihn befriedigen soll. Ich wäre gerne gefragt worden, was ich denke, was ich träume, was ich mir wünsche, was ich hoffe, was ich fürchte. Und ich hätte Geduld gebraucht, weil ich gar nicht so schnell hätte sagen können, was ich will. Ich hätte erst einen Weg zu meinen Wünschen finden müssen. Ich hätte sehr viel Geduld gebraucht, nicht Menschen, die vorwurfsvoll sagen: *Jetzt sag doch einfach mal, was DU willst*. Ich weiß es nicht, ich wusste es nicht, ich brauche Hilfe dabei.»

Thomas atmet aus, gibt seine aufrechte Sitzhaltung auf und rutscht mit dem Rücken ein Stück die Bank herunter. Jetzt hört Sophia wieder die Grillen und spürt ein Jucken am Arm. Eine Mücke muss sie gestochen haben. Dumpf und kühl erstreckt sich vor ihr das Gewässer in der Wärme der Nacht.

«Kannst du dir unsere Mutter als Kind vorstellen?», fragt sie. Thomas wiegt den Kopf. Er sieht dabei aus, als ob er jeden Moment wegsacken könnte.

«Ich meine, wie alt war sie, als sie uns bekommen hat?», redet Sophia weiter. «37, oder?»

Thomas richtet sich auf, legt kurz einen Finger an seine Lippen und sagt: «Du willst etwas über mich als Kind wissen? Lass mich dir eine Geschichte erzählen.»

14. Kapitel

Unser Haus steht direkt am Stausee. Drinnen ist es oft nicht richtig hell. Aber ich soll nicht die ganze Festbeleuchtung brennen lassen. Wir müssen sparen. Und in der Nacht soll der Feind uns nicht sehen. Ich mache also immer artig das Licht aus, wenn ich ein Zimmer verlasse. Aber manchmal vergesse ich es doch, weil ich in Gedanken bin. Ich spiele, und da denke ich dann nicht immer an das Licht.

Die Möbel sind groß, und schwer und braun wie Schokolade. Ich laufe zwischen ihnen herum, aber ich soll nicht laufen. Ich soll nicht singen, nicht schreien, nicht so laut reden und nicht so schnell. Die beiden Erwachsenen bewegen sich langsam. Sie sprechen nicht laut und nicht schnell und nicht viel. Sie kommen aus der einen Tür und gehen durch die andere. Immer zu der gleichen Zeit machen sie immer die gleichen Dinge. Der Mann geht nach dem Frühstück mit einer Ledertasche aus dem Haus. Die Frau geht in die Küche und steht an einem Waschbecken. Später schneidet sie Gemüse. Um halb eins gibt es Mittagessen. Gelbe Kartoffeln liegen in einem Topf mit kaltem Wasser. Dann ist der Mann wieder da. Die Frau ist nicht traurig, sie ist nicht froh. Ich kann mich auf sie verlassen. Abends gibt sie mir nach dem Gebet immer um die gleiche Zeit einen Kuss auf den Mund. Der Mann nimmt mich manchmal in den Arm oder legt mir eine Hand auf die Schulter. Nachts liege ich allein in einem Bett, und der Mann und die Frau liegen in einem anderen, größeren Bett. Sie liegen zusammen und ich alleine, und ich weiß nicht warum.

Der Mann und die Frau machen alles richtig. Ich muss das noch lernen. Ich störe. Ich spreche mit vollem Mund. Ich wippe mit den Beinen. Ich springe plötzlich auf. Den Mann erschreckt das. Er verträgt die Unruhe nicht. Manchmal zuckt es in seinem Gesicht. Er weint dann ganz komisch und will aber keinen Trost. Man soll sich nicht gehen lassen. Man soll nicht immer so ein Gewese um sich selbst machen. Man hat seine Pflicht zu tun. Nicht wie die Zigeuner.

Der Mann freut sich manchmal über mich. Dann blitzt es in seinen Augen. Ich darf auch mal auf seinem Schoß sitzen. Ich möchte ihn ganz lange umarmen. Aber dafür ist meistens nicht genug Zeit. Erwachsene haben mehr Pflichten als Kinder. Manchmal denke ich, ich muss dem Mann helfen. Vielleicht ist er traurig, oder krank. Einmal habe ich geträumt, der Mann und die Frau sind tot, kommen aber aus dem Grab zurück und machen wieder das Gleiche. Sie gehen durch das Haus, sie sitzen am Tisch, die Frau steht in der Küche, der Mann geht mit der Ledertasche aus dem Haus oder steht im Keller in der Werkstatt. Sie reden manchmal miteinander.

Geschmust wird nicht. Schmusen ist etwas für Kinder und Tiere, und auch da soll man es nicht übertreiben. Ich übertreibe immer: Wenn ich etwas erzähle, wenn ich jemand umarmen will, wenn ich schmusen will, wenn ich singen oder herumspringen möchte. Ich mache den Mann und die Frau ärgerlich damit. Sie wissen nicht, was sie mit so einem überdrehten Kind tun sollen. Vor allem rede ich zu viel. Wie das Radio, sagt die Frau, aber das kann man leichter abschalten. Im Radio sprechen sie manchmal vom Krieg und den Siegen. Und wie groß und stark Deutschland ist. Der Mann schüttelt den Kopf. Die Frau sagt, man soll da gar nicht hinhören, aber dann hört sie doch hin. Der Mann sagt, er war schon einmal im Krieg und einmal reicht. Im Keller haben wir Betten. Manchmal gehen wir dort runter, weil Krieg ist. Und weil die Engländer Bomben auf uns werfen. Deswegen müssen wir die Lichter ausmachen. Im ganzen Ort. Und alle gehen in den Keller. Der Mann sagt, sie wollen den Staudamm kaputt machen, aber das geht nicht. Der Staudamm hält ewig. Es gibt aber auch das Kraftwerk. Da arbeitet der Mann, und er sagt, das Kraftwerk können sie kaputt machen. Und das ist dann schlecht. Ich finde es so gemein, dass die Bomben auf uns werfen. Was haben wir denen denn getan? Auch im Keller soll ich nicht zappeln, sondern stillsitzen. Der Mann und die Frau können gut stillsitzen. Ich kann das nicht, und ich bin neugierig. Die Frau mag beides an mir nicht. Auch weil es den Mann nervös macht. Ich soll auch nicht pfeifen. Der Mann sagt: «Mädchen, die pfeifen, und Hühnern, die krähen, soll man beizeiten die Hälse umdrehen.» Aber er meint es nicht so. Mich soll keiner erwürgen. Es ist nur wegen dem Reim. Es ist komisch. Einerseits bin ich ängstlich. Nachts traue ich mich kaum auf die Toilette. Ich denke immer, da steht dann ein Soldat im Flur, und der tut mir was. Aber ich bin auch sehr mutig. Wenn andere gehänselt werden, dann sage ich was. Und auch sonst sage ich mal, was ich denke, und halte nicht immer brav den Mund. Ich mache nicht immer das, was die anderen sagen, auch wenn ich dafür gehauen werde. Wenn ich nicht sagen kann, was ich denke, platzt mir der Kopf. Ich glaube, die Erwachsenen haben auch nicht immer recht. Sie sagen, sie hauen einen, weil man es sonst nicht lernt. Aber warum sind sie dabei wütend? Die Frau haut öfter, der Mann ist wütender. Und dann tut es ihm leid. Daran merke ich dann: Er will das vielleicht gar nicht, und es geht nämlich gar nicht nur darum, damit ich es endlich lerne. Die Frau ist strenger. Zum Beispiel soll ich meinen Rock nicht so hochziehen. Und mich nicht da anfassen, wo es «bah» ist. Das kann ich ja verstehen. Aber muss man da wütend werden? So was verstehe ich doch auch ohne Hauen. Die Erwachsenen sind oft sehr ernst. Nur Onkel Paul ist lustig. Ich durfte ihm zum Beispiel zusehen beim Rasieren, und wir haben ihm einen Schnauzbart gemacht wie den vom Führer auf dem Bild in seinem Wohnzimmer. Und auch die Haare habe ich so hingelegt. Und dann hat er gesprochen wie der Führer, und das fanden wir beide sehr lustig. Vielleicht muss Onkel Paul lustig sein, weil er keine Frau hat. Er ist allein und hat dann eben die Lustigkeit. Ich will später auch lieber lustig sein, als einen Mann zu haben. Was soll ich mit dem? Ich muss dann immer kochen und putzen, und er bezahlt das alles.

15. Kapitel

Es ist still.

«Onkel Paul?», sagt Sophia schließlich. «Der war doch ein richtiger Nazi.»

«Ja und?», fragt Thomas ein wenig zeitverzögert.

«Über den hätte unsere Mutter nicht so freundlich erzählt.»

«Als Kind vielleicht schon.» Wieder antwortet Thomas, als hätte sie ihn gerade geweckt. Sophia will widersprechen, aber womöglich hat Thomas recht. Außerdem hat sie keine Energie für eine Auseinandersetzung über Onkel Paul. Das Gehörte wirkt in ihr nach. Sie sieht ihre Mutter als Kind. Sie spürt sie. Und sie fühlt das, was dieses Kind nicht fühlen konnte. Sie möchte es in den Arm nehmen und ihm sagen: Du bist gut, so wie du bist.

Seit vielen Jahren hat Sophia nicht gekifft. Warum eigentlich nicht? Das Zeug ihres Bruders ist großartig. Die äußere Welt ist nur ein Spiegel der inneren und voller Bedeutung, Schönheit und Wärme.

Erstaunlich, dass ihr Bruder so von der Mutter erzählen kann. Sie weiß nicht, wie viel historische Wahrheit in seinen Worten steckt, aber dass er sich in einen anderen Menschen, noch dazu aus der eigenen Familie, so hineinversetzt, das hätte sie eher für unwahrscheinlich gehalten. Dann aber findet sie diesen Gedanken ungerecht. Bis weit in die gemeinsame Jugend hinein hielt Thomas nicht nur gerne Vorträge, er konnte auch zuhören. Außerdem war er schon immer ein guter Beobachter. Manchmal hatte er noch vor ihr gewusst, was in ihr vorging. Und vermutlich hat er sich bis heute mehr Gedanken über die Familie gemacht als alle anderen zusammen. Trotzdem hätte sie nicht gedacht, dass er sich auch so in einen Menschen hineinfühlen kann. Es ist ein wenig unheimlich. Sophia findet den Gedanken nicht abwegig, dass die Mutter durch Thomas gesprochen hat.

«Bist du dir sicher, dass sie geschlagen wurde?», fragt sie.

«Ja», sagt Thomas. «Stand im Tagebuch. Begründung: Ich war ein sehr anstrengendes Kind.»

«Ich kann mir das bei unseren Großeltern gar nicht so richtig vorstellen», sagt Sophia.

«Ich schon.»

«Jaja, ich bin halt naiv.» Sophia erinnert sich, wie sie als Kind und Jugendliche mit ihrem Bruder bei Ausflügen zu den Großeltern im Sauerland die Gegend erkundet hat. Sie kann nicht mehr sagen, welche Geschichten und Spiele sie sich dabei ausgedacht haben, aber sie fühlt noch einmal die Stimmung: eine sonderbare Mischung aus Enge und Weite, Bedrückung und Freiheit. Das Aufatmen, wenn sie die schweigsame Kaffeetafel der Großeltern verlassen durften, die angespannte Mutter, den angetrunkenen Vater, die immer latent vorwurfsvolle Großmutter und den oft wie abgeschaltet dasitzenden Großvater, der nie vom Krieg sprach, obwohl er anders als ihr Vater nichts zu verbergen gehabt hätte. Lorenz war bei diesen Besuchen meist nicht mehr dabei gewesen, dafür hatte er sie in jungen Jahren alleine durchstehen müssen, ohne die Unterstützung einer Schwester oder eines Bruders.

Sie denkt an ihre Großeltern: Martha und Wilhelm, die Namen passten gut. Hart und klar die Oma, der Opa weicher und geschmeidiger, aber auch zittriger. Sie denkt an das kleine Haus mit dem Wohnzimmer voller schwerer Möbel. Die vorherrschenden Farben in ihrer Erinnerung dieses Wohnzimmers, das auch als Esszimmer diente, sind cremefarben und dunkelbraun. Sie denkt daran, dass das Mittagessen immer Punkt 12.30 serviert wurde, davor mussten die Hände gewaschen werden, beim Essen sollte man nicht ins Plaudern kommen, übers Essen sollte man schon gar nicht reden. Man sollte stillsitzen und gründlich kauen, und tatsächlich hatte dieser ritualisierte Ablauf auf sie als Mädchen eine beruhigende Wirkung gehabt. Bei den Großeltern fand sie die Struktur, die zu Hause oft fehlte. Meist war ihr Vater gar nicht dabei, und dann wurde das kleine Haus im Sauerland zu einem Refugium, etwas beengend vielleicht, aber sicher. Hier wurde nicht gebrüllt und geschlagen, hier wurden keine Gegenstände zerschmettert und keine Worte gesagt, deren Wirkung noch Jahre später nicht vernarbt war.

Sophia glaubt nicht, dass sie sich etwas vorgemacht hat. Bei den Großeltern war es auf eigene Weise gemütlich gewesen. Thomas hatte friedlicher gewirkt. Er musste sich dort nicht auflehnen, die Regeln der Großeltern galten einfach. Abends sahen sie immer die Tagesschau, und niemand grölte und polterte und machte ihnen Angst. An Samstagen durften sie «Wetten, dass..?» gucken, bis der Opa müde wurde und ins Bett musste. Sophia erinnert sich: Manchmal leuchteten die Augen der Oma, wenn sie das Süßigkeiten-Schränkchen unter dem großen Fernseher aufschloss, ihr und Thomas ein Kitkat, ein Campino-Bonbon oder ein Toffifee gab und sich selbst einen Eierlikör gönnte. Der Opa mochte lieber Nüsschen. Auch darauf war Verlass. Manchmal machte er Witze, so ritualisiert und vorhersehbar wie alles im Großelternhause. Man musste keine Angst vor ihm haben, auch wenn er ärgerlich werden konnte. Aber dieser Ärger war harmlos im Vergleich zu der Wut, die Sophia von ihrem Vater kannte. Jetzt denkt sie voller Mitleid an Opa, den kleinen, gut aussehenden Mann, der manchmal weinte oder zitterte und nie wollte, dass es jemand mitbekam. Einmal, als sie ihn in so einer Situation überrascht hatte, flog der Schatten des Ärgers nur kurz über sein Gesicht, dann nahm er ihre Hand, drückte sie fest, und während Tränen über sein Gesicht liefen, wurde Sophias Herz ganz weit, und sie schwor sich, immer alle Menschen zu lieben, weil doch alle Liebe brauchten.

Sophia ist jetzt in einer Stimmung, in der sie die Welt umarmen will. Sie fühlt sich beschenkt mit einer Einsicht, die sie nicht in Worte fassen könnte. Alles hängt miteinander zusammen. Sie will jetzt nur fühlen, aber plötzlich spricht ihr Bruder wieder. Er erklärt etwas. Man überschätze die Bomben, sagt er. Und man unterschätze die Kindererziehung. Man glaube, Menschen würden vor allem durch schockierende Erlebnisse beschädigt, vergesse dabei aber, wie es für ein Kleinkind sei, allein in einer Wiege zu liegen und zu brüllen, ohne dass jemand kommt, oder wie es für ein zutiefst bedürftiges Wesen sei, in den Augen der Mutter Widerwillen zu erkennen. Man unterschätze auch die Schläge, die damals alltäglichen Angriffe auf kleine, wehrlose, abhängige Menschen. Sophia kann zu alledem nur nicken. Ob sie wirklich nickt oder ob sie es nur im Geiste tut, das kann sie nicht sagen. Weil sie auch etwas beisteuern will, fragt sie: «Wie war das da eigentlich mit den Bombardierungen? Ich meine, das mit der Talsperre – das war doch nur in einer Nacht.»

Thomas überlegt, bevor er zu einem langen, verschlungenen Vortrag ausholt: das Bombardement des Ruhrgebietes und angrenzender Gebiete durch die englische Luftwaffe. Rüstungsbetriebe, Verschiebebahnhöfe, Hydrierwerke. Soest, Hamm, Dortmund, Essen, Bielefeld. Und eben das Kraftwerk am Möhnesee, in dem der Opa gearbeitet hat. Der Bunker auf dem Gelände eines Bauernhofs bei Günne. Den wird man nicht einfach so gebaut haben. Ja, es muss des Öfteren auch Angriffe auf die kleinen, unbedeutenden Orte rund um den Möhnesee gegeben haben, nicht allein wegen des eigentlich unzerstörbaren Staudamms, sondern eben auch wegen des kleinen Kraftwerks, das ein viel leichteres Ziel darstellte.

Zusammen versuchen sie, sich an die Erzählungen der Großmutter zu erinnern. Es ist fünfzehn Jahre her, dass sie das letzte Mal im Sauerland gewesen sind, damals, als sie die Oma beerdigt haben. Und schon damals hätten sie deren Erinnerungen an den Bombenkrieg nicht zusammenfassen können. Zum einen, weil die Oma nicht wie eine Historikerin darüber gesprochen hatte, sondern wie ein Kind mit eingeschränktem Wortschatz, das sich für nebensächliche Details wie ein heruntergefallenes Butterbrot interessiert, nicht aber für Zusammenhänge, Chronologie oder genaue Ortsangaben. Zum anderen, weil sie sich beide nie genug für die Geschichte ihrer Großeltern interessiert hatten.

«Wir haben nicht viel nachgefragt», stellt Sophia fest. Thomas nickt und sagt, wie absurd das von außen betrachtet erscheinen muss: Zeitweise habe er beinahe fanatisch alles über das «Dritte Reich» gelesen, Dokus gesehen, Museen und Gedenkstätten besucht. Aber nie war ihm die Idee gekommen, mit seinen Großeltern oder Eltern über deren Erlebnisse zu sprechen. Nicht weil er ihnen misstraut hätte, den Zeitzeugen aus der Froschperspektive, hirngewaschen von Nazipropaganda. Er war einfach nicht auf die Idee gekommen.

«Das ist so eine krasse Geschichte», sagt Sophia, als Thomas einmal kurz innehält. «Wie der Damm gebrochen ist, wie diese riesigen Wassermassen die ganzen Orte überflutet haben. Weißt du noch? Diese Stelle, wo das Kloster war. Alles weggespült. Und die sind mit Mutter und dem kleinen Kurt gar nicht im Haus, weil Oma diesen Traum hatte.»

«Was für einen Traum?», will Thomas wissen. Und Sophia erzählt eine Geschichte, die sie mehr als einmal von Oma gehört hat.

16. Kapitel

Die Geschichte vom Traum geht so: Es ist die Nacht auf den 1. Mai 1943. Martha hat einen Schwips. Zum ersten Mal seit Kurt auf der Welt ist, hat sie Alkohol getrunken. Die Maibowle hat sie selbst angesetzt und es dabei sehr gut gemeint. Es sind nicht viele Gäste im Haus, die üblichen drei Paare und Paul. Man kennt sich gut und lange und kann einander ganz vertrauen. Kein Missklang trübt den Abend. Auch wenn Paul wieder vom Tommy und seinen heimtückischen Plänen anfängt, vom Ruhrgebiet, das brennen soll. So etwas will an diesem Abend keiner hören, und Wilhelm sagt, was er schon öfter gesagt hat: Der Staudamm ist viel zu dick, da bräuchten sie Bomben, die kein Flugzeug tragen kann, und das wüssten sie auch. Die Briten seien ja nicht doof.

Helga kommt noch einmal aus dem Kinderzimmer. Sie

möchte allen «Gute Nacht» sagen. Aber in Wirklichkeit will sie nicht ins Bett. Wie üblich zögert sie den Abschied so lange hinaus, bis Martha böse werden muss. Paul lenkt ein und bietet an, die Kleine ins Bett zu bringen. Er erzählt ihr noch eine lange Geschichte und fällt ein paar Runden beim Kartenspiel aus. Martha würde ihre Tochter ja nicht so verzärteln, aber ihrem Bruder will sie nichts abschlagen. Und heute ist Mainacht. Da darf auch mal ein bisschen eine Ausnahme sein.

Auf jeden Fall lachen sie richtig viel. Der Zigarrenrauch breitet sich im Raum aus, die Bowle steigt zu Kopf, der Radioapparat spielt Schlager, sie haben es gut. Es ist Krieg, aber hier können sie nicht klagen, auch wenn viele der jungen Kerle nicht da sind und sie vielleicht auch noch Wilhelm und andere Ältere einziehen. Aber sie haben genug zu essen, denn sie haben ja die Gärten und halten Kaninchen und Hühner, und manche halten auch Schweine oder Kühe, fast wie vor dem Krieg. Martha hat nur selten Angst. Das liegt vermutlich daran, dass auch Wilhelm nur selten Angst hat oder es zumindest nicht zeigt. Und Martha neigt auch nicht zu Alpträumen. In dieser Nacht aber, als sie nach dem ausgelassenen Beisammensein zu Bett gehen und das Licht ausdrehen und Martha bald einschläft, da kommt ein ganz ungewöhnlicher und fürchterlicher Traum zu ihr: Es fängt damit an, dass sie meint, fliegen zu können. So etwas hat sie zuletzt als Jugendliche geträumt. Sie läuft über die Straße. Die Sonne scheint. Sie läuft schneller und kann sich plötzlich vom Boden abstoßen. Sie rudert mit den Armen, flattert damit wie ein unbeholfener Vogel. Je schneller sie die Arme bewegt, desto rascher steigt sie auf. Anfangs kostet es Kraft, aber sie steigt und steigt, sieht die Straßen unter sich, sie werden kleiner, jetzt schwebt Martha schon auf Höhe der

Dächer. Sie bewegt weiter ihre Arme und fliegt noch höher, hinauf bis zur Spitze des Kirchturms. Ihr Körper schaukelt in der Luft. Sie hat nicht die volle Kontrolle über ihre Bewegungen und wird mit dem Wind getrieben. Wenn sie nicht achtgibt, stößt sie gegen die Steine des Turms, aber je weiter sie nach oben fliegt, desto sicherer wird sie und desto leichter kann sie sich in der Luft halten. Nun kann sie unter sich das ganze Dorf sehen. Wie es sich so klein an den großen, glatten Spiegel des Sees schmiegt. Dessen schwarze Oberfläche zerläuft wie ein gewaltiger Tintenklecks auf grünem Papier. Auf der einen Seite des Sees erstrecken sich Felder, auf der anderen Seite drängen dunkelgrüne Waldflächen an seine Uferlinie. Der Staudamm trennt den größten Teil des Gewässers von dem kleinen Stück, an dem das Dorf liegt. Es ist das Dorf ihres Mannes, sie ist ihm gefolgt, und nun wird es nach und nach auch ihr Dorf werden. Sie hat es gut getroffen. Der Staudamm ist gewaltig. Sie ist stolz darauf, als hätte sie ihn selbst gebaut. Mit seinen zwei Türmen und der wuchtigen, leicht gekrümmten Mauer sieht er aus wie ein Überbleibsel aus dem Mittelalter. Was für ein schöner, großer Damm, denkt sie und fliegt näher an ihn heran. Sie muss ihren Körper ein wenig drehen und mit einem Arm rudern, dann kann sie beeinflussen, in welche Richtung sie fliegt. Es gelingt ihr gut, und sie fühlt sich sicher und zugleich voller Abenteuerlust. Was mag es von hier oben aus noch alles zu entdecken geben? Wie weit wird sie sich vom Dorf wegtrauen?

Dann aber passieren zwei sonderbare Dinge auf einmal: Der schöne blaue Frühlingshimmel zieht sich zu. Dunkle Wolken quellen auf, wie Erdklumpen in klarem Wasser. Gleichzeitig hört sie ein Geräusch, wie sie es noch nie gehört hat: als würde sich ein Riese ächzend von seinem knarrenden Bett erheben. Und dann sieht sie den Riss. Er klafft schwarz mitten im Staudamm. Sie fliegt jetzt darauf zu. Sie kann nicht anders, sie hat keine Kontrolle mehr. Der Riss weitet sich, das Geräusch dröhnt in ihren Ohren. Sie will weg von hier. Gleichzeitig ist es, als ob der Riss sie verzauberte. Sie kann nicht fortfliegen und kann nicht wegschauen. Doch es ist nicht allein Angst, was sie erfüllt. Sie ruft etwas, aber ihre Stimme ist zu leise. Jetzt ist es dunkel wie in der Nacht, und die Mauer bricht in der Mitte entzwei. Schwarz schießt das Wasser durch den Bruch und schlägt auf als weiße Gischt. Eben noch lag es so friedlich auf der anderen Seite des Damms, jetzt wütet es wie eine gewaltige Kreatur, die man viel zu lange eingesperrt hat. Es braust, donnert und türmt sich auf, so hoch, dass sie sehr stark mit den Armen rudern muss, um höher und höher zu steigen, weg von der anschwellenden Flut. Sie hält sich oben im Himmel und sieht unter sich eine schäumende Masse, die das Kraftwerk verschluckt und sich ins Dorf schiebt, nicht langsam, nicht schnell, sondern mit gemächlicher Selbstverständlichkeit. Niemand hört sie rufen. Nur in ganz wenigen Fenstern steht gelbes Licht. Auf manchen Dächern hocken Katzen. Werden Wilhelm, Helga und Kurtchen ertrinken? Warum ist sie allein hier draußen und nicht bei ihnen? Das Wasser flutet die Straßen, reicht bis über die Laternen, bis hoch an die Giebel der Dächer. Es reißt mit sich, was nicht fest ist, spült Kübel und Balken und Reifen und Bänke und Fahrräder und Strohballen und blökende Kühe ins Land. Und sie schwebt über allem wie ein machtloser Engel unter dem weißen Mond und weiß nicht, warum sie plötzlich lachen muss wie nie zuvor.

17. Kapitel

Thomas öffnet die Augen. Die Stimme seiner Schwester ist verklungen. Eine Sternschnuppe zieht einen gelben Faden vor seinem Auge. Die Oma könnte jetzt dort oben im Weltall schweben und auf sie hinuntersehen. Oder er träumt das, oder sie träumt davon, dass er hier sitzt. Das sind alles Möglichkeiten. Das lässt sich zumindest alles denken. So wie es sich auch denken lässt, einen massiven Staudamm mit einer nur fünf Tonnen schweren Bombe zu zerstören, obwohl die Experten das für unmöglich erklärt hatten. Die englischen Wissenschaftler entwickelten die Idee, Ingenieure eine reale Bombe, die leicht genug war, um von einem Flieger getragen zu werden, eine Bombe, die über das Wasser und die Abfangnetze hüpfte, gegen die Mauer des Damms prallte, zu dessen Fuß hinuntersank und dort mit maximaler Wirkung detonierte.

Zusammen mit seiner Schwester versucht Thomas die Ereignisse von damals in die richtige Ordnung zu bringen. Was die Details angeht, sind sie sich keinesfalls sicher, sie hätten genauer zuhören und sich die Ausführungen ihrer Oma aufschreiben sollen. Fest steht: In der Nacht auf den 17. Mai 1943 kamen die englischen Bomber und zerstörten den Staudamm. Fest steht auch, dass die Großeltern und mit ihnen Helga und Kurtchen nicht in Günne gewesen sind, als ihr Haus von Wassermassen überschwemmt wurde. Sehr wahrscheinlich sind sie bei den Eltern der Oma in Bad Berleburg im Rothaargebirge untergekommen. Ein anderer Ort erscheint ihnen nicht plausibel und fällt ihnen auch gar nicht ein. Sophia behauptet, die Oma habe ihr erzählt, dass der Opa von dort am 14. Mai zurück an den Möhnesee gewollt habe, die Koffer seien schon gepackt gewesen, dann aber sei Kurtchen krank geworden, habe hohes Fieber gehabt, und sie seien geblieben.

Thomas weiß nicht, ob Sophia diese Geschichte richtig wiedergibt, ob die Oma sie korrekt erzählt hat oder ob sie im Laufe der Zeit die damaligen Ereignisse zu einer gut erzählbaren Geschichte ausgebaut hat. Gemeinhin ist die Oma ein nüchterner Mensch gewesen, ohne Sinn für poetische Ausschmückungen und immer bemüht, um sich selbst und ihre Erlebnisse kein Drama zu machen. Es ist gut möglich, dass sie Kurtchen eine Rolle in der Geschichte zugeschanzt hatte, um ihren Traum weniger wichtig erscheinen zu lassen.

Sophia überlegt laut, ob die Großeltern von diesem Zeitpunkt an nicht bis zum Kriegsende in Bad Berleburg geblieben sind. Thomas kann das nicht glauben. Der Opa wird im Kraftwerk gebraucht worden sein.

«Wann wurde er noch mal zum Volkssturm eingezogen?», fragt Sophia, aber er kann die Frage nicht beantworten. War es nicht so gewesen, dass, noch bevor die Amis nach Hessen kamen, der Opa dort mit einem Kameraden vor der Tür stand, zwei Deserteure mit gesegnetem Appetit, die sich durch die Wälder des hessischen Hinterlandes geschlagen hatten? Ganz sicher weiß Thomas aber, dass Bad Berleburg ein Nazinest gewesen ist.

«Ach ja?», sagt seine Schwester. «Wusste ich gar nicht.»

«Das hat ja niemanden in unserer Familie interessiert», sagt er. «Aber ich habe das mal recherchiert. Liegt alles offen zutage.»

«Aber Oma und Opa waren doch alles andere als überzeugte Nazis», sagt Sophia, und Thomas hat den Eindruck, genau diesen Satz schon einmal im gleichen Tonfall aus dem Mund seiner Schwester gehört zu haben.

«Sie waren gar nichts», sagt er. «Vor allem keine Widerstandskämpfer. Und Omas Eltern – die haben sich in Bad Berleburg immer sehr wohlgefühlt, auch nach 1933, und auch nachdem dort mehr Menschen die NSDAP gewählt haben als in den meisten anderen Scheißkäffern in Deutschland.»

«Jaja», sagt Sophia. «Du hast das sicher alles viel besser durchdrungen als wir Ignoranten. Dafür weiß ich noch genau, was Opa in diesem einen Brief am Ende geschrieben hat. Du weißt, welchen ich meine, oder? Den an Oma, wo er schon wieder in Günne und sie mit den Kindern noch in Bad Berleburg gewesen ist?»

Thomas nickt. Er weiß, worum es geht, auch wenn er den Wortlaut nicht zusammenbekommt. Sophia zitiert aus dem Kopf: «Heute sind alle Sirenen gegangen. Der furchtbare Krieg ist vorbei. Wie sind wir belogen worden.»

Thomas schnaubt leise.

«Immerhin ist er desertiert», sagt Sophia energisch. «Haben auch nicht alle gemacht. Ich weiß nicht, ob ich damals ...»

«Och bitte», unterbricht er sie. «Ich kann dieses ganze Rechtfertigen, Erklären und Verstehen nicht mehr hören. Dass nur kein falsches Licht auf die heilige Familie fällt!»

«Und mir geht deine selbstgerechte Überheblichkeit auf die Nerven», sagt Sophia. «Hier gemütlich sitzen und darüber schwadronieren, wie man sich damals hätte verhalten sollen.»

Thomas schüttelt den Kopf: «Das tue ich nicht. Das ist gar nicht der Punkt. Ich will nur die Maßstäbe nicht so aufweichen. Die haben in diesem Hessenkaff alle, die nicht arisch waren, sofort und freudestrahlend nach Auschwitz oder sonst wohin bringen lassen, ins ‹Zigeunerlager›, wie es hieß. Kannst du alles nachlesen. Auch, dass da schon 1935 ein Transparent gegenüber dem Bahnhofsgebäude hing, Aufschrift: *Juden sind hier nicht erwünscht.*»

Thomas merkt, dass er nicht aufhören kann. Er muss seiner Schwester von der Zerstörung der Synagoge erzählen, dem Jubel der Berleburger, als das Inventar auf dem Marktplatz verbrannt wurde. Er muss ihr von der «Selektionskonferenz» berichten, von der Entschlossenheit, mit der man «Zigeuner» und andere «nicht Deutschblütige» aus der Vorstadt am Berg in den sicheren Tod habe abführen lassen, und das, obwohl die Männer, Frauen und Kinder von dort selbst nach dem widerwärtigen Auschwitz-Erlass von 1942 nicht hätten weggeschafft werden müssen, da sie Kriterien wie «feste Arbeit» und «feste Wohnung» erfüllten und als «sozial angepasst» galten. Aber das habe die Berleburger nicht davon abgehalten, auch Kinder im Alter von Julika in die Vernichtung zu schicken. Thomas ist jetzt so in Fahrt, dass er Sophia empfiehlt, sich Julika auf einem der Leichenberge vorzustellen, ermordet, weil mit dem angeblich falschen Blut geboren, während die Berleburger lustig bei Speck und Bier und Kartenspiel beisammensaßen und sich ihres Lebens freuten und bis heute lustig beisammensitzen mit ihren Bierwampen und Schnitzelfressen. Und sicher sitzt noch einer auf einer Bank, die man aus den Häusern der Ermordeten geplündert hat, oder hat noch eine geklaute Vase auf dem Dachboden oder trägt stolz und voller Rührung einen von der Oma vererbten Ring, der mit dem Geld abgeschlachteter Menschen gekauft worden ist.

«Soll ich weitermachen?», fragt Thomas, als Sophia nicht reagiert. «Ich habe das kleine Konzentrationslager nebenan noch gar nicht erwähnt, oder? Das Buchenwald-Außenlager Münchmühle. Haben unsere Eltern nie von erzählt. Seltsam, seltsam!»

«Ist gut, Thomas», sagt Sophia. «Du tust so, als ob unsere Eltern bis zu ihrem Tod üble Nazis oder unverbesserliche Sympathisanten gewesen wären. Das ist doch totaler Quatsch. Unsere Mutter hatte immer extremes Mitgefühl mit allen, die schlecht behandelt wurden.»

«Ja, vor allem mit den Palästinensern, die von den bösen Israelis nicht besser behandelt werden, als damals die Juden behandelt worden sind.»

Sophia stöhnt laut auf. «Jetzt geht das wieder los», sagt sie. «Du kannst so ungerecht sein.»

«Ja, wie die Israelis. Die sind ja auch so ungerecht. Eigentlich sind die die wahren Nazis.»

«Da hat sie sich verrannt.»

Thomas bedenkt diese Formulierung seiner Schwester mit einem weiteren freudlosen Schnauben, lässt sie aber weiterreden.

«Aber sie hat total gelitten unter den ganzen Verbrechen und uns auch nie etwas anderes erzählt.»

Thomas legt seinen Kopf schief. Er macht eine kleine

Pause, dann sagt er: «Ja, sie fand die Nazis schrecklich. Es sei denn, es handelte sich um den lustigen Onkel Paul. Oder die Nachbarn, oder die Großeltern oder einfach alle, die sie kannte.»

«Thomas, sie war ein Kind!»

«Das ist sie auch geblieben. Und deswegen sind wir nicht erwachsen geworden, weil wir von Eltern erzogen wurden, die selbst nicht erwachsen waren.»

«Genau: Schuld sind immer die anderen.»

Thomas versucht, seine Stimme ruhig und nüchtern klingen zu lassen, als er sagt: «Sie fand die KZs ganz schlimm, nur das gleich um die Ecke, das kannte sie gar nicht. Und ist immer gern ins schöne Bad Berleburg gefahren, um dort mit den anderen Mörderkindern Kaffee zu trinken und Kuchen zu essen. Das Böse ist immer woanders als man selbst. Rein zufällig.»

Schweigen. Sophia hat offenbar die Lust verloren, mit ihm zu reden. Thomas zündet sich eine weitere Zigarette an und hängt seinen eigenen Ausführungen nach.

«Ich will wieder mit meiner Mutter sprechen», sagt Sophia in seine sich zunehmend miteinander verknotenden Gedanken hinein. «Ich will sie fragen, wie sie selbst das sieht.»

«Okay», sagt Thomas. «Aber sie hat da eben blinde Flecken.»

«Ich will sie selbst fragen», sagt Sophia so entschlossen, dass Thomas reflexhaft «Hier bin ich» antwortet und noch ein «mein Kind» anhängt.

«Also, meine liebe Mutter», sagt Sophia im gleichen ironischen Tonfall wie er. «Hat Thomas recht: Ist das Böse immer woanders als man selbst?»

«Ach», sagt Thomas, ohne sich um eine veränderte Stimme zu bemühen, dennoch merkt er, dass er nun in einer anderen Tonlage spricht. «Darüber habe ich ja oft mit Thomas gesprochen. Er hatte doch mal diese Phase, in der er alle für Nazis hielt. Erinnerst du dich?»

«Ich glaube, da war ich schon ausgezogen.»

«Er auch. Aber am Wochenende kam er nach Hause, und dann haben wir diskutiert. Er wollte wissen, warum Vater für den Hitler gekämpft hat, und warum ich noch nach Bad Berleburg fahre und wie wir überhaupt mit der Schuld weiterleben können. Oder mit der Verstrickung, ich glaube, er sagte Verstrickung.»

«Und was hast du gesagt?»

«Ich habe ihm gesagt, dass ich mit den Nazis in Berleburg so verstrickt bin wie er mit seinem Vater und mir.»

«Und?»

«Er hat gesagt: Das stimmt, aber der Unterschied ist, dass er die Verbrechen jetzt ja anspricht, während ich und euer Vater eben nie etwas dazu gesagt haben. Ich habe versucht, ihm zu erklären, dass wir unsere Kinder vor etwas bewahren wollten. Und wie oft ich mit seinem Vater und mit anderen schon darüber gesprochen habe, oder versucht habe, darüber zu sprechen. Und dass man ja viel reden kann, aber wenn der andere schweigt – was machst du dann?»

«Und hat er das akzeptiert?»

«Du kennst ihn doch, Sophia. Er will immer alles aufdecken. Er glaubt, man bekämpft das Böse, indem man ganz genau hinsieht. Aber ich glaube, man muss wegsehen und vergessen können – wie soll man denn sonst leben? Du verstehst mich da doch, oder? Da kommst du doch ganz nach mir.»

Sophia atmet laut aus. Sie sieht jetzt wieder krank aus im Licht des Mondes. Aber Thomas fühlt sich inspiriert. Er will das Gespräch mit seiner Schwester fortsetzen oder mehr aus der Sicht der Mutter erzählen. Er hat zwar das Gefühl, dass seine Backen taub sind und seine Zunge wie ein schwerer Fleischlappen in seinem Mund liegt, aber das ist nur ein vorübergehender Zustand. Er kennt das. Gleich wird er sich viel munterer fühlen. Seine Schwester muss nur einen kleinen Impuls setzen, eine Frage stellen oder etwas über die Mutter sagen, dann wird er ganz bei sich sein und etwas erzählen, was er noch nie erzählt hat.

18. Kapitel

Es ist Frühling, und es ist schon dunkel. Aber ich kann nicht schlafen. Kurtchen dreht sich unruhig in seinem Bett. Ich glaube, er träumt. Dabei hält er seinen Hasen ganz fest. Der heißt Paul, wie der lustige Onkel. Es ist kein echter Hase, nur einer aus Stoff. Ich bin so aufgeregt. Heute sind die Amerikaner gekommen. Wir haben alle am Straßenrand gestanden, und dann, als die Panzer und die Männer gekommen sind, da haben ich und die anderen Kinder die Hände ausgestreckt und «Heil Hitler» gerufen. Das haben wir einfach so gemacht, wegen den Uniformen und der ganzen Stärke der Männer, aber die Mutter hat nachher gesagt, wir sollen das nicht mehr sagen. Die Amerikaner sind die Feinde von Hitler. Vier von ihnen wohnen jetzt bei uns im Haus. Sie sind sehr groß und stark. Einer ist ganz schwarz und lacht mich immer so an, dass ich auch lachen muss. Sein ganzes Gesicht ist dann lustig. Die anderen sind auch sehr nett. Sie geben Kurtchen und mir Schokolade und sagen in ihrer komischen Sprache, wir sollen keine Angst haben. Ich habe aber doch Angst. Der Vater ist schon wieder weg, und man weiß nicht, ob ihm nicht doch bald mal was passiert. Erst musste er in den Krieg, dann kam er von da wieder, obwohl das verboten ist, und jetzt ist er schon wieder am Möhnesee im Kraftwerk. Ich glaube, die Erwachsenen wissen nicht mehr, was jetzt erlaubt ist und was nicht. Sie sagen, der Krieg ist aus und nun muss man sehen. Wir sind schon so lange bei Oma und Opa – ich weiß gar nicht mehr, wie es zu Hause aussieht. Der Vater schreibt manchmal Briefe, aber die kommen nicht mit der Post. Die kommen, weil ein Mann die zu einem anderen bringt, und der gibt sie dann einem anderen Mann, der in die Richtung geht, in die der Brief soll. Die Mutter sagt: Die Leute helfen sich viel, und das ist gut. Aber ich kann nicht schlafen, weil der Vater nicht da ist. Ich kann nicht schlafen, weil die vier Amerikaner im Haus sind. Vor allem aber kann ich nicht schlafen, weil ich heute diesen Lumpenzug gesehen habe. So hat Mutter die Leute genannt, die mit den Amerikanern liefen und ganz schrecklich aussahen. Mir haben ihre Gesichter Angst gemacht, aber ich habe auch ganz viel Mitleid. Und am Körper hatten sie wirklich nur Lumpen. Die Mutter meinte, die bekommen was in der Suppenküche. Die werden wieder aufgepäppelt. Ich habe die Mutter gefragt, was das für Leute sind, und die Mutter meinte, Gefangene. Und weil ich so neugierig bin und das nicht verstanden habe, habe ich dann weitergefragt, obwohl ich schon gesehen habe, dass die Mutter wieder diese Stellen an den Schläfen bekommt. Sie hat mir aber doch erklärt, dass man im Krieg den Feind gefangen nimmt, damit man ihn nicht erschießen muss. Er ist ja gefährlich. Da muss man ihn einsperren, bis wieder Frieden ist. Im Lumpenzug habe ich aber auch ganz viele Frauen gesehen, und ich verstehe nicht, ob auch Frauen unsere Feinde sind. Ich dachte, der Feind wären Männer in Uniform und mit Waffen. Ich sage das der Mutter, und plötzlich hebt sie die Hand, und ich verstehe, dass ich wieder zu neugierig gewesen bin. Ich muss aber immer an den Lumpenzug denken. Und wenn ich die Augen zumache, dann sehe ich die Frauen mit den unheimlichen Gesichtern, so eingefallen wie bei ganz alten Leuten, wo man schon glaubt, das sind Totenschädel. Ich stehe aus meinem Bett auf, sehe noch mal nach Kurtchen, und dann gehe ich leise in die Küche, um ein Glas Wasser zu trinken. Das Haus ist unheimlich in der Nacht. Die Dielen knarzen. Es riecht stickig. In den Ecken stehen plötzlich Männer, und dann ist es doch nur ein Schrank oder ein Bügelbrett. Ich weiß, dass auf der Kellertreppe eine Kanne mit Buttermilch steht, aber dahin traue ich mich nicht. Wasser will ich jetzt nicht mehr, ich will, dass mich die Mutter in den Arm nimmt. Ich habe Angst. Ich fürchte mich so vor den Gesichtern der Frauen, und ich weiß nicht warum. Ich gehe zum Zimmer der Mutter und sehe, dass die Tür nur angelehnt ist. Vielleicht ist sie aufs Klo gegangen. Ich gucke und lausche, aber alles ist still. Langsam drücke ich die Tür auf. Ich habe Angst, dass die Mutter mich schimpft, wenn ich sie wecke. Trotzdem gehe ich näher an ihr Bett heran. Ich überlege mir eine Ausrede. Wenn ich Bauchschmerzen habe oder Kopfweh, dann kümmert sich die Mutter. Aber sie liegt gar nicht in ihrem Bett. Da sind nur die Decke und das Kopfkissen, und die Mutter fehlt. Ich gehe durchs Haus und suche sie. Bei den Großeltern ist sie nicht. Ich ziehe mir die Schuhe an und gehe auf die Straße. Was ich mir dabei denke, weiß ich nicht.

Die Laternen sind alle aus. Es ist ganz still. Die Häuser sind dunkel. Die Straße wirkt jetzt viel breiter. Ich gehe auf dem Bürgersteig. Ich weiß gar nicht, wohin ich gehen soll, um die Mutter zu suchen. Es ist dunkel und sehr still. Vielleicht sind irgendwo Soldaten. Vor den Amis habe ich keine Angst, aber es gibt auch noch deutsche Soldaten. Die verstecken sich in den Wäldern und wollen nicht aufgeben. Ich gehe in Richtung der Gärten. Da stehen große Bäume, und wenn die Zeit reif ist, tragen sie Kirschen, Äpfel, Zwetschgen und Birnen. In den Beeten sind die Salatköpfe und Stangen mit Tomaten, Bohnen, Erbsen. Wir teilen uns einen Garten mit den Heymanns, und ich glaube, von dort habe ich gerade ein Geräusch gehört. Vielleicht war das eine Katze. Die schreien manchmal ganz fürchterlich in der Nacht. Die Mutter sagt, ich bin viel zu neugierig. Aber was soll ich denn machen? Ich denke, es ist besser, man weiß Bescheid. Ich öffne das Gartentor und gehe in den Garten. Ich kenne ihn gut, aber jetzt in der Nacht sehen die Beete ganz seltsam aus. In dem Garten ist niemand. Ich stehe da und gucke mich um und komme mir alleine vor. Warum sollte die Mutter hier sein? Warum sollte sie überhaupt irgendwo anders sein als bei uns im Haus? Bestimmt habe ich nicht richtig geguckt. In dem Garten gibt es ein Gewächshaus. Und aus dem Gewächshaus höre ich ein Geräusch. Ich weiß, Kurtchen müsste jetzt weinen. Oder er würde weglaufen. Aber ich bin nicht wie Kurtchen. Im Gewächshaus ist es sehr warm, und es riecht ganz komisch. Ich fühle mich, als ob ich einen verbotenen Ort betrete. Innen ist das Gewächshaus riesig. Von außen sieht man das nicht. Man muss reingehen. Und dann sieht man auch Pflanzen, die ganz anders sind als alles, was hier bei uns sonst so wächst: Schlingpflanzen, große rote Blüten, Ranken mit Dornen, unbekannte Früchte. Die fangen schon an zu faulen. Ich kenne den Dschungel nur von Bildern. Gerne würde ich mal in einen richtigen Zoo. Die Luft ist ganz stickig. Ich atme eine dicke Suppe aus süßen fauligen Früchten und fremd stinkenden Blättern. Ich sehe Käfer, die ich noch nie gesehen habe. Und ich sehe den Tiger, der mich anschaut. Sofort stehe ich ganz still. Ich weiß, was ein Tiger ist, aber seinen Blick kannte ich noch nicht. Er ist ganz da, und trotzdem sieht er dich nicht richtig. Nicht so, wie ein Mensch dich sieht, sondern da ist ein Schleier vor dem Blick. Der Tiger versteht etwas nicht, was wir Menschen verstehen. Dafür ist er viel stärker und gefährlicher. Und ich habe Angst um meine Mutter, die unter dem Tiger liegt und jetzt auch zu mir herübersieht. Sie freut sich überhaupt nicht, dass ich sie gefunden habe. Sie guckt böse. Der Tiger schaut einfach nur. Jetzt weiß ich, dass meine Mutter geschrien hat vorhin. Der Tiger hat ihr eine Pranke unten in den Körper gestoßen. Ich habe Angst, dass sie verblutet. Ich liebe meine Mutter. Aber ich glaube, ab jetzt liebt sie mich nicht mehr.

19. Kapitel

Er schweigt. Mehr hat Thomas nicht zu sagen. Er weiß nicht, woher ihm die Bilder zugeflogen sind, er hat sich diese Geschichte nicht ausgedacht. Er hat sie aber auch nicht gelesen oder gehört, zumindest kann er sich nicht daran erinnern.

Auch Sophia schweigt eine Weile. Dann fragt sie: «Und dann?»

Thomas denkt nach. Für ihn ist die Geschichte zu Ende. Jetzt, wo er sie erzählt hat, glaubt er, dass sie wahr sein könnte, obwohl er zugleich ahnt, dass er sie sich nur ausgedacht haben kann.

«Keine Ahnung», sagt er. «Mehr weiß ich nicht.»

«Wer ist der Tiger?», fragt Sophia, aber auch das weiß Thomas nicht.

«Du musst doch eine Idee haben, wer der Tiger gewesen ist», beharrt Sophia. «Einer der Amis?»

Thomas deutet ein Kopfschütteln an: «Eher nicht.»

«Wie kommst du auf so was?», fragt Sophia. Ihrer Stimme ist anzuhören, dass sie irritiert ist. «Stand das etwa im Tagebuch?»

«Nein», sagt Thomas. «Also, das mit den Amerikanern und dem ‹Heil Hitler› – das schon. Aber das Gewächshaus und der Tiger, die sind mir da irgendwie reingeraten.»

«Glaubst du, dass unsere Oma eine Affäre hatte?», fragt Sophia.

«Ich glaube, dass sie vergewaltigt worden ist», sagt Thomas.

Sophias Stimme wird lauter: «Wie kommst du darauf?»

«Keine Ahnung.»

«Aber du kannst doch nicht einfach so etwas behaupten. Du kannst doch nicht ...»

«Wurden früher nicht alle Frauen irgendwie vergewaltigt?», unterbricht Thomas sie. «Ich meine, haben die gedacht, dass sie beim Sex ein Mitspracherecht haben? Wann wurde noch mal Vergewaltigung in der Ehe überhaupt als Strafbestand anerkannt? Ende der Neunziger?»

Sophia schüttelt den Kopf: «Das ist doch was anderes.»

Thomas ist überrascht davon, wie laut seine Schwester wird. Sie schlägt mit der flachen Hand auf die Bank und sagt: «Es ist ein Riesenunterschied, ob dich jemand überfällt und mit Gewalt zum Sex zwingt, ein Fremder, oder jemand, den du eklig findest, oder ob dein Ehemann etwas aufdringlicher wird und du keine Lust hast, das jetzt mühsam abzumoderieren. Darauf kann auch echt nur ein Mann kommen, beides Vergewaltigung zu nennen.»

Thomas schweigt einen Moment beleidigt, dann sagt er: «Ich habe das von einer Frau. Von einer jungen, engagierten Feministin, die gerade ein wichtiges Buch veröffentlicht hat.»

«Was hast denn du mit jungen, engagierten Feministinnen zu tun?», sagt Sophia. Ihre Augen leuchten angriffslustig.

«Eine ganze Menge», sagt Thomas, zu aufgewühlt und selbstverliebt, um keine Fährte zu seinem Geheimnis zu legen.

«Eine ganze Menge», wiederholt Sophia und lacht auf. Thomas spürt, dass sie wütend ist, und kann es sich nicht erklären. Er ist selbst wütend, ohne genau zu wissen warum. Vermutlich liegt es daran, dass Sophia glaubt, sie wäre schon feministisch, ganz einfach, weil sie eine Frau ist. Dabei ist er derjenige, der während des Studiums freiwillig de Beauvoirs «Das andere Geschlecht» und «Die männliche Herrschaft» von Pierre Bourdieu gelesen und Inhalte daraus in sein Denken übernommen hat.

«Was hat denn deine junge, engagierte Feministin genau gesagt?», fragt Sophia. Thomas denkt kurz nach, dann sagt er: «Dass nur ‹ja› ‹ja› bedeutet.»

Wieder lacht Sophia auf, und wieder klingt es in Thomas' Ohren künstlich.

«Und darüber hat sie ein ganzes Buch geschrieben?»

Thomas gähnt demonstrativ. «Je mehr du dich aufregst, desto mehr glaube ich, es geht hier um etwas ganz anderes.» Er spricht in dem freundlich-sachlichen Tonfall, von dem er weiß, dass er seine sonst so wohltemperierte Schwester aus dem Gleichmaß bringt.

«Okay!» Sophia stochert nun mit ihrem Zeigefinger auf Brusthöhe in der Luft. «Alles klar. Du willst es wirklich wissen. Dabei bist *du* doch nie auf der Seite der Frauen gewesen. Nur wenn du glaubst, dass du damit bei einer landen kannst, dann kommst du mit deiner Weißer-Ritter-Attitüde. Du weißt doch gar nicht, wie das ist, wenn sich dir ein Typ aufdrängt. Das ist doch wieder mal nur alles Theorie, ohne irgendeinen Bezug zur Realität der Leute, die du verurteilst.»

«Ich verurteile niemanden.» Thomas zieht eine Zigarette aus der Packung in seiner Hemdtasche. «Ich verstehe auch nicht, warum du so abgehst.»

«Sag ich ja: Du hast keine Ahnung.»

Er zündet die Zigarette an, zieht daran und legt den Kopf zurück. Die Gedanken drängen sich ihm zu schnell und undefiniert auf, als dass er einen davon formulieren könnte. Wie ist er mit seiner Schwester denn nun in dieses Gespräch geraten? Er hasst es, wenn sie einen Erfahrungsvorsprung als Frau behauptet, den er mit all seinen Theorien nicht aufholen kann. Dass sein Ärger auch aus seiner Unsicherheit rührt, ist ihm selbst klar. Vielleicht hat sie ja recht. Vielleicht kann er wirklich etwas nicht gänzlich begreifen, von dem er selbst nicht direkt betroffen ist. Aber das wird er nicht zugeben. Es würde bedeuten, ab nun bei vielen wichtigen Themen nur noch stumm nicken zu können, er würde Deutungshoheit verlieren. Ein Journalist ohne Deutungshoheit – was soll das sein? Und überhaupt: Sollte nicht allein das bessere Argument zählen und nicht Geschlecht, Hautfarbe oder irgendein anderes identitäres Feldzeichen?

«Okay», sagt Sophia nun gefasster, «wer ist die Feministin?»

«Sie heißt Rabea de Vries und ist vor allem auf Twitter aktiv.» Thomas ärgert sich über seine gestelzte Formulierung, in der seine ganze auf Zustimmung und Anerkennung angewiesene Unsicherheit mitklingt.

«Hmm», macht Sophia. «Und woher kennst du sie?»

«Ich bin mit ihr zusammen», sagt Thomas. Er nimmt einen Zug von seiner Zigarette und wartet auf eine Reaktion.

20. Kapitel

Warum muss ihr Bruder immer das letzte Wort haben? Warum kann er nicht einmal sagen: Das weiß ich nicht, da bin ich mir nicht sicher, da könntest du recht haben? Schon als Jugendlicher, als er anfing, seine Vorträge zu halten, legte Thomas eine beeindruckende Sicherheit an den Tag, wenn es um irgendwelche Thesen und intellektuellen Betrachtungen ging. Zweifelte man ihn an, galt das immer nur als ein Zeichen, dass man nicht genug gelesen und nachgedacht hatte. Und die Mutter hatte ihn in dieser arroganten Sichtweise immer bestärkt. Sophia erinnert sich an Sätze wie «Ich kann deinen enormen Lektürerückstand nicht für dich in ein paar Minuten aufholen». Marcel hat auch so eine Tendenz. Was versprechen sich Männer von diesem intellektuellen Dominanzgehabe? Warum können bei einer Frage nicht mehrere

Antworten Gültigkeit für sich beanspruchen, selbst wenn sie sich widersprechen? Vermutlich fallen ihr die guten Argumente erst wieder nach diesem Gespräch ein. Es ist einfach ärgerlich. So oder so: Die Rechthaberei hat Thomas nicht gerade glücklich gemacht. Alles zu analysieren und infrage zu stellen, ist in ihren Augen eine sichere Methode, sich selbst den Boden unter den Füßen wegzuziehen. Und dann muss eine ausgeglichene, nicht alles zerdenkende Frau wie Katrin herhalten, um dem unverstandenen Genie wieder ein Fundament zu bieten. Und sich dafür noch als minderbemittelt beschimpfen lassen.

Sophia ist wütend. Es kann doch nicht sein, dass sich Frauen jahrelang bemühen, die Macken ihrer Männer auszugleichen, zu trösten, aufzubauen, zu ertragen, um dann am Ende betrogen, ignoriert oder verlassen zu werden. Natürlich ist sie auch wütend darüber, dass Thomas ihren Plan zunichtemacht. Wie konnte sie glauben, dass er ewig mit Katrin zusammenbleiben und Verantwortung für Julika übernehmen würde? Wie konnte sie sich in ihren wichtigsten Hoffnungen auf ihren Bruder verlassen?

Es macht sie so wütend, dass sie ganz ruhig dasitzt und lächelt. Sie hört sich selbst dabei zu, wie sie Thomas freundlich mitteilt, das mit Katrin sei sehr schade. Sie habe nämlich geplant, ihr und ihm einen Teil des Sorgerechtes für Julika zu übertragen.

«Jetzt hast du mir und Katrin ziemlich viel vermasselt», sagt sie ruhig. «Wegen einer jungen, engagierten Feministin. Die hat bestimmt einen viel besseren Charakter als Katrin, stimmt's? Du hast dir das sicher sehr gut überlegt.»

Thomas atmet laut aus. Seine rechte Hand liegt als geballte Faust auf der Bank.

«Ja», sagt er. «Ich habe mir das genau überlegt. Und ich

passe nun einmal besser zu Rabea. Das habe ich mir aber auch nicht ausgesucht.»

«Hmm, so ein Zufall, dass du mehr zu einem Mädchen passt als zu einer Frau. Das ist so lächerlich, weißt du?»

«Ich kann mich nur wiederholen», sagt Thomas. «Ich habe mir das nicht ausgesucht.»

«Du klingst wie ein Teenager. Ich finde es einfach verantwortungslos. Und wenn dich das Mädchen dann sitzen lässt? Wenn es auch denkt: Ach, da gibt es ja noch was Besseres?»

Jetzt ist es so weit. Jetzt kann sich Thomas nicht mehr beherrschen. Er springt auf und schreit mit gespannter Halsmuskulatur völlig unkontrolliert in die Nacht: «Du bescheuerte Kuh, was glaubst du eigentlich? Was spielst du dich auf, du Vollidiotin? Was maßt du dir an? Was weißt du denn über mein Leben? Ich bin nicht dafür da, um deine bekackten Pläne zu erfüllen.»

Früher hätte Sophia ein solcher Ausbruch Angst gemacht. Aber jetzt wird sie umso ruhiger, je mehr Thomas in Rage gerät. Sie sieht seine Hilflosigkeit, ein in die Enge getriebenes Tier. Und er beruhigt sich nicht: «Frag mich doch, warum ich das getan habe. Zeig mal Interesse. Nicht dieses selbstgefällige Scheißurteilen von oben herab. Als wärst du die tolle Beziehungsexpertin. Ganz ehrlich! Dein ganzes verschissenes Leben ist ein einziger fauler Kompromiss. Du hast doch nicht nur unserer Mutter etwas vorgemacht. Du machst allen etwas vor. Marcel, Julika ...»

«Okay, Thomas. Ich habe es kapiert: Du bist verletzt. Aber könntest du bitte Julika da rauslassen?»

Thomas geht ein paar Schritte hin und her. Über seine Miene zucken Bewegungen, als stünde er kurz davor, laut mit sich selbst zu sprechen. Plötzlich zieht er sein Portemonnaie aus der Hosentasche und pfeffert es auf den Boden.

Dann wirft er die Zigaretten ebenfalls von sich, streift seine Schuhe ab und springt mit Anlauf in den Weiher. Mit wütenden Bewegungen krault er durch das Wasser, ein Seeungeheuer, das den nächtlichen Frieden stört. Interessiert beobachtet Sophia die Arme ihres Bruders, wie sie aus dem Wasser schießen, es dann wieder durchbohren, und so ein fleischgewordenes Mühlrad bilden. Der Mond beleuchtet unbeteiligt das Spektakel.

Als Thomas zurück ans Ufer kommt und triefend über die Wiese geht, sagt er: «Ich hab tierischen Hunger.»

21. Kapitel

Thomas steht in einem Jogginganzug in der Küche. Über seinen Schultern liegt das Handtuch, mit dem er sich die Haare abgetrocknet hat. Er rührt in einem Topf mit Baked Beans. In der Pfanne daneben braten zischend und knackend drei Eier. Auch wenn ihn das Schwimmen aus der größten Wut herausgeholt hat, ist er noch immer aufgewühlt. Er hat Angst vor einer weiteren Auseinandersetzung mit seiner Schwester. Er fühlt sich ungerecht behandelt, und gleichzeitig schämt er sich für die brutalen Worte, die er gebraucht hat.

Die Eier sind fertig, die Bohnen warm. Thomas schmiert sich zwei Brote, legt sie auf einen großen Teller, gibt die Eier darüber und die Bohnen daneben. Er überlegt, ob er sich an den Küchentisch setzen oder mit dem Teller ins Wohnzimmer gehen soll, wo Sophia sitzt und Schokolade isst. Was ist unangenehmer: allein wie ein feiger, schmollender Junge in der Küche zu sitzen oder in Gegenwart seiner Schwester Bohnen zu löffeln? Er könnte sich bei ihr entschuldigen, aber wie soll er das auf ehrliche Weise tun, solange er verletzt und verwirrt ist und vor allem das Gefühl hat, dass nicht nur er mit seiner Schwester kämpft, sondern obendrein jeder von ihnen noch mit sich selbst? Es ist alles ein einziges, ärgerliches Gewölle. Den Überblick hat er ohnehin verloren. Worum ging es eben? Wer hat was gesagt und was damit gemeint?

Thomas bläst einmal Luft aus dicken Backen aus, dann geht er ins Wohnzimmer, wirft seiner Schwester einen kurzen Blick zu und setzt sich an den Tisch. Die Schokolade hat Sophia bereits aufgegessen. Sie sitzt da und schaut in eines von mehreren Fotoalben, die sie vor sich auf dem Tisch ausgebreitet hat. Es ist ein kontemplativer und gestochen scharfer Moment. An genau diesen Anblick wird er sich noch in Jahren erinnern: seine Schwester, wie sie in eines der alten Fotoalben schaut, während hinter der Glasfront zum Garten hin der Morgen heraufdämmert.

Er beginnt zu essen. Das Geräusch, das seine Gabel auf dem Teller macht, stört ihn. Während er überlegt, was er sagen könnte, räuspert sich Sophia und sagt, ohne ihn anzusehen: «Kopierst du mir bitte die Tagebücher?»

Thomas braucht einen Atemzug, um zu verstehen, welche Tagebücher seine Schwester meint. Schließlich nickt er, dankbar für diese Frage, die nichts mit dem Streit von vorhin zu tun hat.

«Ich hätte sie dir sowieso bald gezeigt. Bisher bin ich nur nicht ...»

«Bist du schon bei Katrin ausgezogen?», unterbricht ihn Sophia. Er kann nichts Vorwurfsvolles aus ihrer Stimme heraushören. Trotzdem erscheint ihm sein «Ja» wie das Geständnis eines Angeklagten.

«Das ist so krass!», sagt Sophia. «Wieso hat sie mir beim letzten Telefonat nichts gesagt?»

«Vielleicht, weil sie es als meinen Job ansieht», sagt er.

«Wie hat sie reagiert?»

«Nicht gut», sagt Thomas. Er will nicht an Katrins Wut erinnert werden.

«Was heißt das?»

«Ich will nicht darüber sprechen.»

«Ich will nicht darüber sprechen», äfft ihn seine Schwester nach, bevor sie fragt: «Und jetzt wohnst du bei der jungen, engagierten Feministin?»

«Sie heißt Rabea.»

«Ja, toller Name. Und bei der im Kinderzimmer wohnst du jetzt?»

«Warum sollte ich bei dem Ton mit dir darüber reden?», sagt Thomas und schiebt seinen nur zur Hälfte leer gegessenen Teller beiseite.

«Okay, vergiss die Bemerkung. Ich bin nur wirklich geschockt. Einen besseren Zeitpunkt hättest du dir nicht aussuchen können.»

«Meinst du, in einem Jahr wäre es besser gewesen?», fragt Thomas und lässt seiner Schwester Zeit, den Gedanken hinter diesen Worten zu entfalten.

«Nein», sagt Sophia.

«Also», sagt Thomas. «Machen wir jetzt das Beste aus der Situation.

Sophia wiegt den Kopf, den Blick eine Weile auf den Tisch gerichtet, bevor sie sagt: «Es ist einfach so, Thomas: Marcel kann sich nicht allein um Julika kümmern. Er hat es nie wirklich getan, und er wird es vermutlich auch nicht mehr lernen. Julika ist erst neun. Sie braucht mehr als einen Kunsthändler, der jeden Tag zehn Stunden unterwegs ist und abends den Kopf nicht frei hat.»

Thomas nickt. «Wir finden eine Lösung», sagt er und versucht dabei selbstsicher zu klingen.

22. Kapitel

Sie braucht eine Pause von Thomas. Sophia geht in das Arbeitszimmer des Vaters und zieht den Alukoffer unter dem Klappbett hervor. Sie öffnet ihn und findet darin einen Teil der Fotoalben der Familie und Dokumente ihres Vaters: Lebenslauf fürs Militär, Verwundeten- und Gefangenenkarte, eine Schatulle mit einem Eisernen Kreuz und der dazugehörigen Urkunde. Außerdem liegt am Boden des Koffers ein kleines, in schwarzes Leder gebundenes Büchlein. Die Handschrift kann Sophia nicht lesen. Nur einzelne Buchstaben glaubt sie zuordnen zu können, hin und wieder auch ein Wort, aber anhand des vorangestellten Datums – April 1945 – ist sie sich sicher, dass es Notate ihres Vaters sind, der damals noch in Sütterlin geschrieben hat. Sophia merkt, wie sich ihre Stimmung verändert. Eben noch hat sie sich über Thomas geärgert, war wütend über sich selbst und enttäuscht über das Fehlschlagen ihres Planes; und jetzt ist sie so aufgeregt über den Fund, dass für diese Gefühle kein Platz mehr ist. Es mag kleinlich und kindisch sein, aber erst einmal will sie Thomas nichts davon sagen. Wenn er Mutters Tagebücher vermacht bekommt und glaubt, sie stillschweigend für sich behalten zu können, dann hat sie jetzt auch etwas Eigenes. Sie wird die Aufzeichnungen ihres Vaters beisammenhalten, nach Hamburg mitnehmen, die Sütterlinschrift entziffern lassen, die historischen Hintergründe recherchieren und dann Thomas und vielleicht auch Lorenz die Ergebnisse präsentieren. Sie bringt das Büchlein und die übrigen Dokumente in ihr Schlafzimmer und steckt sie in ihre Handtasche. Dann trägt sie die Fotoalben ins Wohnzimmer, wo auf dem Esstisch der Rest der Schokolade liegt, über die sie sich eben wütend, aufgewühlt und mit Heißhunger hergemacht hat. Sie bricht sich noch ein Stück ab und klappt das erste Fotoalbum auf. Während ihr Bruder offenbar der Dusche entstiegen ist und nun in der Küche hantiert, betrachtet sie Bilder aus Tagen, die so lange zurückliegen, dass ihnen etwas Märchenhaftes zu eigen ist. Sie sieht sich selbst als vielleicht fünfjähriges, rundgesichtiges Mädchen mit Topffrisur und Zahnspange und in eine unmögliche Farbkombination aus Rot und Grün gewandet. Vergnügt hält das Kind ein Osterei in die Kamera.

Auf einem anderen Foto erkennt sie Thomas, der in lederner Kniebundhose auf einem Esel sitzt. Sie selbst steht in einem roten Kleid mit weißen Punkten daneben und schaut mit offenem Mund zu dem so hoch sitzenden Bruder hinauf. Sophia erinnert sich daran, dass sie auch auf einem Esel geritten ist, vermutlich auf dem gleichen Ausflug und sogar auf dem gleichen Esel. Jetzt fällt ihr auch ein, dass Thomas Angst vor dem Tier hatte und erst nicht aufsteigen wollte. Sie hingegen hat den Rücken des Tieres voller Zutrauen und mit einem Gefühl der Zärtlichkeit erklommen. Das Bild vermittelt einen falschen Eindruck.

Das Foto auf der nächsten Seite ist aus den Klebelaschen gerutscht. Es zeigt Thomas und sie, wie sie nackt und vergnügt in einer Wanne sitzen. Sie erinnert sich: Samstags wurden sie zusammen gebadet. Eine Tradition aus Zeiten, in denen gespart werden musste. Der weiße Waschlappen war für oben, der braune für unten. Auf dem Foto ist sogar «Enti» zu erkennen, das gelbe Quietscheentchen, zu dem Sophia eine Weile lang eine sehr innige Beziehung hatte. Überhaupt konnte sie in ihren frühen Lebensjahren erstaunlich enge Bindungen zu unbelebter Materie eingehen: Pucki, der Stoffhase, Ferdie, das Nilpferd aus dunkelgrünem Stoff, und der langarmige Affe Fridolin sind die Ersten, die ihr jetzt wieder einfallen. Sie erinnert sich, wie sie an manchen Abenden ihre Stofftiere im Kreis um sich herumgruppierte, um ihnen aus einem Buch vorzulesen, obwohl sie selbst noch nicht lesen konnte. Aber sie imitierte den Tonfall von Mutter oder Lorenz gut genug, um die Tiere bei Laune zu halten, denen sie sich oft näher fühlte als den Großen. Die Tiere waren auch klein, eigentlich wild und stark, aber in der Situation schutzbedürftig und abhängig. Auch die Tiere hatten einen Drang nach Freiheit und zugleich ein Bedürfnis nach Geborgenheit. Sie waren den Erwachsenen in so vielem auf so eindeutige Weise unterlegen, und doch auch so viel glücklicher und liebenswerter als sie.

Sophia erinnert sich an eine Stimmung, die sie anhand von Gegenständen greifbar zu machen versucht: Penaten-Creme, unhandliche Filzstifte in Mäuseform, Prilblumen-Aufkleber an den Kacheln der Küche, die kleine Elefantenspardose,

Zäpfchen für den Popo, Fieberthermometer, Knibbelbilder in den Deckeln von Fantaflaschen, das Getränkepulver, durch das Wasser gar nicht leckerer wurde, aber pipigelb und dadurch interessant.

Auf einem weiteren Bild sieht sie Thomas und sich in roten Frottee-Bademänteln im Flur postiert. Da stehen sie wie zwei Geschöpfe, die nicht einfach kleine Menschen sind, aus denen später selbstverständlich Erwachsene werden. Vielmehr handelt es sich um eine andere Spezies, einen anderen Zweig der Evolution, eine Alternative. Sophia bekommt ein starkes Gefühl zu sich selbst als Kind: Wie aus der Dunkelheit eines traumlosen Schlafes erwacht, hatte sie damals plötzlich gewusst, dass sie sie war. Zumindest erscheint es Sophia nun im Rückblick so, als sei sie in einem einzigen Moment aufgewacht. Jemand oder etwas hatte das Licht ihres Bewusstseins angeknipst, als sie auf einer Wiese hockte und einen Marienkäfer über ihre Hand laufen ließ, und es war ihre Hand gewesen, und die Wiese und der Käfer waren etwas ganz anderes gewesen als sie. Sie hatte den Käfer betrachtet und sich gefragt, was in ihm vorging, wie es sein mochte, so ein Käfer zu sein. Vielleicht hatte sie sich diese Frage aber auch später bei einem anderen Käfer gestellt.

Sie kommt, fällt ihr ein, aus einem traumlosen Schlaf und wird bald in einem traumlosen Schlaf versinken. Bevor dieser Gedanke sie mit Angst erfüllen kann, greift sie schnell zu einem anderen Fotoalbum und schlägt es auf. Es ist das «Mutteralbum». Sie blättert schnell über die Kinder- und Jugendbilder. Die kann sie sich jetzt nach dem Gespräch mit Thomas nicht ansehen. Mit dem letzten Stück Schokolade im Mund schlägt sie eine Seite auf, auf der ihre Mutter als junge Braut zu sehen ist: sehr schlank sieht sie aus, auch hübsch, aber mehr linkisches Mädchen als selbstbewusste

Frau. Daneben der dreizehn Jahre ältere Mann mit dunkel glosenden Augen.

In diesem Moment kommt Thomas mit einem Teller aus der Küche und setzt sich ihr schräg gegenüber an den Tisch. Er sieht sie kurz an, und sie glaubt Unsicherheit und Reue in seinem Blick zu erkennen. Sie weiß, dass ihr Bruder anderen nichts Böses will. Er ist nicht verschlagen, berechnend, gemein oder habgierig. Allerdings fühlt er sich schnell als Opfer und schlägt dann um sich.

Sie fragt Thomas, warum er ihr erst heute von den Tagebüchern der Mutter erzählt hat. Es ist, wie sie sich gedacht hat: Er hat keine Geheimniskrämerei betrieben, sondern einfach vergessen, ihr davon zu erzählen. Er hat nichts Besonderes darin gesehen, dass die Mutter gerade ihm diese privaten Aufzeichnungen hinterlassen hat.

Ohne dass sie es will, kommt das Gespräch dann doch schnell wieder auf die Trennung von Katrin und auf die Neue, eine Rabea, deren Namen Sophia sofort bescheuert findet. Sie stellt sich eine dieser anstrengenden jungen Frauen vor, die sich für Gottes Geschenk an die Welt halten und in jungen Jahren dank ihres Aussehens, ihrer Jugend und ihres Selbstbewusstseins auch lauter offene Türen vorfinden, ohne zu begreifen, dass diese Türen in nicht allzu ferner Zukunft von denen zugeschlagen werden können, die sie jetzt so bereitwillig für sie geöffnet halten. Noch glaubt sie, es läge in ihrer Hand. Vielleicht glaubt Thomas, dass eine solche Partnerin auf ihn abstrahlt und er ohne eigenes Zutun nun selbst jünger und selbstbewusster wird und sich die Türen wieder öffnen, von denen in den letzten Jahren einige zugegangen sind. Sophia weiß nicht, ob ihre Überlegung der Realität entspricht, aber wenn sie die Motive ihres Bruders richtig einschätzt, dann handelt er, wie man es traditionell

Frauen unterstellt, und versucht, sich über einen starken Partner aufzuwerten. Warum hat ihre Mutter, unerfahren und backfischhaft, einen deutlich älteren Mann geheiratet, der bereits ein Soldatenleben hinter sich und eine Karriere als Arzt vor sich hatte? Wollte sie in erster Linie eine Frau Doktor sein?

Während Sophia so über ihre Mutter und ihren Bruder spekuliert, geht ihr plötzlich auf, dass sie sich zwar gegenüber Marcel immer als gleichberechtigt und gleichqualifiziert betrachtet hat, es aber längst nicht mehr ist. Sie hat ja auch einen Doktor in Kunstgeschichte. Aber seitdem sie mit summa cum laude über «Gesicht und Mimik als Genderkonstruktion bei Rose Beuret und Cindy Sherman» promoviert hat, ist ihr Mann für Geld und Status und das Erobern der Außenwelt zuständig und sie für gebügelte Hemden, Schulbrote, strahlende Kinderaugen und die Koordination zuverlässigen Personals. Ist das ein Fehler? Muss sie sich dafür verurteilen?

23. Kapitel

Thomas ist dankbar, dass seine Schwester das Thema «Julika» nicht weiter vertieft, nachdem er phrasenhaft versichert hat, sie fänden schon eine Lösung. Vielleicht hat das «wir» in diesem Satz Sophia beruhigt, vielleicht war sie es auch einfach nur müde zu streiten. Einträchtig sieht er mit seiner Schwester die Fotoalben durch, die unglaublichen Frisuren und halbseidenen Klamotten, durch die nicht nur sie, sondern auch die Mutter, die Verwandten und vor allem Lorenz auf den Fotos wie Witzfiguren wirken. Ein Bild zeigt ihn in kurzen Jeanshosen und Sandalen, wie er mit verkniffener Miene unter seinem gezackten Pottschnitt eine eher mickrige Schultüte präsentiert. Thomas muss so lachen wie lange nicht. Es tut ihm ja leid, aber Lorenz hat einfach schon damals die Rolle des schlecht gelaunten Zukurzkommers perfekt ausgefüllt.

Auf einem anderen Foto sieht sich Thomas selbst auf einem Esel sitzen, während Sophia danebensteht und mit großen Augen und offenem Mund zu ihm und dem Tier hochsieht. Er erinnert sich an das erhabene Gefühl, so hoch oben zu sitzen und nicht herunterzufallen, obwohl ihm der Esel etwas suspekt gewesen ist, vor allem wegen des sehr großen Gebisses in dem großen, schweren Kopf.

Sie öffnen das Album mit Fotos, die vor allem die Mutter zeigen. Sophia blättert schnell über die Kinder- und Jugendbilder hinweg, und er hält sie nicht auf. Er sieht in der kurzen Zeit allerdings genug, um den Eindruck zu erhalten: Die Mutter war als Kind nicht glücklich. Sie schaut gequält und mit hängenden Mundwinkeln aus den Fotos heraus, was gar nicht zu seinen früheren Vorstellungen passt. Vielleicht liegt es an den Geschichten, die er heute erzählt hat, und an seiner Interpretation ihrer Tagebuchaufzeichnungen. Die Mutter selbst hätte nie schlecht über ihre Kindheit gesprochen: Die Eltern waren gut zu ihr, sie hatten satt zu essen, geschlagen wurde nur, wenn es Grund dazu gab, so war das damals eben, andere hatten es wirklich schlecht, sie aber nicht. Es sind kleine Äußerungen seiner Mutter, die Thomas heute anders einordnet, die seinen Blick verändert haben, und die ihn nun auch anders auf die Kinderfotos schauen lassen. So erinnert er sich zum Beispiel an einen Satz, den seine Mutter einmal bei irgendeinem Fernsehabend mit ihm, Sophia und Julika nebenher gesagt hat: «Mit Kurtchen konnte ich erst viel schmusen, aber der wurde dann auch bald so pingelig.» Jetzt fällt Thomas auch wieder ein, in welchem Zusammenhang seine Mutter diesen sonderbaren Satz gesagt hat. Julika hatte neben ihr auf dem Sofa gesessen, die Augen auf den Bildschirm gerichtet und in neutralem Tonfall festgestellt: «Jetzt küsst du mich zum zwölften Mal, Oma.»

Die Bilder, die seine Mutter als junge Frau zeigen, lösen widersprüchliche Gefühle bei ihm aus. Einerseits sieht er eine gut aussehende Frau, es lässt sich durchaus erkennen, dass es sich um Sophias Mutter handelt. Andererseits wirkt sie wie fremd im eigenen Körper. Sie hat auch als Braut weder etwas besonders Weibliches noch Mütterliches an sich. Vielmehr wirkt sie wie ein hübscher, unglücklicher Junge, dem verkniffenen Lorenz mit seiner Schultüte gar nicht unähnlich. Zwar zeigt sie sich auf der Mehrheit der Hochzeits-Bilder lachend, aber ihre Augen wirken eher ängstlich und fragend: Was passiert hier? Will ich das? Was wird jetzt aus mir werden?

Als es draußen hell wird und die Vögel lauthals in den Sommermorgen schreien, klappt Sophia das Fotoalbum zu.

«Ich bin fertig», sagt sie. «Und ich meine das in einem sehr umfassenden Sinne.»

Thomas brummt zustimmend.

«Morgen ist auch noch ein Tag», sagt er und legt ihr eine Hand auf die Schulter. Er ist müde und will jetzt allein sein. Während er sich die Zähne putzt, spürt er mit einer perversen Hingabe dem beklommenen Gefühl nach, das die Bedürftigkeit seiner sonst so starken Schwester bei ihm auslöst. Er ist allerdings zu müde, um sich ausdauernd über sich selbst zu ärgern oder zu versuchen, durch Nachdenken zu ergründen, was mit ihm nicht stimmt. Er fühlt eine angenehme Schwere und eine von tief innen heraufziehende Schwärze.

Als er dann aber in seinem Kellergemach steht, fühlt er sich unwohl. Er will nicht in dem unbehaglichen Raum schlafen, ist aber zu kraftlos, um nach einer Alternative zu suchen. Er liegt auf der Matratze und blickt ängstlich zur Tür. Dort steht die Mutter, viel jünger als zuletzt. Sie lächelt gelöst, zumindest wirkt es so im Abglanz des kleinen Lichtkegels seiner Nachttischlampe. Er sieht zu ihr herüber, empfängt ihren freundlichen Blick und entspannt sich. Sie deutet ein Nicken an, und er erwidert die Kopfbewegung, ohne nachzudenken. Ein paar Atemzüge später ist er wieder allein im Raum, aber das Gefühl der mütterlichen Gegenwart folgt ihm bis in den Schlaf.

In der Nacht träumt Thomas, dass er mit seiner Mutter verheiratet ist und ein Kind hat, von dem er bisher nichts wusste.

NOVEMBER

24. Kapitel

Leugnen, Wut, Verhandeln, Depression, Akzeptanz – das sind nach dem bekannten psychologischen Modell die Phasen, die ein Todkranker durchlebt. Sophia hat in einem Blog darüber gelesen. Sie hält das Modell nicht für falsch, sie wundert sich nur, dass die Phasen bei ihr manchmal täglich mehrmals wechseln und sich an keine vorhersehbare Reihenfolge halten. Allerdings hat sie in den letzten Tagen einen Schwerpunkt in ihrem Gefühlsleben ausmachen können: Wut.

Sie steht in einem blauen Kleid auf der Vernissage, die Haut weiterhin gelbstichig, die Haare millimeterkurz, die Augen vermutlich ungesund glühend. Und der große und heute noch viel erfolgreichere Fotokünstler, der ihr vor achtzehn Jahren auf der Art Basel erzählt hat, sie sei seine Seelenverwandte, hat sie nur kurz bei der Begrüßung abgecheckt, nicht wiedererkannt, und ignoriert sie seitdem, denn seine Blicke haben Wichtigeres zu tun. Vermutlich ist auch ihre Seele hässlich geworden.

Die Chemotherapie und die Bestrahlung sind bisher anstrengend gewesen, aber in ihren Auswirkungen weniger schlimm, als von ihr befürchtet. Die Entscheidung, ob sie sich zusätzlich noch einer riskanten OP unterziehen soll, hat sie schnell getroffen. Sie hat sich den rechten Teil der Bauchspeicheldrüse, die Gallenblase, den Zwölffingerdarm und Teile des Magens und des Gallengangs entfernen lassen. Geschwächt hat sie sich im Krankenbett anhören müssen, dass es weitere Herde in ihrem Körper gibt, Wucherungen, die ihr die Energie entziehen. Alles, was sie gewonnen hat, ist ein bisschen Zeit. Dafür ist sie jetzt zuckerkrank, ganz so wie ihre Mutter in den letzten Lebensjahren. Nicht allein deswegen hat Sophia nach dem Eingriff ihre Ernährung umstellen müssen und nimmt weiterhin ab, immer schneller sogar. Längst ist sie nicht mehr schlank, sondern mager, bald dürr. Ihr Kopf wirkt sonderbar groß auf dem Hals, wie ein Blumenkelch auf einem dünnen Stängel.

Marcel wollte nicht, dass sie ihn begleitet, für ihn ist das auch alles zu viel, daran erinnert er sie jeden Tag, aber sie muss dabei sein. Der Gedanke, dass ihr Mann und all die anderen in Zukunft weiterhin auf solchen Anlässen stehen werden, bei Häppchen, Wein und Champagner, und dass sie ihre üblichen Sermone über Kunst, Politik, den Zeitgeist, Klimawandel und Feminismus halten werden – ohne sie –, das macht Sophia unfassbar wütend. Nicht, weil sie glaubt, etwas essenziell Wichtiges zu verpassen, sondern weil es aus ihrer Sicht überhaupt keinen Unterschied macht, ob sie noch dabei ist oder nicht, ob sie jemals dabei gewesen ist.

Sie ärgert sich über die selbstverliebten Männer mit ihren maßgeschneiderten Anzügen und ihren kultivierten Anzüglichkeiten. Sie ärgert sich über sich selbst und ihre pseudoengagierten Gespräche mit den anderen Frauen, die grob betrachtet in zwei Kategorien fallen: Ehefrauen, die – zumindest nüchtern – wissen, was sich gehört, und Single-Künstlerinnen, die die kalkulierte Wildheit auch schon im Outfit etwas weitertreiben, auch wenn diese hier – Mona Meyer, was für ein Name! – mit ihren speckigen Drecksjeans und den Schmutzrändern unter den kurzen Fingernägeln wohl auf Jahre ein ungeschlagener Ausbund an Anarchie und gängigen Optikansprüchen widerstehender Selbstbestimmtheit bleiben wird. Sophia ärgert sich aber weniger über die Meyer als über ihr eigenes ständig lächelndes, entgegenkommendes Getue, das ihr lange Zeit natürlich vorgekommen ist. Sie ärgert sich über Marcel, der in leichten Variationen das immer Gleiche erzählt, was Sophia vor allem dann unangenehm auffällt, wenn auch die anderen es ganz offensichtlich nicht zum ersten Mal hören: die Kunst als Gegenwelt, der geil ungezähmte Geist des noch nicht dressierten Kindes, anarchischer Ausdruck des menschlichen Möglichkeitssinns, die Utopie des Noch-nicht, die im Aufzeigen der realen Dystopie aufscheint, und so weiter und so fort. Und immer wieder der Kapitalismus, der ihnen allen noch nie geschadet hat.

Natürlich ist sie ungerecht. Natürlich sagt Marcel oft genug inspirierende Dinge, beweist er immer wieder einen bemerkenswert geschulten Blick, und natürlich hat sie durch seine Galeristentätigkeit interessante Menschen kennengelernt und Gespräche geführt, die mehr gewesen sind als Smalltalk und zivilisiertes Brustgetrommel. Sie hat beeindruckende Kunstwerke und Städte gesehen, das mondäne Leben genossen, das durch die Mission «Kunst» immer gerechtfertigt erschien – sie waren nicht die Privilegierten und Ausbeuter, sie waren die Guten, die das System anprangerten –, und sie hat auf bestimmte Weise tatsächlich ihren Horizont erweitert. Aber eben nur auf bestimmte Weise. Und jetzt, wo sie bald nicht mehr Grauburgunder trinkend mit den anderen über den neuen Surrealismus, die Nazivergangenheit der frühen documenta-Macher oder den Davidstern aus Baconstreifen von Chloe Wise reden wird, da kommt ihr eine Veranstaltung wie diese vor wie eine Party, auf der jemand das Licht eingeschaltet und die Musik ausgedreht hat.

Ein Mädchen vom Catering trägt in seinem schwarzen Hosenanzug ein Tablett mit Horsd'œuvres an Sophia vorbei. Das Mädchen ist jung, blond und hat eine dienstfertige Miene aufgesetzt. «Hostess», denkt Sophia und spürt der Herablassung nach, die sie gegenüber dem Mädchen empfindet. Sie fragt sich, ob es wirklich so einfach ist: das Mädchen zieht eine Uniform an und bedient die Galeriebesucher, und weil das keine wichtige Tätigkeit ist, fühlt sich Sophia ihr nicht nur überlegen, sondern fast schon berechtigt, sie schlecht behandeln zu können. Sie blickt zu dem Star des Abends: Konrad Krampitz, ihr ehemaliger Seelenverwandter und bekanntester Vertreter der *Düsseldorfer Photoschule*, berühmt geworden mit seinen konzeptuellen Großformatkamera-Werken, riesigen Montagen, die nicht nur oft konsumkritisch interpretiert werden, sondern auch bei Christie's und Sotheby's mehrere Millionen erwirtschaften. Er ist kein schöner Mann, aber so wie die kleine Kellnerin in Sophia den Impuls auslöst, sich über sie zu erheben, fühlt sie Krampitz gegenüber eine erniedrigende Ehrfurcht. Es ist, als ob sie in seiner Gegenwart schrumpfen würde, und sie beobachtet es auch bei anderen: die Befangenheit, das servile Lächeln, die suchenden oder gesenkten Blicke, die unruhigen Hände, die vielen kleinen Gesten der Unterwerfung, während Krampitz ganz selbstsicher und zugleich ein wenig entrückt im Raum steht, als ginge ihn das Spektakel um seine Person nichts an. Sophia findet ihn eigentlich widerlich, und seine Fotografien sind für sie mittlerweile effektheischende Handwerkskunst ohne neue Impulse. Und doch kann sie ihm gegenüber nicht so fühlen wie gegenüber der Kellnerin, ob sie will oder nicht. Sie wird sterben, und es wird genau so weitergehen in der angeblichen Gegenwelt der Kunst, in der sich die gleichen festgefügten Hierarchien und Mythen und sozialen Praktiken finden wie im durchschauten und kritisierten System.

Ärgerlich geht sie zu der kleinen Theke mit dem weißen Tischtuch und lässt sich von einem anderen blonden Mädchen einen Grauburgunder einschenken, obwohl ihr Alkohol weder schmeckt noch bekommt. Sie trinkt ihn in hastigen Schlucken, nur wenige Schritte von der Theke entfernt. Dann geht sie zurück zu dem Mädchen und hält ihm das leere Glas hin. Mit dem frisch eingeschenkten Weißwein stellt sie sich zu der Gruppe, in der Konrad Krampitz den Mittelpunkt bildet, und sagt in einer Gesprächspause: «Erkennen Sie mich noch, Herr Krampitz?»

Marcel, der eben noch sein geselliges Lachen hat erschallen lassen, wirft ihr einen Blick zu.

«Nein», sagt Krampitz trocken, nachdem er sie kurz gemustert hat. Und obwohl er sich bereits wieder von ihr abwendet, strahlt sie ihn an und sagt:

«Ich war mal Ihre Seelenverwandte!»

In der Nähe klirren zwei Gläser gegeneinander.

«Ich habe meine Seele verkauft», sagt Krampitz nach einem Moment der peinlichen Stille.

«Ja», sagt Sophia, «an den Kommerz.»

Krampitz lächelt müde. Jemand in der Runde lacht auf, eine Frau mit schwarzer Bobfrisur schüttelt den Kopf.

«Shit happens!», sagt Krampitz.

«Nein, ich weiß», sagt Sophia. «Sie haben die Welt mit Ihren einmaligen Visionen bereichert. Sie sind etwas ganz Besonderes! Deswegen verdienen Sie auch mehr als andere.»

«Ich habe die Regeln nicht gemacht», sagt Krampitz.

«Nein», sagt Sophia. «Sie befolgen sie nur.»

Krampitz wirft ihr einen kurzen Blick zu. Er sieht mit einem Mal verschlagen aus. Sie spürt, dass sie ihn getroffen hat.

«Sophia?» Marcel sieht sie eindringlich aus zwei Metern Entfernung an.

«Und Sie sind anders, besser als ich?», fragt Krampitz.

«Nein», sagt Sophia. «Ich bin genauso ein opportunistisches Arschloch wie Sie, nur nicht ganz so aufgeblasen.»

Krampitz nickt. Marcel sagt noch einmal ihren Namen, mehr fällt ihm offenbar nicht ein.

«Und ich erzähle jungen Frauen nicht, ich wäre ihre Seelenverwandte.»

Marcel verlässt seine Position in der kleinen Gruppe und bewegt sich auf sie zu. Noch bevor er sie erreicht, sagt Krampitz ruhig: «So wütend, wie Sie auf mich sind, könnten Sie tatsächlich meine Seelenverwandte sein. Ich bin nämlich auch sehr wütend auf mich. Das würde ich aber lieber unter vier Augen besprechen.»

Marcel bleibt neben Sophia stehen und berührt sie am Arm: «Muss das sein?», fragt er leise.

«Warum nicht?», erwidert Sophia, ohne ihre Stimme zu senken.

«Es ist ein bisschen peinlich», sagt Marcel, jetzt ebenfalls laut genug, dass es die Umstehenden hören können.

«Ja, Kunst soll Komfortzonen stören, Gespräche darüber lieber nicht», sagt Sophia.

«Es ist einfach nicht originell», sagt Marcel kühl. Die Gruppe beginnt, sich aufzulösen. Nur Krampitz steht noch da.

«Rauchen Sie?», fragt er Sophia.

«Ich könnte damit anfangen.»

«Würden Sie mich nach draußen begleiten?»

Sophia folgt dem berühmten Fotografen auf die Terrasse und lässt sich von ihm tatsächlich eine Zigarette geben und anzünden. Er wirkt jetzt weniger ehrfurchtgebietend, eher ein wenig schüchtern, beinahe betreten.

«Ich habe Krebs», sagt Sophia und deutet auf die Zigarette. «Da ist es jetzt eh egal.»

«Bauchspeicheldrüse?», fragt Krampitz.

«Exakt!»

Krampitz nickt, dann zieht er an seiner Zigarette und sagt: «Manchmal versuche ich mir vorzustellen, ich bekäme eine Diagnose, die sagt: So, Krampitz, in sechs Monaten ist Schicht. Und dann schaue ich auf mein Leben und denke: Was für ein Schwachsinn.»

«Und was müsste anders sein, damit es kein Schwachsinn ist?», fragt Sophia, die die Zigarette jetzt damenhaft zwischen zwei Fingern nach oben hält. Sie hat nicht vor, daran zu ziehen, und wenn, nur um zu paffen. Krampitz kratzt sich am Hals, blickt in die Dunkelheit des grauen Nachthimmels und erklärt dann, dass er kein sozialer Mensch sei. Er wolle nicht auf die letzten Meter noch ein Opernhaus in Afrika bauen oder generell irgendetwas Gutes tun. Sobald er anfange, darüber nachzudenken, komme ihm leider auch das wie Schwachsinn vor. Wenn er aber bestimmte Formen und Farbkombinationen betrachte, dann werde er ruhiger.

Womöglich, weil er bei dieser Arbeit eine andere Perspektive einnehme, es gehe dann um etwas, das eben nicht mit ihm als Konrad Krampitz zu tun habe, mit der Frage, ob er berechtigt sei zu existieren, ob er das Richtige tue und so weiter.»

«Und was folgt für Sie daraus?», fragt Sophia.

«Ich sehe meine Aufgabe darin, in den Fotos aufzugehen wie als junger, erfolgloser Mann. Es immer wieder zu versuchen. Unter uns: Tagesfüllend ist das nicht.»

Sophia nickt. Sie merkt, dass sie nicht mehr wütend ist. Die Ehrlichkeit beruhigt sie.

«Übrigens», sagt Krampitz nach einer Pause. «Ich habe keinen Zweifel daran, dass Tausende von Fotografen so talentiert sind wie ich, dass sie genauso viel oder mehr wahrnehmen und lange vor mir ähnliche Ideen hatten, die im Verborgenen geblieben sind. Ich habe nur Glück gehabt.»

Sophia nickt. Dann fragt sie: «Ist dieses bescheidene Eingeständnis jetzt gut oder schlecht für die Marke Krampitz?»

«Sie können gemein sein», sagt Krampitz. «Ich mache hier keine Show, auch wenn man das ärgerlicherweise immer denken kann. Aber was ist mit Ihnen? Wie sehen Sie Ihr Leben zurzeit?»

Sophia lacht auf und sagt: «Kann ich noch eine Zigarette haben, um sie nicht zu rauchen?»

25. Kapitel

Thomas sitzt im Bâteau Ivre und sieht durch eines der großen Fenster auf die Oranienstraße. Die Farben Kreuzbergs verdunkeln in der herbstlichen Dämmerung. Es ist noch ungewöhnlich warm, die Zeit der Mützen und Mäntel steht erst bevor. Thomas wartet auf Rabea und ist nervös. Trotzdem hat er statt eines Bieres einen Latte macchiato bestellt. Er wird einen besonders aufgeräumten Eindruck machen, egal, was jetzt kommt. Rabea, die er fast eine Woche lang nicht gesehen hat, weil sie immer zu tun hatte, wird ihm nichts Angenehmes zu erzählen haben. Ihre Stimme am Telefon hat er nicht richtig einschätzen können, eigentlich klang sie wie immer, aber ein erstaunlich stereotypes «Wir müssen mal reden» hat ihn alarmiert. Das Bâteau Ivre ist sein Vorschlag gewesen, aber jetzt ist es ihm zu voll, er fühlt sich ungeschützt. Das Mädchen hinterm Tresen kennt ihn. Jederzeit könnte ein Bekannter auftauchen. Und je nachdem, worüber Rabea mal reden muss, wird Thomas dieses Café in Zukunft nicht mehr besuchen wollen.

Er schaut auf sein Smartphone. Vielleicht sagt sie noch ab, so wie letzte Woche, als sie frühstücken wollten und Rabea plötzlich «Depris» hatte und auch nicht besucht werden wollte. Ihn hat sie noch nie besucht.

Thomas wohnt mittlerweile hauptsächlich bei seinem Freund Felix. Viele Sachen stehen noch bei Katrin, die ihm eine Abholfrist bis zum Jahresende eingeräumt hat. Er hat den Gedanken bisher vermieden, aber wahrscheinlich wird er sich sehr bald eine Wohnung für sich allein suchen müssen. Und das, obwohl er sich das Zusammenwohnen mit Rabea genau vorstellen kann: Bergmannkiez, Altbau, oberster Stock, eine riesige Bücherwand, Rabeas schwarze Strumpfhose auf den hellen Holzdielen, er raucht eine Zigarette auf dem Balkon und schaut über die Stadt.

Er muss jetzt taktisch vorgehen, ruhig bleiben, Rabea alle Freiheiten zugestehen, sie ernst nehmen. Vor allem darf er keinerlei Bedürftigkeit ausstrahlen, dann wird sie ihm früher oder später folgen.

Sie ist schon zwölf Minuten zu spät, aber das ist noch innerhalb des akademischen Viertels, das sie gerne für sich beansprucht. Auf jeden Fall kommt sich Thomas doof vor, wie er hier allein mit seinem Latte sitzt und versucht, locker zu wirken. Er fühlt sich angespannt und zugleich sehr müde, wahrscheinlich sieht er auch genauso aus. Gerade als er sich im Sitzen aufrichtet und darauf konzentriert, tief ein- und auszuatmen, sieht er sie zwischen den laut redenden Menschen unter den bunten Lampions näher kommen. Sie lächelt ihn an, aber sie küsst ihn nicht, sondern nimmt damenhaft ihm gegenüber Platz, als sei es ein erstes Date. Das kräftige dunkle Haar hat sie zu einem Knoten gebunden, ihr Gesicht mit den markanten Augenbrauen wirkt klar, frisch, makellos. Er saugt ihren Anblick in sich auf. Noch nie ist sie ihm so schön vorgekommen. Dann registriert er, dass sie sich sorgfältig geschminkt hat, und versucht das als gutes Zeichen zu interpretieren.

«Was geht?», fragt er und ärgert sich sofort über die gespielte Lässigkeit, die unglaubwürdig und unpassend klingt.

«Wie geht es dir?», fragt Rabea, ohne auf seine Floskel einzugehen. Er wiegt den Kopf, sagt «na ja» und erzählt dann von seiner Schwester. Von der OP, die sie zwar gut überstanden habe, obwohl immerhin fünf Prozent diese sogenannte Whipple-Operation nicht überlebten, aber der Krebs habe in andere Organe gestreut. Jetzt könne man noch weiter bestrahlen und einen weiteren Zyklus Chemo machen, aber dabei gewinne man wohl nur noch ein paar Wochen. Er habe das getan, was er seiner Schwester verboten habe, nämlich im Internet Artikel und Berichte gelesen; hoffnungsfroh stimme dabei eigentlich nichts. Es sei denn, man glaube an Engelskräfte. Jetzt wolle Sophia noch ein letztes Mal zu einer Freundin verreisen, und er solle mit, nach Mallorca, und habe Angst davor.

Während er redet, merkt er, dass Rabea nicht bei der Sache ist. Zwar sieht sie ihn die meiste Zeit an, aber er erkennt ihre Anstrengung, die leichte Verkrampfung in ihrem Kinn und an den Schläfen.

«Das tut mir sehr leid für Sophia», sagt Rabea, als Thomas eine Pause lässt. «Und es ist jetzt wichtig, dass du für sie da bist.»

Er nickt und fühlt, wie sich sein Magen zusammenzieht.

Die Spannung strahlt von der Körpermitte bis in seine Beine und den Kopf aus. Er zwingt sich dazu, gerade zu sitzen und zu lächeln.

«Und wie geht es dir?», fragt er.

Rabea faltet ihre Hände und senkt den Blick.

«Das weiß ich gar nicht so genau», sagt sie. «Läuft gut bei mir, viel los, aber in den letzten Tagen war ich nicht so richtig bei mir. Ich glaube, ich habe versucht, vor meinem inneren Wissen davonzulaufen.»

«Aha», sagt Thomas.

Dann erzählt Rabea von einem Gespräch mit ihren Mitbewohnerinnen. Sarah und Nisa hätten ihr dargelegt, dass sie es ein bisschen ekelhaft fänden, wenn sie mit einem Mann rummache, der ihr Vater sein könne. Thomas will etwas sagen, aber Rabea kommt ihm zuvor: Natürlich seien ihr spießige Konventionen egal, aber ihre Beziehung sei eben auch ein Politikum. Die Asymmetrie an Erfahrung, Besitz und Einfluss zugunsten des Mannes sei typisch patriarchalisch. Thomas lacht kurz freudlos auf. Was Besitz und Einfluss betrifft, dürfte ihn Rabea bald überholt haben. Und Erfahrungen sind in seinen Augen eine sehr individuelle Sache. Wie soll man die hierarchisch miteinander vergleichen?

«Ich fühle mich nicht gerade mächtiger oder dir eindeutig überlegen», sagt er. Rabea lächelt milde und ein wenig traurig. Sie sieht dabei noch schöner aus.

«Schon klar, dass du deine Privilegien nicht wahrnimmst», sagt sie sanft und erzählt den Witz, in dem ein Fisch den anderen fragt, wie findest du das Wasser, und dieser zurückfragt: Welches Wasser?

«Du fühlst dich mir also krass unterlegen?», fragt Thomas und hebt amüsiert die Augenbrauen, während er nach seinem längst kalten Latte greift.

«Solche Muster wirken schleichend», sagt Rabea. «Und es geht auch nicht allein darum, was ich fühle.» Sie schaut zur Seite, dann ihm geradewegs in die Augen: «Ich bin zunehmend eine öffentliche Figur. Ich stehe für etwas. Ich würde ja auch keine Kreuzfahrt machen.»

Ohne nachzudenken und zu laut sagt Thomas: «Das ist der größte Bullshit, den ich je gehört habe.»

«Tja, für dich», sagt Rabea, schlagartig kühl. «Aber ich will nicht als die Feministin mit dem Journalisten-Sugardaddy porträtiert werden. Das geht gar nicht.»

«Geil», sagt Thomas. «Es geht einfach nur um deine Karriere.»

Rabea lacht auf: «Ja, und wenn ich ein Mann wäre, gäbe es da auch nichts zu hinterfragen.»

«Es wäre genauso scheiße», sagt Thomas. Dann fällt ihm etwas ein: «So wie bei Andersch, der seine halbjüdische Frau und die Tochter verlässt, um eine Schreiberlaubnis unter den Nazis zu erhalten.»

«Nice, Thomas. Jetzt bist du also die halbjüdische Frau und ich ein Nazimitläufer. Scheiße, ist das peinlich. Und was ist das überhaupt für ein rassifizierter Ausdruck: halbjüdisch?»

«Hieß damals so. Ich weiß nicht, was ihr heute im Geschichtsunterricht lernt.»

«Na, wie schön, da bist du mir ja doch deutlich überlegen.»

Thomas will sofort etwas erwidern, aber er bemerkt gerade noch, dass er mittlerweile mehr reagiert als agiert, dass er unbesonnen wird und seinen Vorsatz aufgegeben hat, Rabea ernst zu nehmen.

«Okay», sagt er, «dann ist das so. Dann trennst du dich von mir.»

Rabea wirkt irritiert, er glaubt einen Anflug von Trauer und sogar Angst in ihrem Blick sehen zu können. Einen

Moment lang schweigen sie beide. Zum ersten Mal an diesem Abend fühlt er sich Rabea nah.

«Ich wünsche mir halt, dass du es ein bisschen verstehst», sagt sie nun fast zärtlich. Er nickt, was sonst soll er tun?

«Es war eh nicht für die Ewigkeit gedacht», sagt Rabea und klingt beim Aussprechen dieser sonderbar gestrigen Phrase bereits wieder weniger geknickt. «Ich meine, ich hatte nicht vor, in ein paar Jahrzehnten deine Pflegekraft zu sein.»

Er nickt jetzt auch.

«Es war das, was es war», sagt Rabea und versucht, ihm in die Augen zu sehen. «Und es war doch cool so, oder?»

Thomas nickt und nimmt ihre hingehaltene Hand, die für einen Moment lang warm in seiner liegt.

Rabea geht durch die Menschenansammlung zum Ausgang. Er starrt auf ihren schlanken, jetzt fast zerbrechlichen Rücken, die hilflos wirkenden Schultern, und er weiß, dass ihn dieser Anblick verfolgen wird. Jemand mit einem schwarzen Hut auf dem Kopf lacht laut und künstlich. Thomas macht dem Mädchen hinter dem Tresen ein Zeichen.

26. Kapitel

Marcel lenkt den Audi schweigend durch die Nacht. Sophia sitzt auf dem Beifahrersitz und versucht, die Augen offen zu halten. Die Lichter hinter der Windschutzscheibe verlaufen zu einem flirrenden Film, der Fahrspur folgt ein nebliger, sonderbar beweglicher Zwilling. Sie ist nicht mehr wütend. Schon bevor Krampitz sie auf der Terrasse in den Arm genommen hat, ist sie nicht mehr wütend gewesen. Der Fotograf ist einen Schritt auf sie zugegangen, hat sie fragend angesehen und dann die Arme um sie gelegt. Sie hat diese Umarmung intensiv spüren können, ein pulsierendes Gewebe, in dem sich zwei Menschen für einen Augenblick miteinander verbinden. Am liebsten möchte sie Marcel davon erzählen, aber sie findet die Worte nicht.

Sie hat sich von ihm getrennt, gleich nach dem Wochenende in Bonn, und sie schlafen seitdem in getrennten Zimmern. «Weil die Mama krank ist», lautet die Version für Julika. Mehr will man dem Kind nicht zumuten, es ist eh alles zu viel für sie, für Marcel, für Sophia selbst. Jeder Tag ist ein neues Mischungsverhältnis aus geisterhafter Normalität und sehr lebendigen Ausnahmezuständen.

Marcel hat ihre doppelte Ansage (Bauchspeicheldrüsenkrebs, Trennung) erst sehr ruhig aufgenommen, vermutlich weil er zunächst weder das eine noch das andere wirklich ernst nehmen wollte. Dann aber ist er in einen Aktionismus verfallen, der sie manchmal genervt und manchmal gerührt hat. Am schlimmsten findet sie bis jetzt seinen «Wir schaffen das»-Optimismus, mit dem er die ganze Zeit nicht nur seine eigene Angst niederbrüllt, sondern auch ihre Wahrheit: Nein, wir schaffen es nicht. Sie schafft es nicht mit ihm und nicht allein. Sie stirbt. Und das anzuerkennen, ist das Einzige, was ihr ein bisschen hilft. Sie kann nicht zur Ruhe kommen, wenn sie sich etwas vormacht, und sie ärgert sich darüber, dass Marcel sie am liebsten zwingen würde, sich etwas vorzumachen. Er erzählt von Fällen, in denen Menschen mit dieser Diagnose noch etliche Jahre gelebt hätten, redet von Mistelzweigtherapien und sogar von einer anthroposophischen Kur in Dornach in der Schweiz. Man müsse doch alles versuchen, sie muss doch kämpfen, sie dürfe ihr Leben nicht aufgeben. Wenn schon nicht wegen sich, dann wegen Julika. Marcel begreift nicht, wie sehr er sie damit wieder einmal übergeht. Dieser Hollywood-Kampfgeist – das ist nicht sie. Sie findet ihn auch nicht tapfer oder verantwortungsvoll. Sie will ehrlich sein, anstatt dieses Übermenschendenken zu kultivieren: «Wenn du es nur ganz, ganz feste willst, dann lebst du ewig.» Tja, und wer ist schuld, wenn es nicht klappt? Wer ist dann zu wenig gläubig, zu schwach und unentschlossen?

Was für eine Anmaßung! Als ob all die vielen Menschen, die innerhalb weniger Monate nach der Diagnose gestorben sind, bloß nicht fokussiert genug ihre Wünsche ans Universum gerichtet hätten. Als müsste man sich noch als Todkranke dauernd selbstoptimieren, und das gar nicht für sich selbst, sondern damit sich das Umfeld weiterhin in seiner Kontrollillusion bestätigt fühlt. Aber sie ist da raus. Sie hat sich in kurzer Zeit verändert. Und das ist das Beste, was sie über die Situation sagen kann: Sie verändert sich. Ihr fließt eine neue Stärke zu, da wo sie die Illusion von Stärke aufgibt.

Anders als Marcel hat sie sich in den letzten Wochen ein paar interessante Fragen stellen müssen: Wer ist sie, wenn sie nicht gut aussieht? Wer ist sie, wenn sie nichts mehr leisten kann? Wenn sie nicht auf Großartigkeiten in der Zukunft bauen und keine Mutter und keine Ehefrau mehr sein kann? Wer ist sie, wenn sie gebrechlich, krank, geschwächt, hilfsbedürftig, hässlich, erschreckend oder bemitleidenswert ist? Wer ist Sophia Hauser ohne all das, was ihr jetzt weggenommen wird?

«Du solltest wirklich nicht trinken», sagt Marcel in die Stille.

«Warum nicht?»

«Du verträgst es schlechter.»

«Ist doch cool», sagt Sophia im Tonfall einer dauergenervten Teenagerin. Es fühlt sich auch tatsächlich nicht erwachsen an, gegen jemanden aufzubegehren, der einen gerade zum gemeinsam bewohnten Haus fährt.

«Du bekommst Feinheiten nicht mehr mit», sagt Marcel ruhig.

«Schön», sagt Sophia. «So passe ich mich halt an mein Umfeld an.» Sie räuspert sich und versucht, sich aufrecht hinzusetzen. Sie schafft es nicht, bleibt in ihrer Position und sagt: «Ich weiß, du hörst es nicht gern. Aber ich sterbe bald. Da ist das alles wirklich unwichtig.»

«Das sehe ich anders», sagt Marcel. Dann sagt er nichts mehr. Und weil Sophia irritiert ist, sieht zu ihm rüber und erkennt die glänzende Spur von Tränen auf seiner Wange.

27. Kapitel

Thomas liegt auf dem schmalen Gästebett im Arbeitszimmer der Wohnung eines Freundes und ist müde. Vor wenigen Minuten hat sein Herz so stark geschmerzt, als sei es kaputt. Er kann sich nicht vorstellen, dass ein so intensives Gefühl keine organische Ursache hat, aber er weiß schon lange um die Heftigkeit seines Liebeskummers. Seit er zehn Jahre alt ist, versteht er, warum man von einem gebrochenen Herzen spricht. Jetzt ist der Anfall vorüber und mit ihm das krampfartige, tränenlose Krümmen. Nun wird er ruhiger. Noch immer fühlt er sich verletzt, verlassen und wertlos, aber zwischen ihm und diesen Gefühlen steht nun eine dämmende Schicht, die sich bald auflösen und dann wieder neu bilden wird. Er liegt da und denkt an Rabea. Wahrscheinlich hält sie sich gerade keinen Kilometer von ihm entfernt auf, allein oder mit einer Freundin. Vielleicht auch mit einem anderen Mann. Er weiß nicht, ob er sie als Person vermisst oder die Idee, die er von ihrem Zusammensein entwickelt hat, denn genau genommen ist sie ihm nie rundum sympathisch gewesen; er weiß nicht, warum er einen derart starken Trennungsschmerz empfindet. Aber so ist es immer gewesen: Immer hat er Beziehungen schwergenommen, vor allem ihr Ende. Oder er hat als Single voller bittersüßer Sehnsucht geschmachtet, gelitten, sich selbst gequält und zugleich dafür bemitleidet. Die Mädchen oder Frauen, die ihn während solcher Phasen wollten, hat er banal und unzureichend gefunden, und er hat es sie – das muss er heute eingestehen – manchmal deutlich merken lassen. Wenn er dann endlich einmal eine Freundin hatte, wurde es keineswegs gemütlicher in seinem Leben.

Im Laufe der Jahre hat Thomas gelernt, Begriffe wie «Borderline», «bipolar» oder «posttraumatische Belastungsstörung» mit Erfahrungen zu verbinden, die sich bis heute phasenweise in seinem Körper zu Verhärtungen, Beklemmungen und Schmerzen verdichten. Immer hat er seine «schwierigen» Partnerinnen verteidigt und sich Rechtfertigungen für ihr Verhalten zurechtgelegt, während gleichzeitig Zweifel seine Tage beherrschten. Immer hat er geglaubt, er habe die Macht, andere Menschen zu ändern, auch wenn das schon bei den eigenen Eltern nicht geklappt hatte. Und je mehr er über die jeweils unausweichliche Trennung hätte erleichtert sein müssen, desto mehr hat er unter dem unerklärlichen Eindruck gelitten, etwas Lebenswichtiges verloren oder nie wirklich bekommen zu haben. Am Ende blieb immer das Gefühl, dass er mit all seinem Willen und Glauben und mit all seiner Kraft eher Blut aus einem Stein pressen könnte, als von dem Giftbiss in seinem Herzen geheilt zu werden. In jungen Jahren hat das noch etwas Romantisches gehabt, und auch sein Umfeld hat seine gut aussehenden, aber instabilen Freundinnen oft als schillernd und aufregend wahrgenommen. Spätestens nach der Henri-Nannen-Schule und mit dem Beginn seiner Festanstellung war es jedoch immer auffälliger geworden: Während seine Freunde und Freundinnen sich mit ihren Partnern in einem gemeinsamen Leben niederließen – wenn auch oft nur vorübergehend –, verbrachte er seine Tage mit eskalierenden Streitereien, Psychiatriebesuchen, dramatischen Versöhnungen und letztlich Trennungen.

Katrin ist die Ausnahme. Sie passt nicht in die Reihe. Er hat sie auch nicht selbst ausgesucht, sondern sich von seiner Schwester dazu ermuntern lassen, mit ihr auszugehen, nachdem er und Katrin sich auf einer Party von Sophia und Marcel länger miteinander unterhalten hatten. Er mochte sie, er fühlte sich bei ihr wohl, er war dankbar dafür, dass sie mit ihm schlief und offenbar nicht von ihm erwartete, dass er ihr gegenüber eine Liebe zum Ausdruck brachte, die er nicht empfinden konnte. Viel zu sehr stand er noch im Bann von Lara, der türkisch-polnischen Clubpächterin, mit der er drei Jahre lang eine On-off-Beziehung gehabt hatte und die ihn einmal, als schon alle Beleidigungen und Verletzungen aufgebraucht schienen, nach einer spöttischen Bemerkung über ihre selbst gemalten Acrylbilder mit der Faust ins Gesicht geschlagen hatte. Er hat sie daraufhin am Hals gepackt und sie ein Bierglas auf seinem Kopf zerbrochen und geschrien: «Ich bringe dich um, du schwanzloser Wichser.» Das waren Geschichten, die Katrin so fern waren, dass er ihr kaum davon erzählen konnte, ohne sich wie ein psychologischer Fall zu fühlen.

Trotz allem: Im Laufe der Monate wurde Katrin mit ihrer ruhigen, verlässlichen Art mehr und mehr Teil seines Lebens.

Schließlich wollte sie wegen ihm von Hamburg nach Berlin ziehen, obwohl sie den festen Job als Gymnasiallehrerin hatte und er bereits als freier Journalist arbeitete. Sie schlug vor, sich eine gemeinsame Wohnung zu nehmen, auch wegen der Kosten, und das Hin-und-her-Fahren sei auf Dauer doch ermüdend. Thomas kämpfte gegen seine Beklemmung an und nahm sich vor, mit Katrin in einem «erwachsenen» Leben anzukommen. Er lobte sich nicht dafür, wenn es ihm gelang, denn das war ja nur normal. Aber er hasste sich dafür, wenn er unter der Woche in Kneipen versackte, seine Gefühle für Katrin von einer Sekunde auf die andere fort waren, er im gemeinsamen Schlafzimmer kaum Luft bekam oder seiner Freundin manchmal kaum zuhören konnte, weil er so voll mit eigenen Gedanken und Ängsten zu sein schien. Er hasste sich dafür, dass er keine Kinder wollte und Katrin und sich selbst mit der Illusion hinhielt, irgendwann werde er sich doch noch dazu entschließen, eine Familie zu gründen. Aber er entschloss sich nicht. Es blieb dabei: Mit dem Wort «Familie» verband er nur Unangenehmes, und wenn er sich vorstellte, eine Vaterrolle einnehmen zu müssen, dann überkam ihn eine Angst und ein Misstrauen, überzeugender als alle Anstrengungen seines Willens.

Katrin verurteilte ihn nicht dafür. Im Gegenteil: Manchmal sagte sie, er solle sich nicht selbst runtermachen, er sei, wer er sei, und sie liebe ihn. Wenn sie von seinem Verhalten verletzt war, reagierte sie nicht mit Aggressionen, sondern mit Trauer, sie zeigte keine Wut, sondern eben ihre Verletztheit. Anfangs war Thomas davon irritiert. Einmal als er etwas Gemeines gesagt hatte, duckte er sich instinktiv, so als werde ihn Katrin gleich schlagen. Sie sah ihn aber nur lange stumm an und sagte schließlich: «Dir haben sie echt übel mitgespielt.»

Und während Thomas sich selbst immer wieder vorbetete,

dass Katrin genau die richtige Frau für ihn sei und er dankbar für sie sein müsse, ja, dass er so viel Glück eigentlich nicht verdiene, begehrte er sie nur selten. Stattdessen stierte er den Frauen auf der Straße, in der U-Bahn und auf Partys hinterher, saugte sich mit seinem Blick an ihren Händen, Waden oder Hintern fest, masturbierte zu diesen Eindrücken auf dem Klo und hasste sich dafür mehr als für alles andere. Schon früher hatte er darunter gelitten, dass er unbekannte Frauen oft stärker begehrte als seine jeweils aktuelle Freundin. Vielleicht bildet er es sich jetzt nur ein, aber er glaubt, dass es mit Katrin am schlimmsten war und immer schlimmer wurde, bis er schließlich mit Rabea zusammenkam.

Müde denkt Thomas an seine vergangenen Beziehungen und kommt sich dabei unreif und erbärmlich vor. Er fühlt sich seinem Charakter ausgeliefert, und gleichzeitig fragt er sich, ob das nicht eine Ausrede ist.

Wie so häufig in letzter Zeit muss er an seinen Vater denken. Als Jugendlicher ist Thomas davon ausgegangen, dass man seine Fehler nur erkennen muss, um sie abstellen zu können: Ein guter Mensch hätte sich gegen das Saufen entschieden, gegen das angespannte Brüten und gegen die plötzlichen Explosionen, das Gebrüll, die zerbrochenen Gegenstände, die Schläge, die von Wut entstellte Fratze, die Thomas noch im Traum vor sich sah. Er hätte sich dagegen entschieden, dass seine Kinder vor ihm Angst haben, dass seine Frau lieber in einem eigenen Zimmer schläft, dass alle freier atmen, wenn er weg ist, und dass erst dann das Haus und alles darin nach und nach zur Ruhe kommt. Jetzt fragt sich Thomas, welcher Mensch sich freiwillig dazu entschließen sollte, so zu leben und so zu wirken. Der Vater, sagte seine Mutter manchmal, sei krank, aber das konnte Thomas damals weder akzeptieren noch wirklich begreifen. Für ihn war er nicht krank, sondern böse. Niemand macht seinen Kindern Angst, der nicht böse ist.

Thomas denkt an ein Ereignis zurück, er muss damals achtzehn oder neunzehn Jahre alt gewesen sein und ließ sich schon lange nicht mehr von seinem Vater schlagen. Es war ein kühler Herbstabend, und er saß mit drei oder vier Freunden in seinem Kellerzimmer. Sie hörten Metal, tranken Bier und Wein, und plötzlich stand der Vater da, betrunken und in einem Nachthemd voller Essensflecken. Da stand er, der anerkannte Chirurg, der Weltkriegs-Leutnant, der Kinderverdrescher, und fragte mit glasigem Blick nach einem «Fläschchen Bier». Thomas erinnert sich, wie er ihm voller Verachtung eine Bierflasche hinhielt und sie ein Stück in die Höhe hob, sodass der Vater seine Säuferhände danach ausstrecken musste. Thomas erinnert sich, dass er seinen Vater wie ein Kleinkind an den Schultern rumdrehte und zur Tür schob mit den Worten: «Viel Spaß, Alter. Mehr gibt's nicht.» Damals hat er in die Gesichter seiner still gewordenen Kumpel gelacht und sich ein neues Bier aus dem Kasten genommen. Jetzt liegt er auf dem Gästebett und sieht sich selbst in dem Kellerraum stehen und als Einziger lachen.

28. Kapitel

Sie ist müde, sie hat Kopfschmerzen, aber bevor sie Julika aus der Schule abholt, will sie den Text zu Ende schreiben. Morgen fliegen sie zusammen nach Mallorca, da will sie alle Texte fertig haben. Seit Wochen schreibt Sophia an «Nachrichten für Julika», eine Mischung aus pointiert erzählten gemeinsamen Erinnerungen, Wünschen für die Zukunft, zurückhaltend formulierten Ratschlägen und Darstellungen, was Sophia Hauser zu Lebzeiten ausmachte, was ihre wichtigsten Werte, Sichtweisen und Erfahrungen waren. Diese Texte will sie bei Sibel auf Mallorca einsprechen, ob das Ergebnis als Format ein Podcast oder ein digitales Hörbuch ist, das sollen andere entscheiden. Das wird ihr persönliches Vermächtnis an Julika sein, und weil ihr das Projekt so wichtig ist, ist es so anstrengend. Sie kämpft mit sich, sie glaubt, beim Schreiben den Krebs besonders intensiv in ihrem Körper zu spüren, als wolle er nicht nur ihr Leben zerstören, sondern auch verhindern, dass sie darüber berichten kann. Natürlich macht sie diese Arbeit nicht allein für Julika, sondern auch für sich selbst.

Jetzt gerade schreibt sie an einem Text über das Treffen mit Thomas im August. Sie möchte Julika etwas über das Gespräch am See mitteilen, darüber, wer ihre Oma war, aber Sophia weiß nicht, wie sie das für ihr Kind formulieren soll, was sie selbst nicht wirklich zu fassen bekommt. Sie liest, was sie geschrieben hat: ein verworren wirkender Absatz darüber, dass Familien nicht nur aus klar voneinander getrennten Einzelpersonen bestünden, sondern auch aus Themen, vielleicht auch bestimmten Energien. Julika solle sich das wie ein Knäuel vorstellen, das alle zusammenhalte, aber auch aneinander fessele, und alle hätten mit den gleichen Fragen und Stimmungen zu tun, aber jede auf ihre Weise, jede gebe eine persönliche Antwort.

Das versteht kein Mensch, denkt Sophia. Sie versteht es ja selbst nicht wirklich, wie soll es da Julika verstehen? Und was würde es ihr nutzen, wenn sie es verstehen würde? Sie muss konkreter werden: «Wir Frauen in meiner Familie ...», fängt sie einen neuen Absatz an und hat sofort keine Lust mehr, weiterzuschreiben. «Deine Oma ...», versucht sie es, bricht aber wieder sofort ab. Das geht so nicht. Es kann aber auch nicht sein, dass dieses Wissen für Julika verloren geht, wenn Sophia nicht mehr lebt. Aber lässt es sich überhaupt in Worte fassen? Fehlt immer etwas, wenn sie das, was sie ganz deutlich fühlt, in Sprache zu übertragen versucht? Oder ist es so, wie Thomas manchmal sagt: Wenn du etwas klar fühlen kannst, dann kannst du es auch klar denken. Und wenn du etwas klar denken kannst, dann kannst du es auch klar aussprechen.

«Liebe dich selbst», schreibt Sophia plötzlich hin. «Diesen Satz wirst du in deinem Leben bestimmt einmal hören, lesen und auch selbst denken. Vielleicht werden dich Menschen sogar mit Nachdruck auffordern, dass du dich gefälligst selbst lieben sollst. Sie tun so, als sei das ganz allein deine Sache und deine Entscheidung. Aber das ist eine Lüge. Was du von dir selbst hältst, das lernst du von anderen. Und du lernst es jeden Tag aufs Neue: wie dich andere angucken oder nicht angucken, was sie zu dir und über dich sagen, was an dir sein darf und was nicht, was erwünscht ist und was nicht. Es geht um Kleidung, deinen Gang, dein Lachen, das, was du sagst, das, was du nicht sagen möchtest, das, was du machen willst und was du nicht machen willst. Ich möchte dir sagen: Alles an dir darf sein. Alles an dir ist richtig, auch das, was dir und anderen Schmerzen bereitet. Ich weiß, das klingt seltsam. Es ist richtig, weil es da ist, so wie ein Baum richtig ist, weil er einfach dasteht und auch nicht verschwindet, wenn du ihn anbrüllst, ihn hasst oder ihn umerziehen willst, weil er keine Tanne, sondern eine Linde sein soll. Menschen sind anders als Bäume, das weißt du so gut wie ich. Sie können sich ändern. Meiner Erfahrung nach können sie das am besten in einem Zustand der Liebe. Es geschieht dann und muss nicht gemacht werden. Sich selbst zu lieben, bedeutet, sich so zu sehen, wie man ist, und alle Gefühle, die dann kommen, zuzulassen und kein Urteil über die Gefühle und über sich zu sprechen. Es bedeutet, sich selbst nicht dafür zu beschimpfen, wer man ist. Auch nicht, wenn du erkennst, dass die anderen mit ihren Urteilen so einen großen Einfluss auf dich hatten und haben, sie bestimmen mit, wie du dich siehst und wer du bist. Das glaube ich zumindest. Du wirst in deinem Leben dazu sicher noch mehr rausfinden.»

Sophia schaut auf ihren Laptop und liest die gerade geschriebenen Zeilen durch. Sie muss lächeln. Wenn das so weitergeht, dann schreibt sie bald einen Lebensratgeber und verdient posthum noch eine hübsche Summe.

29. Kapitel

Thomas sollte endlich packen, aber er hat sich in einer Facebook-Diskussion verzettelt. Mit aufgeklapptem Laptop sitzt er auf dem Gästebett in der Wohnung seines Freundes und antwortet auf wütende Kommentare unter seinem Posting, in dem es um die Haltung des neuen Nobelpreisträgers zu den serbischen Ultranationalisten geht. Es scheint vielen Menschen nicht möglich zu sein, einen Schriftsteller als ein vielschichtiges Phänomen wahrzunehmen, als Menschen voller Einsichten und Eitelkeiten, selbst- und unsicher zugleich, als jemanden, der sowohl großartige, originelle als auch langatmige, selbstverliebte Texte geschrieben hat, als jemanden, dessen Kritik an der deutschen Kriegsberichterstattung im Jugoslawienkrieg so hellsichtig gewesen ist, wie seine bis in jüngste Zeit fortgesetzte Annäherung an serbische Kriegsverbrecher und Ultranationalisten verblendet. Jetzt wird Thomas für sein – wie er findet – abgewogenes Posting von den Vereinfachern auf beiden Seiten angegriffen: die Handkehasser werfen ihm Verklärung vor. Wie könne er von «verrannt» reden, wenn Handke doch offensichtlich unbelehrbarer Faschistenfreund sei, ein Mann, der sich auf Massengräbern in Badehose ablichten lasse, die Geschichte verfälsche und sich als Stimme der Wahrheit gegenüber einer europäischen Lügenpresse aufspiele? Wie könne er dem Werk eines solchen Massenmörderfreundes noch irgendetwas Gutes abgewinnen? Die Handkefans wiederum beschimpfen ihn als Idioten, der die Sprachmagie von Handkes «winterlicher Reise» und dem «sommerlichen Nachtrag» einfach nicht erfassen könne, oder – was noch wahrscheinlicher sei – sich wie so viele ohne jede Lektüre ein Urteil anmaße. Thomas hat die Texte gelesen. Er hat sogar extra noch einmal reingeschaut, bevor er das Posting geschrieben hat. Dabei hat er eigentlich Besseres zu tun, sein Kopf ist randvoll, aber gerade in solchen Phasen, wenn der Druck im Inneren unangenehm wird, dann loggt er sich bei Facebook ein und scrollt durch die Bilder und Texte, bis er irgendwo hängen bleibt. Je nachdem, was er dann liest, wird der Impuls stark genug, zu kommentieren. Bei Handke hat er sich hinreißen lassen, obwohl er weiß, dass er dann alle paar Minuten nach Likes und Kommentaren guckt, obwohl er weiß, dass ihn die Kommentare zu Debatten nötigen, die aufwühlend und anstrengend sind und ihn davon abhalten, sich zu sammeln, den Koffer zu packen, das Interview zu Ende zu transkribieren, das er gestern geführt hat und das er von Mallorca aus an die Redaktion senden muss, wenn er es nicht heute Nacht noch fertig bekommt. Thomas ist genervt. Er könnte schreien. Die Kommentatoren gehen ihm mit ihrem polemischen und unfairen Ton und überhaupt ihrer Diskussionsunfähigkeit extrem auf die Nerven.

Sein Beruf strengt ihn an. Dieser junge Starphilosoph von gestern: Zu allem hatte der was zu sagen gehabt – vom Klimawandel über die Flüchtlinge bis hin zu Trump und Erdogan –, vermutlich, weil er anders als Thomas Begriffe wie «Konsequenzialismus», «epistemologisch» oder «deontologische Ethik» nicht nachschlagen muss. Dabei war Thomas das ganze Gespräch wie ein einziger Koksmonolog vorgekommen, in dem bei aller einschüchternden Belesenheit so einiges nicht stimmte. Thomas hat Philosophie im Nebenfach studiert, aber nie wirklich einen Bezug zu der Materie gefunden, er hält sich auch nicht gerade für einen großen Kenner der abendländischen Geistesgeschichte, er glaubt aber immerhin, einen guten Bullshit-Detektor zu haben. Bei diesem ständig milde lächelnden Typen ging das alles in atemberaubender Geschwindigkeit, und wenn sich Thomas jetzt fragt, was eigentlich die Kernaussagen in diesem Gespräch, also Monolog, gewesen sind, dann ist da nur ein unangenehmes Rauschen in seinem Kopf. Eigentlich hätte er sich auch längst nach einer Wohnung umsehen müssen, aber woher soll er die Zeit nehmen, wenn er ständig dem Geld nachrennt, aufwendige Recherchen zu Themen unternimmt, die er dann auf einem angespannten Markt anbietet und, wenn er Glück hat, für ein eher übersichtliches Honorar unter Zeitdruck und mit mindestens zwei Korrekturschleifen abliefern darf. Für die großen, besser bezahlten Aufträge bei «brand eins» oder «Psychologie heute» bräuchte er den längeren Atem, aber er kann sich schon auf die kurzen Artikel kaum konzentrieren. Er weiß nicht, ob es hauptsächlich an Rabeas Abschied liegt, den Ohnmachts- und Verlustgefühlen, oder ob ihn die Krankheit seiner Schwester doch mehr aufwühlt, als er sich bis jetzt klargemacht hat. Wenn er ehrlich ist, dann hat er Angst davor, morgen mit ihr und Julika nach Mallorca zu reisen. Er weiß nicht, wie er es aushalten soll, seine Schwester in diesem Zustand zu sehen, ihr Verwelken im Zeitraffer, ihre wütend glänzenden Augen, und dazu das Mädchen, das sich wie ein ertrinkendes Kind an seine ertrinkende Mutter klammert. Thomas wäre gerne stark, er wäre gerne hilfreich, aber am liebsten will er weglaufen, krank sein, sich ein Bein brechen, zusammenklappen, damit andere sich um alles kümmern. Seine Mutter ist gestorben, Rabea hat ihn verlassen, seine Zwillingsschwester wird bald sterben. Und er sitzt eingezwängt im Arbeitszimmer seines Freundes und starrt auf den kaltherzigen Rotz, den größtenteils ihm unbekannte Menschen in seine Timeline schreiben, auf seinen Bildschirm, direkt in sein Hirn.

30. Kapitel

Sophia liebt das letzte Stück des Weges zu Sibel. Sie liebt die Fahrt in dem neu riechenden Mietwagen vom Flughafen Palma ins Land hinein und dann bergan nach Alaró. Sie liebt die Weite der Landschaft, das Highway-Gefühl, die Balance aus Kargheit und Fülle, den Eindruck, dass man nur ein-, zweimal abbiegen muss und sich bald darauf in einem vergessenen Örtchen mit engen Gassen, weitem Kirchplatz, in der Mittagsstille gurrenden Tauben und duftenden Zitronenbäumen wiederfindet. Sie liebt den Anblick der Tramuntana, des Gebirges, das sich wie eine eingefrorene Flutwelle im Hintergrund der Felder und Wiesen und Dörfer erhebt, dieses die ganze Insel zerteilenden Felswalls, auf den sie nun zufahren: Thomas schweigend am Steuer, sie mit Julika auf dem Rücksitz, den Kopf der Tochter warm und weich im

Schoß, eine Hand auf ihrem feinen Haar, Punkte aus Sonnenlicht tanzen darin.

Sophia sieht die Umrisse der Bäume, Häuser und Berge so farbensatt und plastisch, als sähe sie das alles zum ersten Mal. Und gleichzeitig gleitet sie durch eine verwunschen-vertraute Landschaft aus Kindheitsträumen. Sie fühlt sich umwoben von einem Wunderland aus Aromen, Freiraum und Stille, verheißungsvoll und von zeitloser Schönheit. Sie kann darin aufgehen wie als Kind in einem Märchen, voller Vertrauen, kraftvoller Wünsche und dem Leben zugewandter Zuversicht. Am Ende werden die, die reinen Herzens sind, glücklich, weil die Liebe alles verwandeln und alles heilen kann.

31. Kapitel

Das Fahren tut Thomas gut. Er ist froh, aus dem Flugzeug raus zu sein. Jetzt sitzt er zwar schon wieder in einer Blechkiste, aber er lenkt sie selbst, er spürt seine Wirksamkeit bei jedem Tritt auf Gas oder Bremse, mit jeder sachten Handbewegung am Lenker. Im Flugzeug hätte er beinahe zu viel bekommen: die Enge, die im Hals kratzende Luft, das anhaltende Geschrei eines Kleinkindes, das Gefühl, eingesperrt zu sein, nicht arbeiten zu können vor allem, anderen und ihren Wünschen ausgeliefert, das Genöle von Julika wegen einem angeblich pappigen Sandwich. Herrgott, früher haben sie gegessen, was es gab, und haben bestimmt kein teures Sandwich im Flughafen bekommen. Und dann Sophia hinter ihm, die tatsächlich schlecht riecht, er weiß nicht warum, er weiß bloß, dass er darüberstehen sollte, aber im Flugzeug konnte er den Mix aus etwas Öligem und etwas Faulem kaum ertragen. Er überlegt, ob schlecht gewordene Kokosmilch so riecht, muss dann aber an eine Salbe denken, die er im Zivildienst einer Greisin auf verpilzte Hautstellen aufgetragen hat. Jetzt im Auto kann er wenigstens die Fenster öffnen. Thomas stellt sich seine Nervenkraft in einer Balkenanzeige vor, wie in einem Computerspiel. Die offenen Fenster und das Selbstfahren lassen den Balken wieder langsam ansteigen. Jetzt nimmt er auch die Landschaft wahr. Er ist auf Mallorca, zum zweiten Mal in seinem Leben. Das erste Mal hat er hier einen fürchterlichen Urlaub mit einem Mädchen namens Sonja verlebt. Bei einem großen Stadtfest in Port de Sóller war sie weggelaufen wie ein Kleinkind, und er musste sie einen halben Tag lang zwischen kostümierten Einheimischen und angetrunkenen Touristen suchen.

Thomas ist froh, dass er den Weg zum Zielort findet, ohne Sophia fragen zu müssen. Die sitzt mit Julika wie weggetreten auf dem Rücksitz, während er erst den Schildern nach Inca, dann nach Alaró folgt. Dann aber weiß er nicht weiter. Sophia hat ihm zwar erzählt, in welchem Teil des Ortes Sibel wohnt – ganz in der Nähe der Plaza –, aber selbst wenn sich Thomas die Wegbeschreibung gemerkt hätte, in seinem Kopf scheinen sich links und rechts manchmal zu vertauschen, sein räumliches Vorstellungsvermögen ist nur schwach entwickelt, er ärgert sich immer wieder neu darüber. Er ärgert sich auch über die Radfahrer, die ihm am Ortseingang mit ihren Helmen und teuren Rennrädern als unübersichtliches Rudel entgegengeschossen kommen. Anstatt strikt hintereinanderzufahren, schert immer wieder einer aus, manche fahren auch gleich zu zweit nebeneinander, als sei die Straße ein einziger Fahrradweg und sein Auto müsse hier weg.

Thomas drückt fest und lang auf die Hupe, dann ärgert er sich darüber, dass er gehupt hat, während gleichzeitig ein Radfahrer laut auf Deutsch zu den anderen im Tross ruft: «Hör mal! Der hat 'ne neue Hupe!»

«Ja, die Radfahrer», sagt Sophia mit heiterer Stimme. «Hätte nicht gedacht, dass die noch im November hier sind.» Und während Thomas sich von ihr erzählen lässt, dass es im Frühjahr und frühen Herbst noch viel mehr Touristen gibt, die die Insel kreuz und quer in großen Gruppen mit ihren Rennrädern durchfahren, ist er in eine Sackgasse geraten. Häuserwände schießen hoch und dunkel an den Seiten des Wagens auf und scheinen ihn zu erdrücken. Die Füllung im Nervenbalken sinkt wieder, und Thomas hört sich sagen: «Sei jetzt mal still oder sag mir, wie ich das Scheißhaus finde.»

Sophia entscheidet sich dafür, still zu sein. «Entschuldigung», sagt Thomas nach einigen Sekunden. «Ich bin einfach mit den Nerven runter.»

«Aber dafür können wir nichts», sagt Julika mit ihrer hellen, etwas schläfrigen Stimme.

«Ja», sagt Thomas. «Da hast du recht.»

«Du musst da links», sagt Sophia. «Und dann die zweite rechts.»

32. Kapitel

Die schmalen sandfarbenen, cremeweißen oder hellroten Häuser stehen Wand an Wand und bilden langgezogene Fronten zu beiden Seiten der Straße. Wie lang ausgerollte Lakritzschnecken kleben isolierte Stromkabel in gerader, manchmal rechtwinklig abbiegender Linie an der gesamten Fassade und lassen sie noch mehr wie ein abstraktes Gemälde wirken. Ab und an stört ein kleiner Balkon mit einem feinen Gitter aus Gusseisen die Komposition. Die meisten Türen und Fenster sind hinter Klappläden aus grün bemaltem Holz verborgen. Der Anblick der Lamellen weckt in Sophia den Wunsch, mit einem Holzklöppel darüberzustreichen. Eine Katze geht gelassen über den unebenen Asphalt. Julika läuft los, sie kennt die Straße und das Haus, sie freut sich auf Mia, Sibels elfjährige Tochter. Sophia geht schweigend neben Thomas. Sie spürt, dass er sich unwohl fühlt, sie sieht ihn in seiner Gefangenheit, er wirkt jetzt klein. Sie glaubt, ihren Bruder plötzlich deswegen so klar sehen zu können, weil sie sich nicht für ihn und seine Gefühle verantwortlich fühlt. Sie will ihn nicht ändern, sie will nicht von ihm geändert werden, es belastet sie nicht, dass er unter Druck steht, mit sich selbst unzufrieden ist und sich ärgert. Wie sehr Thomas diese Reise mit ihr und Julika anstrengt, erkennt sie an der hervortretenden Ader auf seiner Schläfe, an seinem zusammengezogenen Gesicht, wenn er auf sein Smartphone guckt, an der Spannung in seinem Körper und einem gewissen Ton in seiner Stimme, wenn er versucht, auch beim Sprechen gelassen und erwachsen zu wirken. Sie kann es nicht ändern.

Julika klopft an einen der grünen Klappläden. In diesem Moment kommt ein Tretroller um die Straßenecke gesaust, darauf die breit strahlende Mia mit ihren dunkelbraunen Locken. Die beiden Mädchen begrüßen sich fröhlich, aber ohne Küsschen und Umarmung, das ist noch nicht angesagt. Sophia lächelt, die Tür geht auf, und Sibel kommt ihnen mit ausgebreiteten Armen entgegen. Ihre ebenfalls dunklen Locken hat sie in einem Knoten gebändigt, sie trägt eine Latzhose und ein zerschlissenes weißes T-Shirt. Sophia bemerkt amüsiert, wie die Blicke ihres Bruders verstohlen werden, anstatt in Freude aufzuleuchten.

Nicht viel später sitzen sie zu dritt an einem Tisch in der schmalen Gartenparzelle hinter dem Haus, auf den Tellern Reste von Salat und Spaghetti mit Meeresfrüchten. Thomas freut sich über den Rotwein, Sophia trinkt Wasser. Die Kinder durften schon aufstehen und auf die Plaza gehen, wo sie mit anderen Kindern Verstecken oder mit einem Ball spielen, wenn sie nicht bloß flüsternd beisammenstehen.

Das Tischgespräch verläuft auch in Abwesenheit der Kinder harmlos und kleinteilig: noch eine Anekdote über den Flug, ein paar Spitzen gegen die Radfahrer, von denen laut Sibel jedes Jahr mindestens zehn sterben, Bemerkungen zur Schönheit Mallorcas auch im November, schließlich Thomas, der hölzern nach Sibels Job fragt, obwohl ihm Sophia längst erzählt hat, dass ihre Studienfreundin einen Inselpodcast für deutsche Touristen und Auswanderer macht, für die Mallorcazeitung schreibt und die Ferienwohnung vermietet, in der Thomas im Laufe der nächsten neun Tage wohnen soll.

Dann erzählt Thomas von seinem Beruf. Etwas zu ausführlich, wie Sophia findet. Was soll sich Sibel für das Interview mit einem ihr unbekannten, aber offenbar enorm inspirierenden Philosophen interessieren oder für den Versuch, bei «Psychologie heute» einen Text über die Zweifelhaftigkeit psychiatrischer Diagnosen unterzubringen? Unbeirrt von Sibels höflich lächelndem Schweigen führt Thomas aus, dass sich Kategorien wie Depression, Angst- oder Zwangsstörungen besser als ein biologisches Kontinuum denken ließen. Er spricht von Risikogenen, die alle möglichen Arten psychischer Erkrankungen begünstigten, und einer Neurowissenschaftlerin in Amsterdam, die er unbedingt dazu interviewen wolle. Das klinge ja sehr interessant, sagt Sibel, als er einmal kurz verstummt, er als Journalist müsse sich natürlich mit vielen Themen zumindest in Ansätzen auskennen und schnell in neue Sachverhalte hineindenken. Schief lächelnd erwidert Thomas, dass er manchmal glaube, sein Gehirn überhitze, die mentale Last sei eigentlich zu groß, er wisse gar nicht, wie das so noch Jahre weitergehen solle.

Sibel schenkt sich und Thomas Wein nach, nachdem Sophia mit einer knappen Handbewegung abgelehnt hat. Dann sagt sie: «Da habe ich es einfacher. Ich spreche nur über Dinge, die ich zumindest halbwegs kenne: schöne Badestrände, Wanderwege für Familien, die Tricks der Mietwagenfirmen, die leidigen Radfahrer oder ein Weingut, das ich erkundet und getestet habe. Hirnforschung oder Philosophie würde mich überfordern. Ich käme mir wie eine Hochstaplerin vor.»

Sophia beobachtet, wie an der Schläfe ihres Bruders die eine Ader wieder stärker hervortritt, die Haut um seinen Kopf scheint sich zu verengen. Interessiert fragt sie sich, wie er jetzt reagieren wird, aber er atmet nur laut aus und setzt ein Lächeln auf.

Sibel schlägt die langen Beine über, nippt damenhaft an ihrem Glas und sagt: «Ich bekomme ja schon auch so ein paar Diskussionen aus Deutschland mit, ich bin sogar bei Twitter. Neulich habe ich ein Wochenende lang versucht zu verstehen, was sie in den Zeitungsartikeln und Tweets mit ‹Identitätspolitik› meinen. Weißt du da mehr?»

Thomas seufzt und richtet sich auf, seine Augen leuchten intensiver. Sophia ahnt schon, dass jetzt mit einem Vortrag zu rechnen ist, aber es ist ihr egal. Sie fühlt sich wohl und will nur, dass dieser Zustand möglichst lange anhält, es kann jede Minute vorbei sein mit der Leichtigkeit, und eigentlich ist dieser Gedanke bereits gefährlich.

Tatsächlich holt Thomas weit aus, beginnt mit dem Intersektionalismus, der Triple-Oppression-Theorie, dem Zusammendenken von Feminismus, Klassenkampf und Anti-Rassismus. Sibels Lächeln ist nicht zu entnehmen, ob es amüsiert oder eher zustimmend ist. Thomas zumindest scheint es als Ermunterung zu verstehen und setzt nun zu seiner großen Abrechnung mit dem «alle spaltenden Opferkult» und dem heutigen «Twitter-Feminismus» an. Offenbar leuchten ihm die Ansichten der engagierten jungen Feministin nicht mehr ganz so ein wie noch vor wenigen Wochen.

«Da ist viel schwarze Pädagogik bei den Linken in Deutschland», sagt Sibel, als Thomas eine Sinneinheit beendet hat. «Hier werden die Frauenthemen auch immer wichtiger, aber die Rhetorik ist anders. Es geht mehr um konkrete Themen wie häusliche Gewalt und das Recht auf Abtreibung, weniger um Gendersternchen oder die Frage, ob J.K. Rowling eine TERF ist.»

Thomas nickt. Sophia fragt sich, ob er anfängt, Sibel als Gesprächspartnerin ernst zu nehmen, aber er redet sich weiter in Rage, spricht von Kampfbegriffen, hinter denen gedankliche Vereinfachungen stünden, die Emanzipation und Aufklärung nicht fördern, sondern unterbinden würden.

«Wenn Geschlecht ein Konstrukt ist», sagt er triumphierend, «wer hat es dann aus welchen Gründen konstruiert? Männer können es nicht gewesen sein, die gab es nämlich der reinen Lehre nach anfangs gar nicht.»

«Kann sein, dass die Judith-Butler-Richtung da in Erklärungsnot gerät», sagt Sibel. «Aber das sind theoretische Fragen, die interessieren mich nicht so sehr.»

«Sondern?», fragt Thomas.

«Wie man denen eine Stimme gibt, die zu wenig repräsentiert sind. Ich meine: Es ist schon was dran, dass vor allem alte weiße Männer für alle anderen mitentscheiden. Was hältst du davon, mehr darauf zu gucken, wer sich äußert? »

Sie sieht Thomas herausfordernd an. Er senkt den Blick, nimmt einen Schluck Wein und sagt: «Vielleicht bin ich oldschool, aber ich denke, es sollte nicht darum gehen, wer etwas sagt, sondern was er oder sie sagt. Das ist doch die Idee der Aufklärung: Das Argument zählt, nicht der gesellschaftliche Stand, das Geschlecht, die ethnische Zugehörigkeit.»

«Männer sollten also auch in Zukunft bei allem mitreden können?»

Thomas zögert kurz, bevor er sagt: «Im Prinzip schon.»

«Zuhören ist aber auch nicht schlecht», sagt Sophia, die das Gespräch bisher schweigend verfolgt hat und sich bereits müde genug fühlt, um ins Bett zu gehen.

«Klar», erwidert Thomas. Vielleicht meint er es ironisch.

«Ich habe gerade noch einen anderen Gedanken», sagt Sibel. «Wenn du sagst, es solle beim Sprechen um das ‹was› gehen, dann ist das doch die typische Perspektive der Menschen, die bisher immer am Drücker gewesen sind. Ich sage es mal überspitzt: Da stehen diese ganzen weißen Männer aus den oberen Etagen beisammen und diskutieren, und natürlich geht es ihnen immer nur um die Sache. Und von draußen gucken alle zu, die kein Abitur, keinen Penis, keine weiße Haut und keine Akademikereltern haben und denken sich: Hmm, es scheint aber unausgesprochen die ganze Zeit auch ums ‹wer› zu gehen. Denn wir reden nicht mit.»

«Und was wäre die Lösung?», fragt Thomas, aber es klingt eingeschnappt und nicht so, als wäre er an der Antwort sonderlich interessiert.

«Wie wäre es, wenn ihr jetzt einfach mal die Klappe haltet, damit andere zu Wort kommen?»

«Okay», sagt Thomas und deutet mit der flach ausgestreckten Hand zunächst auf Sibel, dann auf Sophia. «Bitte, ihr seid dran.»

Sophia dreht den Kopf in Richtung Garten und sieht, wie eine Katze zwischen den Zistrosenbüschen verschwindet.

33. Kapitel

Die Tür fällt hinter ihm zu, und Thomas steht allein in der Dachgeschosswohnung. Er hört Sibel die Treppe hinuntergehen, endlich ist er allein. Er ärgert sich über sich selbst. Wie ein trotziger Junge hat er auf dem Weg hierher so gut wie nichts gesagt, bis Sibel ihn schließlich leicht mit dem Ellenbogen angestoßen und gesagt hat: «Nicht alles ganz so ernst nehmen.»

Sie hat ihm aufgeschlossen, hat ihm stolz die Wohnung gezeigt, etwas zum Herd in der Küchenzeile erläutert und das Beheizen des kleinen Pellet-Ofens erklärt, falls ihm in den nächsten Tagen kalt werden sollte. Dann hat sie ihm eine gute erste Nacht gewünscht, ihm links und rechts ein Küsschen auf die Wange gegeben und ist gegangen. Nun fühlt er sich sehr müde und gleichzeitig zu unruhig zum

Schlafen. Er schaut im Kühlschrank und in den Spinden nach etwas Trinkbarem, findet schließlich eine Flasche Rotwein und füllt sich ein Wasserglas. Damit setzt er sich an den kleinen Esstisch, der auf braunen Fliesen steht, denkt erst an Sibels Hintern und stellt sich dann die Form ihrer Brüste vor, wenn sie auf dem Rücken liegt. Ob sie sich wie Rabea gewissenhaft die Schamhaare rasiert, oder lehnt sie das ab als Sich-Zurechtmachen für männliche Befindlichkeiten? Thomas denkt so intensiv an Sex mit Sibel, dass er sich erniedrigt fühlt. Er will nicht, dass sie eine solche Macht über sein Begehren hat. Hätte er nur etwas weniger Kontrolle über sich, dann würde er ihr in der Nacht hinterherlaufen. Stattdessen nimmt er einen großen Schluck Wein und findet sich erbärmlich. Er weiß nicht genau, wie es anderen Männern geht, aber es gibt wohl solche wie ihn und solche, die sich freier fühlen und Frauen womöglich mehr achten können, weil sie sie nicht so verzweifelt brauchen. Er fragt sich, ob es der Kampf gegen diese Abhängigkeitsgefühle ist, der diese erst so stark macht. Dann überlegt er, ob er Sibel eigentlich sympathisch findet oder nervig, ob er ihr Selbstbewusstsein und ihre Unabhängigkeit für echt hält oder für vorgetäuscht.

In der Packung ist nur noch eine Zigarette, er raucht sie an dem kleinen Fenster neben der Küchenzeile. Vor seinen Augen liegt eine nächtliche Landschaft aus still in der Ebene kauernden Häusern, dahinter ein Schutzwall aus Hügeln. Ein Hund bellt manisch und schroff, ein Stern im klaren Himmel strahlt besonders deutlich, der Rauch der Zigarette steigt als Faden in die Luft.

Vielleicht sollten Männer jetzt einfach mal die Klappe halten. Der Satz regt Thomas noch immer auf, und er weiß, dass er sich gerade deswegen aufregt, weil etwas dran ist. Die Selbstverständlichkeit, mit der sich Männer wie er von der

Schulzeit an zu allem Möglichen geäußert haben, die Sicherheit, dass es vor allem auf ihre Worte ankommt, die ist dahin. Es reicht, dass sich dieser Gedanke in ihr Hirn frisst, dass es vorbei ist mit der gerade eben noch nicht einmal zur Kenntnis genommenen Deutungshoheit.

Thomas denkt an seinen Vater, der zu Hause meist nur wenig gesagt hat. Die gemeinsamen Mittagessen, bei denen der Vater in angespanntem Schweigen vor sich hinbrütete, während Thomas seiner Mutter Vorträge zu irgendwelchen Themen hielt, von Dinosauriern bis zur Erkenntnistheorie. In der Vorstellung taucht Sophia seltsamerweise gar nicht auf. Ab der Mittelstufe hat sie mittags tatsächlich oft bei einer Freundin gegessen, und so blieb also das unheimliche Dreigestirn aus brütendem Vater, schwatzendem Sohn und entzückt nur zu einer Seite guckender Mutter. Vater und Sohn sprachen so gut wie nie miteinander, nur das Nötigste, und je älter Thomas wurde, auch das immer weniger. Er wich dem Alten aus, so wie der Alte ihm auszuweichen und zugleich um ihn herumzuschleichen schien, geduckt, eingefallen, jetzt mehr gefährdet als gefährlich: ein Diktator im Exil.

Thomas versucht, sich an die letzten Tage seines Vaters zu erinnern, die Gespräche im Krankenhaus, der Vater matt und ergeben am Tropf, aus dem leider kein Alkohol floss. Thomas neben dem Bett, jung, stark, verhärtet und völlig ratlos. «Du musst mit deinem Vater Frieden schließen», «Ihr müsst euch noch mal aussprechen», «Du solltest ihm vergeben, solange er lebt» – solche Sätze gingen ihm damals durch den Kopf. Vielleicht stammten sie von Sophia, die den Vater öfter besuchte, länger mit ihm sprach, Dinge wusste, die Thomas nicht wusste. Besonders deutlich hat Thomas eine kleine Szene vor Augen: Der Vater und er gehen über den Krankenhausflur. Der Gesundheitszustand des Alten hat sich noch einmal verbessert. Die Ärzte haben von einer möglichen Genesung gesprochen. Jetzt sei Bewegung in Maßen gut, den Körper langsam in Schwung bringen. Sie gehen über den langen, kargen, hellen Flur, der Vater in einem seiner lächerlichen Nachthemden, Thomas in sportlicher Kleidung, das T-Shirt eng am trainierten Körper.

«Ich habe früher auch mal geboxt», sagt der Vater. «Schon in der Schule, und dann in der Kaserne.»

Thomas nickt. Was soll er sagen? Schön für dich?

Der Vater bleibt stehen und schlägt eine Gerade mit der Führhand, dann mit der Schlaghand. Er nimmt tatsächlich die Hüfte mit rein, die Füße stehen richtig. Als hätte er gestern noch ein Training absolviert.

«Nicht schlecht», sagt Thomas. «Du musst jetzt wieder fit werden. Täglich ein paar Schritte und ein paar Schläge mehr.»

«Eben», sagt der Vater und wiederholt die Bewegung. Dann deutet er einen Aufwärtshaken mit rechts an.

Zwei Wochen später stand Thomas am Totenbett. Hatte er vorher noch manchmal spekuliert, ob es ein jenseitiges Leben geben könnte, spürte er beim Anblick des Körpers eine Gewissheit: Dieser Mensch existiert nicht mehr. Nur als Erinnerung, als Auswirkung, als sich verändernde Geschichte.

34. Kapitel

Sophia sitzt mit Julika und Mia auf der Rückbank und kann die glatte Schönheit der Kindergesichter nicht ertragen, kann die verbissene Miene ihres am Steuer sitzenden Bruders nicht ertragen, kann vor allem die souveräne Entspanntheit von Sibel nicht ertragen. Sie fahren zu deutschen Freunden in Cales de Mallorca ganz im Osten der Insel. Wie soll sie es dort aushalten, zwischen diesen gesunden, lebendigen, sie überlebenden Menschen?

Sie hat Kopfschmerzen. Seit dem Aufwachen dröhnt ihr der Schädel. Auch spürt sie wieder eine leichte, von tief innen aufwallende Übelkeit. Das wäre nicht schlimm, wenn der körperliche Zustand nicht ihre abgründige Laune verstärken würde. Sie ist voller wütendem Neid auf Sibel, ihren Bruder und sogar auf Julika. Ihr könnt doch nicht einfach so weitermachen, möchte sie schreien, ich sterbe! Es ließe sich besser ertragen, wenn alle anderen mit ihr mitsterben würden, wenn die ganze Welt unterginge. Sie kann diesen widerwärtigen Gedanken nicht zum Schweigen bringen.

Bereits gestern hat Sophia abwechselnd leichte Anflüge von Panik und Verbitterung bemerkt; sie konnte aber jedes Mal gegensteuern, indem sie sich vorbereitete Sätze aufsagte. Ohnehin war sie die meiste Zeit auf eine anstrengende, aber erfüllende Weise damit beschäftigt, mit Sibel die Hörstücke für Julika aufzunehmen, während Thomas die Kinder bei Laune hielt.

Heute Nacht aber hat sie ein Traum aufgeschreckt. Und im Schlaf konnte sie keine positiven Affirmationen, kein pragmatisches «Von solchen Gedanken wird es ja auch nicht besser» dagegenhalten. Wieder einmal hat sie im Traum alle Haare verloren, diesmal noch dazu alle Zähne. Mit schwer verständlicher Aussprache aus eingefallenem Mund hat sie versucht, Thomas zu erklären, dass er zu Katrin zurück und sich gemeinsam mit ihr um Julika kümmern muss. Aber Thomas starrte nur Sibel an, die sich nackt auf einem Sofa rekelte und in einer Zeitschrift blätterte, als sei das ganz normal. Sophia war mit einem überwältigenden Gefühl von Hilflosigkeit, Ärger und Verzweiflung aufgewacht. Auch nach dem ersten Kontakt mit Julika und einem Kaffee blieb es wie ein Klumpen in ihrer Brust haften und streut seitdem von dort Gift in ihren Organismus. Ein mieser Gedanke führt zum nächsten: Wie kühl Marcel beim Abschied seine eigene Verletzung in den Mittelpunkt gestellt hat. Wie Marcels Mutter es immer wieder fertigbringt, Fleischbrühe für die «rein vegetarische» Gemüsesuppe zu verwenden. Wie sich ihre eigene Mutter noch wenige Tage vor ihrem Tod während eines Krankenbettgespräches mit Thomas, Lorenz und Sophia darüber wunderte, dass ihre Tochter einen Doktortitel hat, und dann murmelte: «Wozu das nun noch sein musste.» Die hässliche Karte von Marcels Eltern, mit «Gute Besserung» und Unterschriften, aber nicht einem einzigen persönlichen Wort.

Sophia denkt an den Typen, der sie 1987 auf einer Party erst mit Wodka-O betrunken gemacht und dann beinahe vergewaltigt hat. Nur weil er keinen mehr hochbekam, ist es nicht zum vollendeten Straftatbestand gekommen, der sehr wahrscheinlich niemanden interessiert hätte. Zumindest dachte sie das damals und erzählte keinem von der Sache außer Thomas, weil der sie auf ihre fürchterliche Stimmung ansprach und nicht lockerlassen wollte. Thomas lauerte dem Typen ein paar Tage später auf und verprügelte ihn so heftig, dass er mit einer Gehirnerschütterung und Prellungen kurz ins Krankenhaus musste. Sophia fand das okay, aber es wäre ihr lieber gewesen, wenn sie selbst den Typen geschlagen hätte. Warum brauchte man Männer, um die Schweinerei von Männern heimzuzahlen? Sie denkt an den Künstler, der sie nach drei Sätzen Gespräch in die Sauna einlud. Sie denkt an Marcel, der dazu meinte: «Nimm es als Kompliment.» Sie denkt an die vielen Typen, die sie abends und nachts auf der Straße angequatscht haben. «Hast du mal Feuer?», «Netter Hüftschwung», «Geile Möpse, Baby!» Sie denkt an die Hände an ihrer Hüfte, ihrem Hintern, ihrem Busen, die viel zu nah kommenden, meist betrunken grinsenden Gesichter, und die anderen Frauen, die diese Zudringlichkeiten sonderbarerweise nie mitbekamen; das Gefühl, plötzlich ganz allein zu sein, die Erkenntnis, dass man eigentlich immer alleine ist. Tja, das hat sie jetzt davon, dass sie so gut aussieht. Sie denkt an die Freundin, die hinter ihrem Rücken über sie lästerte, an die Freundin, die sie nicht zu ihrer Party einlud, und an Freundinnen, die sie im Stich ließen, als es ihr schlecht ging. Sie denkt an das verlogene Lächeln, das widerwärtige, aus dem Fernsehen abgeguckte «Hi Süße!», die dämlichen Wangenküsschen.

Sophia muss an immer neue Ungerechtigkeiten denken, an die vielen Augenblicke, in denen sie geschwiegen, die Wut weggelächelt oder auch noch den Typen verteidigt hat, der ja auch nur ein armes, notgeiles Schwein war. Sie denkt an all die Selbstverleugnungen, die sie nicht ungeschehen machen kann. Und sie denkt an die neuen Ungerechtigkeiten, die Julika erleben wird. Sophia wird morgen bei der Hörbuch-Aufnahme darüber reden. Sie wird sterben und ein paar gute Ratschläge zurücklassen, in der Hoffnung, dass Julika es besser haben und machen wird, und die nächste Generation wieder besser und so weiter. Das sollte sie eigentlich gelassener stimmen. Aber wenn Sophia den Zustand der Welt betrachtet, dann glaubt sie nicht an eine bessere Zukunft für ihre Tochter. Der kulturelle und persönliche Fortschritt wird zerrieben werden in einem hässlichen Kampf um Ressourcen, Privilegien, Wasser, Überleben. Auf dem Grabstein dieser Zivilisation wird stehen: «Jeder hat es kommen sehen.»

Der Wagen macht einen abrupten Schlenker, und Thomas reißt sie mit einem laut gerufenen «Arschloch» aus den Gedanken. Als Erstes sieht Sophia zu Julika und Mia. Julika schaut erschrocken geradeaus, Mia wirkt weniger beeindruckt. In einem Reflex greift Sophia nach der Hand ihrer Tochter.

«Diese Scheißradfahrer», sagt Thomas etwas gefasster, aber immer noch voller Zorn.

«Ja, die nerven», sagt Sibel ruhig. «Vor allem, wenn sie so in Horden unterwegs sind. Betrachte sie wie das Wetter. Du kannst nichts dagegen machen und musst eben besonders achtgeben.»

Sophia fühlt erst eine Anspannung in der Körpermitte, dann denkt sie den Gedanken dazu: Thomas sieht das anders. Thomas nimmt menschliches Fehlverhalten persönlich. Sie selbst ärgert sich auch manchmal über unachtsame oder rücksichtslose Leute im Straßenverkehr, aber bei Thomas geht der Ärger viel tiefer. Als ob er bei einer kleinen Grenzüberschreitung im Alltag alle bisher erlebten Übergriffigkeiten, Missachtungen und Unverschämtheiten wieder empfinden müsste. Oder genauer: Als ob es in ihm eine nicht heilende Wunde gäbe, die bei jeder unachtsamen Berührung Schmerzen durch den ganzen Körper jagt. Bisher ist Sophia das völlig fremd vorgekommen, heute Vormittag aber, wo sie sich selbst fühlt, als reiße in ihr ein Dominostein blitzschnell den nächsten um, bis sie vor Wut kaum noch denken kann – heute Vormittag glaubt sie, eine Ahnung davon zu haben, was Thomas in solchen Momenten erlebt.

«Man soll nicht ‹Arschloch› sagen.» Julika zieht ihre Hand unter Sophias Hand weg.

«Jetzt sagst du ja auch ‹Arschloch›.» Thomas guckt kurz in den Rückspiegel. Seine Stimme klingt so unlustig wie sein Spruch.

«Und ‹Scheiße› auch nicht.» Julika verschränkt die Arme vor der Brust. Es wäre für alle im Auto gut, wenn sich Thomas jetzt entschuldigen würde, aber er kann es nicht, er ist wahrscheinlich viel zu eingewickelt in seinen Ärger, in das Gefühl, erst vom Radfahrer missachtet worden zu sein, und obendrein von allen, die die Unverschämtheit doch gesehen haben müssten.

Thomas fährt jetzt zu schnell, auch als er in eine kleine Ortschaft einbiegt, durch die sie nach Sophias Verständnis gar nicht müssen.

«Wir haben es nicht eilig», sagt Sibel. «Henning und

Verena sind ganz entspannt. In Spanien kommt man ja eh nie pünktlich.»

«Schon klar», sagt Thomas gereizt. Dann setzt er ein Lächeln auf und schaut zu Sibel rüber.

«Ich muss mal», ruft Mia.

«Na, da hatte ich ja den richtigen Riecher», sagt Thomas. Er kurvt etwas herum und parkt schließlich an der Plaza des Dorfes, gegenüber der Kirche finden sich hier ein kleiner, kioskartiger Supermarkt und zwei Bars.

«Soll ich mitgehen?», fragt Sibel. Mia nickt. Thomas steigt ebenfalls aus dem Wagen.

«Ich hol Eis», sagt er. «Will noch wer eins?» Jetzt lächelt er verschwörerisch Julika zu. Die nimmt die verkappte Form der Entschuldigung großmütig an: «Aber nichts mit Nuss oder Mango.»

Sophia sieht als Erste die Radfahrer, die aus der von einer Häuserfront beschatteten Straße schießen. Thomas ist einfach ausgestiegen und steht jetzt mitten auf der Straße. Sophia will etwas sagen, aber es geht zu schnell. Der erste Radfahrer kann nicht mehr abbremsen, er brüllt etwas. Thomas macht eine Ausweichbewegung, schreit aber plötzlich auf, während der Radfahrer zur Seite trudelt. Offenbar ist er mit einem Teil des Lenkrads gegen Thomas' Rücken geknallt. Der Radfahrer kann sich gerade noch fangen. Er pöbelt etwas in Richtung Thomas, während seine vier Mitradler teils vor, teils hinter ihm zum Halten kommen. Sophia fühlt es im Bauch, bevor sie es denkt: Das geht nicht gut. Sie möchte den Radfahrern raten, sich zu entschuldigen und sofort weiterzufahren, aber es ist zu spät. Thomas geht mit diesen eckigen, von keinem Zweifel gebremsten Bewegungen auf den immer noch pöbelnden Radfahrer zu, der mit dem Rad zwischen den Beinen dasteht. Es ist ein großer, trainierter Mann. Mit seinem Helm und dem eng sitzenden Radleroutfit sieht er aus wie eine soldatische Riesenameise. Thomas holt ansatzlos aus. Der Haken trifft den Mann voll am Kopf. Er taumelt zur Seite und schlägt dann komplett auf den Boden. Es ist sofort still auf der Plaza. Dann hört Sophia Sibel schreien: «Spinnst du?»

Aber Thomas hört das nicht, da ist sich Sophia sicher. Er steht kurz versonnen da, nickt, dann dreht er sich in aller Ruhe zu den beiden Radfahrern um, die hinter ihm stehen. Bevor der erste abgestiegen ist, hat Thomas ihm eine Gerade ins Gesicht geschlagen.

«Guck weg, Schatz», sagt Sophia zu Julika, auch wenn es wirklich dämlich ist. Julika starrt genau wie sie weiterhin durch die Fensterscheibe auf Thomas, der jetzt zum dritten Radfahrer geht. Der macht ein paar linkische Abwehrbewegungen und liegt dann auch samt seinem Fahrrad auf dem Boden. Thomas dreht sich um 180 Grad zu den beiden noch stehenden Radlern und macht eine wegscheuchende Handbewegung. Er wirkt dabei so psychopathisch selbstsicher, dass die Männer einfach mit ihren Rädern stehen bleiben und aus sicherer Entfernung gucken, anstatt ihren Sportskameraden zu helfen.

Thomas kommt zurück zum Auto.

«Wir fahren weiter», sagt er zu Sibel und Mia, die auf der anderen Seite des Wagens stehen.

«Tun wir nicht», ruft Sibel laut. «Ruf einen Krankenwagen.»

«Wie du meinst», sagt Thomas, steigt in den Wagen und braust im Rückwärtsgang von der Plaza. Dann wendet er und fährt los.

35. Kapitel

Thomas fühlt sich, als wäre sein Gehirn gefroren gewesen und taue nun auf.

Jetzt hat er Sibel und Mia einfach stehen gelassen. Was denkt Sophia? Wie geht es Julika? Hat Sibel recht? Hätte er einen Krankenwagen rufen müssen? Was fällt diesen Arschlöchern ein, so selbstgefällig angerast zu kommen? Da hätte auch ein Kind oder ein Hund oder eine Katze auf die Straße kommen können. Solchen Typen muss man zeigen, dass nicht alle vor ihrer Ignoranz und Anmaßung kuschen. Die werden sich das merken. Aber sie könnten ihn anzeigen. Sibel könnte ihnen ihre Nummer geben, vielleicht sogar selbst die Polizei rufen. Würde sie gegen ihn aussagen? Würde Sophia gegen ihn aussagen? Wäre er am Ende der Böse, obwohl er angefahren worden ist? Kann man für drei

Faustschläge ins Gefängnis kommen? Wäre der Prozess in Deutschland oder in Spanien? In Spanien natürlich.

Seine Gedanken sind schnell und ungenau, eben noch kamen sie ihm langsam und völlig fokussiert vor.

«Fahr zurück», sagt Sophia leise und entschieden.

«Okay», sagt er. Er lenkt den Mietwagen in einen Seitenweg und rückwärts wieder heraus, um zurück zur Plaza zu fahren. Das Blut rauscht ihm in den Ohren. Sein Herz schlägt schnell und fest in der Brust. Er hört ein Schluchzen hinter sich und sieht mit einem verstohlenen Blick in den Rückspiegel, dass Julika weint.

«Alles gut», sagt er. «Ist nichts Schlimmes passiert.»

Als sie wieder an der Stelle ankommen, an der eben noch drei Radfahrer auf dem Boden lagen, wirkt die Straße auf künstliche Weise leer, als hätte jemand die Spuren eines Verbrechens beseitigt. Thomas findet den Anblick gleichzeitig erleichternd und ein wenig unheimlich. Dann sieht er Sibel und Mia auf einem Mäuerchen sitzen. Sibel hat einen Arm um ihre Tochter gelegt und spricht zu ihr. Thomas parkt den Wagen, steigt aus, bleibt gleich neben der Wagentür stehen und sagt: «Tut mir leid. Ich habe die Beherrschung verloren.»

Sibel sieht nicht einmal zu ihm her. Auch Mia weicht seinem Blick aus. Thomas spürt erneut Wut in sich aufsteigen. Gut, schön, ist er der Bösewicht. Ist er der Riesenarsch, weil er sich nicht alles gefallen lässt. Weil er sich wehrt, wenn ihn solche Wichser über den Haufen fahren wollen, nachdem sie vorher beinahe einen Unfall provoziert hätten. Jetzt steht er hier wie ein Vollidiot. Am liebsten würde er Sophia und Julika absetzen und allein weiterfahren, irgendwohin, wo keine Frauen sind. Unter Männern würde er sich jetzt wohler fühlen. Die würden ihn eher verstehen.

«Wo sind die überhaupt?» Er zeigt auf die Straße und geht ein paar Schritte auf Sibel zu. Die hebt plötzlich den Kopf und fährt ihn an: «Du hast so ein Schwein!» Dann ist sie ein paar lange Sekunden still, bevor sie erklärt: «Ich wollte die Polizei rufen, aber die sind aufgestanden und weggefahren. Ich musste denen meine Nummer aufdrängen.»

«Das waren Engländer», sagt Thomas. «Die nehmen das sportlich.»

«Du hast so einen Schaden», sagt Sibel ernst. «Ich steige nicht mit meiner Tochter in das Auto, wenn du fährst.»

«Okay», sagt Thomas. «Dann fahr du, und ich geh zu Fuß. Ich will jetzt auch lieber allein sein.»

«Gute Idee», sagt Sibel.

Er hat keine Karte, aber sein Orientierungssinn ist gut genug, um den Weg zurück zu seinem Appartement zu finden. Während er geht, kippt seine Sicht auf die Situation hin und her. Natürlich haben die Frauen recht, es war total daneben, die Männer zu schlagen. Er hat damit die Mädchen erschreckt und eine Strafanzeige riskiert. Andererseits sieht er es nicht ein, dass die Arschlöcher immer durchkommen sollen. Klar, man kann sich schön einrichten als Vernünftiger, Gewalt ablehnen und sie dem Staat überlassen, der darauf ja das Monopol hat. Aber will er wirklich jede Situation an Polizei und Justiz outsourcen? Nutzen nicht die Arschlöcher genau diese passive Haltung aus? Kurz darauf denkt Thomas wieder in die andere Richtung und dann wieder in die andere. Soll man seufzen: Tja, was sollen wir da machen, wenn der deine Schwester abfüllt und vergewaltigt und es keine Zeugen gibt? Was ist mit den Nazis aus Siegburg und Sankt Augustin, die in seiner Schulzeit die Jugendlichen aus Bonn terrorisiert haben? Sollte man sich da erst verprügeln lassen und dann zur Polizei gehen? Am besten noch gütig lächelnd wie Jesus, oder wie Gandhi, der privat Frau und Kinder geschlagen hat? Man kann die andere Wange hinhalten, aber dann endet es eben auch so, wie es in der Bibel steht: Der Teufel ist der Herr dieser Welt. Die Wohlmeinenden haben ihre Hoffnung auf den Himmel, der sich als Gespinst entpuppen könnte, während das Leben auf der Erde von den weniger Friedfertigen beherrscht wird. Thomas hat den Wehrdienst verweigert. Er hasst den Krieg. Aber er ist kein Pazifist. Dazu hat er zu wenig Vertrauen in die Menschheit. Vielleicht lebten zu Beginn der Sesshaftigkeit die meisten Menschen friedlich. Vielleicht waren es nur wenige, die mordend und plündernd durch die Siedlungen zogen. Aber diese wenigen wirken bis heute auf alle. Wegen ihnen bewaffnet man Polizisten und Soldaten. Wegen ihnen erzieht man Jungen zu Kriegern. Und dann zeigt man mit dem Finger auf die: Bah, schau nur, wie gewalttätig du bist! Toxische Männlichkeit!

Das nächste Treffen mit Sophia und Sibel wird schlimm werden. Am liebsten würde Thomas von der Insel verschwinden. Und er überlegt, wie er mit Julika sprechen soll. Er muss ihr erklären, was da vorgefallen ist. Er wird ihr Vertrauen zurückgewinnen müssen.

Als er endlich im Appartement ankommt, ist er total kaputt. Er legt sich aufs Bett. Später geht er einkaufen. Er kocht etwas, legt sich dann wieder aufs Bett und nimmt ab und an einen Schluck aus der Weinflasche, die er zum Essen entkorkt hat. Als es klopft, fühlt er gleichzeitig ängstliche Unruhe und so etwas wie eine Befreiung. Als wäre er eingesperrt, und jetzt gleich geht die Tür auf, und er ist wieder frei. Aber zu welchen Bedingungen? Er hat sich viel zurechtgelegt, aber als er «herein» sagt, fühlt er sich unsicher.

Sophia und Julika treten ein. Er hatte nur mit Sophia gerechnet. Sophia sieht ihn nur kurz an. Julika blickt an ihm vorbei.

«Ja, das war scheiße», sagt er gleich zur Begrüßung und ohne rechte Überzeugung. Lieber würde er erklären, warum es richtig war, was er getan hat, aber er weiß, dass das alles nur schlimmer machen würde. Sophia setzt sich an den Tisch. Julika tut dasselbe. Wie bei einem Tribunal, denkt Thomas und setzt sich ebenfalls. Er will etwas sagen, aber Sophia macht eine kleine Geste, die ihm bedeutet, den Mund zu halten.

«Ich habe Sibel erklärt, dass du als Kind oft verprügelt worden bist», sagt sie. «Das entschuldigt es nicht, klar. Aber irgendwie wirkst du jetzt in ihren Augen etwas weniger gestört. Oder anders gestört.»

«Wie geht es Mia?», fragt er.

Sophia wiegt den Kopf.

«So wie mir», sagt Julika, immer noch ohne ihn anzusehen. «Sie hat jetzt Angst vor dir.»

«Kann ich verstehen», sagt er. «Das wollte ich nicht.»

«Du sollst das nie wieder machen», sagt Julika. «Das musst du uns allen versprechen.»

Thomas beißt sich auf die Lippen und nickt. Dann sagt Julika etwas, das ihn stärker aufwühlt als alles, was an diesem Tag vorgefallen ist: «Wieso machst du das? Wir hatten Angst um dich.»

36. Kapitel

Sophia zieht sich den Poncho enger um die Schultern. Die mallorquinische Novembernacht ist kälter, als sie gedacht hat. Vielleicht liegt es auch an den Krebszellen, die ihr zunehmend die Energie und damit die Wärme entziehen. Zumindest denkt sie das gerade, und je mehr sie es denkt, desto schwächer und anfälliger fühlt sie sich. Vielleicht ist es keine gute Idee gewesen, mit Thomas in der Dämmerung einen Teil des Berges hochzuwandern, auf dem die Überreste des Castell d'Alaró an die Militärgeschichte der Insel erinnern. Sie ist schon einmal mit Sibel dort oben gewesen, hat über den gesamten südlichen Teil der Insel bis zum Meer geschaut und sich bei Ziegenkäse und Weißbrot von den verschiedenen Eroberungen und Belagerungen bis zurück in die Bronzezeit erzählen lassen. Allerdings ist es bei dem

Ausflug damals deutlich wärmer gewesen. Sie sieht sich mit Sibel im Sonnenlicht auf dem Burgberg sitzen und weit ins Land hineinschauen, jung, braungebrannt und gesund, ohne sich dieses Glücks bewusst zu sein. Vielleicht ist es eine falsche Erinnerung, aber Sophia glaubt, dass sie an diesem Tag dort oben auch einen Adler gesehen haben, oder einen Geier.

Sie wendet ihren Blick von innen nach außen und sieht Thomas, der konzentriert in die Glut eines kleinen Feuers bläst, das er für sie beide entzündet hat. Sie sitzen auf einer Fläche, die vielleicht einmal eine Weide für Schafe gewesen ist. Niedrige Steinmauern an zwei Seiten lassen diesen Eindruck entstehen. Nicht weit von hier befindet sich ein ehemaliges Gehöft, das jetzt als rustikales Landhotel genutzt wird, eine verwunschene Anlage, die umschattet von hohen schlanken Bäumen totenstill unter der scharfen, weißen Sichel des Mondes steht. Sophia ist froh über die dicke Decke, die Thomas hier hinaufgetragen hat, und auf der sie jetzt sitzt und sich fragt, ob sie überhaupt genug Kraft für ein wirklich tiefgehendes Gespräch aufbringen kann. Dabei ist es ihre Idee gewesen. Sie hat Thomas vorgeschlagen, sich Zeit zu nehmen, um mit ihr allein zu sein, irgendwo in den Bergen, und über den Vater zu reden – auch eine ganze Nacht lang, wenn es sich ergibt. Sie hat sogar vorgeschlagen, dass sie für Thomas zum Vater werden könnte, so wie er für sie zur Mutter geworden ist. Thomas hat gleich gesagt, dass er das für eine gute Idee hält, aber möglicherweise nur ihr zuliebe. Sophia vermutet, dass ihr Interesse an einem solchen Gespräch deutlich größer ist als das bei ihrem Bruder. Sie will herausfinden, warum mit den Männern etwas grundsätzlich nicht zu stimmen scheint, mit den meisten Männern, die sie kennt, auch wenn der Grad der Beschädigung variiert. Außerdem, und womöglich gehört das zusammen, will sie vor ihrem Tod noch mit Thomas teilen, was sie über den Vater weiß. Sie will ihre Erinnerungen mit denen ihres Bruders vergleichen und ergänzen, vor allem will sie dazu beitragen, dass der Vater nicht als Zerrbild im Gedächtnis bleibt. Sie will ja auch selbst kein Mensch sein, den die Nachwelt in wenigen Sätzen abhandeln kann. Aber momentan fühlt sie sich matt und lustlos. Vielleicht liegt es daran, dass das Gespräch über die Mutter für sie so intensiv und erhellend gewesen ist. Sie hat Angst, dass sich eine solche Atmosphäre nicht wiederholen lässt und eine Neuauflage nur enttäuschend werden kann.

Thomas ist ernst. Seit seinem Ausraster redet er kaum. Es ist offensichtlich, dass es in ihm umso mehr arbeitet. Gestern hat er Sophia gegenüber zum ersten Mal zugegeben, dass er Probleme mit seinen Aggressionen hat, dass er glaubt, er habe ein paar falsche Einstellungen kultiviert, die sich aber richtig anfühlen, wenn sie von starken Gefühlen der Wut und der Ohnmacht beglaubigt werden. Er hat sogar eingestanden, dass er vielleicht nicht in jeder Hinsicht so vollkommen anders ist als der Vater.

Kleine Flammen züngeln in den Nachthimmel. Thomas bricht einen größeren Ast in handliche Teile und lehnt sie von drei Seiten gegen den kleinen Scheiterhaufen, als wolle er das Gestell eines Tipis errichten. Dann setzt er sich neben sie, offenbar zufrieden mit seinem Werk.

«Ich bin leider so gar nicht redselig», sagt Sophia. Thomas nickt, bevor er sagt: «Ich auch nicht.» Er streckt den Oberkörper. «Aber es hilft ja nichts. Wir haben nicht ewig Zeit.»

Sophia fragt ihn, ob er nicht wieder einen Joint bauen will, und er macht sich schweigend ans Werk.

«Also, mein Junge», sagt Sophia. «Was willst du von mir wissen?»

Thomas lacht kurz auf und schüttelt den Kopf.

«Okay», sagt er schließlich, «also, Herr Vater, hast du dich in meinem Alter erwachsen gefühlt?»

«Ja und nein.»

«Aha.»

«Im Krankenhaus habe ich mich erwachsen gefühlt. Da war ich ein kompetenter Mediziner, der Verantwortung übernimmt, respektiert wird, Autorität besitzt. Und zu Hause habe ich mich wie ein Flüchtling gefühlt, dessen Aufenthaltsstatus nicht sicher ist, der erst beweisen muss, dass er sich integriert, während man ihm das gleichzeitig überhaupt nicht zutraut.»

Wieder schüttelt Thomas den Kopf: «Der Alte hätte nie so eine Flüchtlingsmetapher in den Mund genommen.»

«So funktioniert das nicht, Thomas. Du musst mich einfach machen lassen. Außerdem gab es auch früher Flüchtlinge.»

«Schon gut», sagt Thomas, leckt das Paper an und klebt die Tüte zusammen. «Also, du hast dich zu Hause nicht souverän gefühlt?»

«Eher wie ein Kind, das alles falsch macht.»

«Das klingt ein bisschen wehleidig, so als ob du das Opfer gewesen wärst.»

«Ich habe keine besseren Worte dafür, was ich gewesen bin.»

«Ein Säufer, ein Choleriker und ein Schläger – das sind die ersten Worte, die mir einfallen.» Thomas zündet den Joint an und pafft, bis die Spitze ausdauernd glüht.

Sophia fühlt sich sonderbar getroffen von den negativen Begriffen, mit denen ihr Bruder den Vater beschreibt. Sie fühlt sich wehrlos und weiß nicht, was sie sagen soll, denn was Thomas sagt, stimmt, und doch ist es ungerecht. Es verletzt sie und vermutlich auch Thomas.

«Ich meine», fährt Thomas fort, «wie bekommt man das hin: ein Kind zu schlagen. Nicht nur auf den Hintern, sondern ins Gesicht, oder mit der Faust auf den Rücken. Was geht da in einem Mann vor? Auf einen Menschen einprügeln, der fünfmal kleiner und zarter ist als du selbst. Wie fühlt man sich danach?»

«Schlecht», sagt Sophia und fühlt sich tatsächlich schlecht. Sie greift nach dem Joint, den ihr Thomas hinhält, und wundert sich, wie aufgewühlt sie ist, schon jetzt nach wenigen Sätzen.

«Ich würde versuchen, zu erklären, was in mir vorgegangen ist», sagt Sophia schließlich, «aber dazu brauche ich Raum. Je heftiger du mich verurteilst, desto weniger kann ich etwas sagen.»

«Du erwartest von mir, dass ich dich nicht verurteile? Wir hatten alle Angst vor dir. Ich bin mit Bauchschmerzen nach Hause gekommen, wenn ich wusste, dass du da bist. Ich habe jede Nacht mit Angst und Groll im Bett gelegen. Jede verschissene Nacht.»

«Ich erwarte nichts von dir. Es ist eher wie Physik: Ich kann rein mechanisch nicht reden, wenn du ...»

«Mir nicht vergibst?», fragt Thomas höhnisch.

«Nein, wenn du nicht bereit bist, wirklich zuzuhören. Ich kann nicht reden, solange es in dir so laut ist.»

«Wieso hast du dir keine Hilfe geholt?», fragt Thomas.

«Ich war mal ein halbes Jahr bei den Anonymen Alkoholikern. Keine Ahnung, ob du das wusstest.»

«Das wusste ich nicht», sagt Thomas in einem etwas ruhigeren Tonfall. »Offenbar hat es nicht viel genutzt.»

«Wie du dir denken kannst, trinkt man nicht aus Spaß, sondern weil man es nicht aushält, nicht zu trinken. Du schaffst es vielleicht ein paar Stunden oder Tage oder sogar Wochen.

Vielleicht auch Monate, aber ...» Sophia bricht ab, sie weiß nicht, wie sie etwas erklären soll, das sie selbst nicht wirklich verstanden hat.

«Solange du dich nüchtern immer wieder so beschissen fühlst, kannst du jederzeit rückfällig werden», führt Thomas ihren Satz fort. «Du fühlst dich angespannt, unruhig, bedrückt, ängstlich, voller Unzufriedenheit, Scham, du schämst dich für deine Gedanken, und dann schämst du dich, dass du dich schämst.»

«Ja, ich hätte es selbst nicht besser sagen können.»

«Man kann sich trotzdem Hilfe suchen. Man kann in eine Therapie gehen, vielleicht Medikamente nehmen, irgendwie anders Entlastung suchen, Sport, Meditation, was weiß ich. Es ist kein Schicksal, seinen Sohn zu verprügeln, weil der einen nicht richtig grüßt. Mann, es hat einen Grund gehabt, dass ich dich an dem Morgen nicht richtig gegrüßt habe. Ich habe gehört, wie du Mama angeschnauzt hast, so was Widerliches. Ich habe gehört, wie du zu ihrem Gesicht alter Faltensack gesagt hast und Bauernvisage. Ich hab das gehört. Und dann rastest du aus, weil ich keinen Bock habe, dich zu grüßen. Du hättest dich selbst verprügeln müssen.» Thomas redet sich in Rage. Den Joint in seiner Hand hat er vergessen. Sophia erinnert sich an den Vorfall, von dem ihr Bruder spricht. Sie waren sechs Jahre alt gewesen, gerade eingeschult. Ihre Eltern hatten sich in der Nacht gestritten, es war das letzte Mal, dass sie im gleichen Zimmer schliefen. Danach zog der Vater ins Erdgeschoss in sein Arbeitszimmer. Davor aber kam es noch zu dem Vorfall mit Thomas, der von klein auf fest zu seiner Mutter hielt, der den nächtlichen Streit mitangehört und im Kinderzimmer zu seiner Schwester gesagt hatte: Ich bringe ihn um. Am nächsten Tag konnte er dem Vater nicht in die Augen sehen. Er erwiderte das aufgesetzt fröhliche «Guten Morgen» des Vaters mit einem Nuscheln, wurde aufgefordert, deutlich zu sprechen, sagte dann aber gar nichts mehr, was den Vater so wütend machte, dass er ihn mit heftigen Ohrfeigen zu Boden schlug und schrie: «Sieh mich an, wenn ich mit dir rede, du Schwächling!»

Die Mutter schüttete dem Vater ihren Kaffee ins Gesicht. Feige ist sie nicht gewesen. Der Vater sah sie daraufhin an, mit einem Blick, an den sich Sophia jetzt wieder erinnert, und der ihr bis heute Angst vor Männern macht, wenn sie ehrlich in sich hineinhorcht. Jetzt bringt er sie um, dachte Sophia, aber der Vater stand bloß da, Kaffeeflecken auf dem Pullover, Thomas still auf dem Boden, die ganze Szene wie eingefroren. Dann ging der Vater ohne ein weiteres Wort aus dem Haus. Hoffentlich kommt er nicht wieder, dachte Sophia und schämte sich und fühlte Angst um ihren Vater.

37. Kapitel

Die Wohnung ist eng. Seit ich bei den Eltern von Gunther gewesen bin – einem stattlichen Haus mit Garten ringsum –, seitdem erscheint mir die Wohnung eng. Der Vater ist meist unzufrieden, die Mutter ängstlich. Ein Kellner ist der Vater, mehr nicht, ein Oberkellner, aber seine Geistesgaben hätten ihn zu ganz anderem befähigt. Nur – das Studium konnte er sich nicht leisten, und das Angebot des Pfaffen hat er ausgeschlagen. Auf Kosten des Ordens Theologie studieren, ins Priesterseminar gehen: Das wollte er nicht, und ich wäre ja auch gar nicht da, wenn er dem Wunsch des Priesters gefolgt wäre. Und seitdem ist er unzufrieden, raucht den ganzen Tag und wettert über dies, über das, und mir ist es unangenehm, weil ich mit jedem Tag deutlicher die Schwäche hinter diesem Wettern greifen kann. Mein Muttchen ist eine Lehrerin für die Kleinen an der Volksschule und spielt leidlich Geige. Sie spielt sie recht sauber, aber der Ausdruck, der fehlt, ein Klang, der das Herz bewegt. Ich spiele schon jetzt besser als sie. Lernen fällt mir leicht, aber ich äffe nicht bloß nach, was mich andere lehren. In meinem ureigenen Wesen ist etwas, das nach außen drängt, sei es beim Musizieren, beim Zeichnen oder bei meinem Liebsten: dem Schreiben. Wenn man die Seele eines Künstlers hat, dann erkennt man es daran, dass man schlicht und einfach darum weiß. Natürlich braucht es Mut, um diesem eigenen Wissen auch zu trauen, aber ich habe das Glück, einen ganz famosen Deutschlehrer zu haben. Und der erkennt meine Liebe zur Sprache und meine Fähigkeit, mit ihr zu zaubern. Ihm verdanke ich auch den wundervollen Band mit Rittersagen. Unter all den großartigen Sagen ist die von Parzival mir die liebste. Wie der Junge mit seiner Mutter im Wald aufwächst, abgeschirmt vom Gelärme der Welt, dem Geprotze der Männer und dem Hauen und Stechen, mit dem sie ihre Tage tapfer, aber sinnlos vertun. Vor einem solchen Leben will die Mutter ihren Parzival bewahren. Er soll nicht als Ritter fallen wie sein Vater. Parzival soll erst gar kein Ritter werden, am besten nicht einmal ein Mann. Herzeloyde verzärtelt den Jungen, bindet ihn eng an sich, wie soll er so heranreifen? Dann aber trifft der Junge bei einem Streifzug durch die stillen Wälder von Soltane auf einen Tross von Reitern. Er hat noch nie von Rittern gehört, geschweige denn einen gesehen. Sogleich ist er fasziniert und kennt fortan nur noch den Wunsch, einer von ihnen zu werden. Die Mutter ist schlau und widerspricht ihm nicht. Vielmehr redet sie ihm allerlei Blödsinn ein, den man bei Hof sagen und tun und lassen müsse. Und schließlich, als er wirklich das schal gewordene Paradies von Soltane verlassen und zum Hof von König Artus aufbrechen will, da gibt sie ihm ein Gewand mit, das ihn angeblich vortrefflich kleiden soll. Aber es ist ein Narrengewand, eine Tracht, mit der sich Parzival nicht für die Tafelrunde empfiehlt, sondern für den Spott der Höflinge. Und er macht dann auch vieles falsch, lädt auch Schuld auf sich, aber genau auf diesem krummen Pfad lernt er das Mitgefühl, das ihn schließlich zum Gralsritter werden lässt, weil nur er dem Fischerkönig eine wahrhaft einfühlsame Frage stellt. Wie viel interessanter ist so ein Parzival als ein glatter Gawain, dem von Anfang an alles gelingt, der aber genau darum so blass bleibt. Ich wäre lieber ein Parzival als ein Gawain, auch wenn das mehr Leid, ja mehr Schuld bedeutet. Meine Eltern wissen es nicht, aber ich bin fest entschlossen, das Notabitur zu machen und zum Heer zu gehen. Wie kann ich in dieser Kleinstadt hocken, während die Welt in Brand steht? Wie kann ich lateinische Vokabeln pauken, wenn mein Heimatland in Gefahr ist? Mein Vater hält nichts von unserem Staat, im Herzen ist er doch ein Katholik geblieben, ein Mann der alten Zeit. Da zetert er und leckt seine Wunden und findet Gefallen daran, das Neue abzulehnen und die Größe der Ideen so kleinzureden, wie er selbst es längst ist. Muttchen will von Politik nichts wissen, das Reich Gottes ist ihr genug, mag die Welt sich um sich selbst scheren. Aber wir Jungen, wir müssen doch Verantwortung für die Zukunft unseres Landes tragen. So hat es auch der Wenzel gesagt, der neulich bei uns in die Klasse kam. Mein lieber Deutschlehrer ist ein Freund von ihm, sie haben zusammen gedient, aber der Wenzel hat weitaus mehr erlebt, der Wenzel ist an der Front gewesen. Auf den ersten Blick habe ich ihn etwas zwielichtig gefunden, das Gesicht steinern und die Augen darin wie erloschen. Aber als er dann von den heiligen Pflichten der Jugend gesprochen hat, da hat sich etwas in seinem Blick entzündet, und die Worte haben auch mich entflammt. Von Ehre, Opfer und Tapferkeit hat er gesprochen, von dem großen Feuer, das unsere kleinen, ohnehin zum Tode hin gelebten Ichs verbrennt, auf dass unsere unsterbliche Seele vom Charakterkleister gesäubert werde und das Licht der Ewigkeit aus ihr leuchte. Und vielleicht ist diese Seele gar nicht vereinzelt, sondern verbunden mit allen anderen Seelen zu etwas Großem über dem Raum und über der Zeit. Das hat der Wenzel so nicht gesagt, aber ich habe es mir dazu gedacht. Und er hat ja recht, wenn er den aufgezwungenen Vertrag eine Schande nennt und einen Duckmäuser, wer jung und kräftig ist und nicht dagegen aufbegehrt. Der Wenzel hat jeden von uns Jungs angesehen, er ist durch die Reihen gegangen und hat sein Bein nachgezogen, und diese Behinderung hat an ihm nicht wie ein Makel gewirkt, sondern wie eine Auszeichnung, mehr als seine ganzen Orden. Egal, was Vater und Mutter sagen, ich werde mich freiwillig melden, und wenn sie sich mir in den Weg stellen, werde ich sagen, was uns der Wenzel geraten hat: Eingezogen werden wir früher oder später eh, mit unserem Willen oder gegen ihn. Wer sich rechtzeitig selbst verpflichtet, der kann sich doch immerhin aussuchen, wohin er gesteckt wird. Ich sehe meinen Weg jetzt schon hell und deutlich wie ein Leuchtfeuer in der Nacht: Zur Kavallerie will ich gehen, als ein Ritter unserer Tage, und mag ich dabei auch alles verlieren, meine unsterbliche Seele wird nur umso heller leuchten, je mehr Vergängliches von ihr abfällt. Wer nicht bereit ist, sein Leben für etwas zu opfern, das größer ist als er selbst, der verdient gar nicht zu leben, der ist eigentlich schon tot, und weiß es nur noch nicht.

38. Kapitel

Thomas schaut den Flammen dabei zu, wie sie auf den herunterbrennenden Ästen tanzen. Er beobachtet die rotgoldene Glut, die sich durch schwarzes Holz frisst. Seine Schwester hat den Tonfall des Vaters wirklich gut getroffen, dieses gesprochene Schriftdeutsch, das ein wenig gespreizt und eitel wirkt, aber auch Kraft besitzt. Ob Sophia die jugendlichen Gedanken des Vaters ebenfalls treffend wiedergibt, weiß er nicht. Es kommt ihm vor allem so vor, als hätte Sophia einen Teil seiner eigenen jugendlichen Gedankenwelt offengelegt. Wahrscheinlich hat er ihr damals seine Kriegerphantasien und seine spirituellen Spekulationen ausführlich genug geschildert, dass sie bei ihr hängen geblieben sind, und nun jubelt sie diese schwärmerischen Phrasen dem Vater unter. Als ob der Weltkrieg und ein paar Ohrfeigen für

Fahrradrowdys dasselbe wären. Andererseits kommt ihm nun tatsächlich diese Euphorie wieder in den Sinn, die ihn als Oberstufenschüler motivierte, zur Antifa und in einen Bonner Boxclub zu gehen.

«Sag mal», fragt Thomas in die Stille, «steht so was wirklich in seinen Tagebüchern?»

«Du meinst, ob das in meinen Tagebüchern steht?», entgegnet Sophia, die nun überhaupt nicht mehr müde wirkt.

Thomas lacht nur kurz auf und drückt den Joint auf der Erde aus. Dann legt er neue Äste aufs Feuer.

«Wusstest du», fragt Sophia, «dass ich ein Eisernes Kreuz 1. Klasse habe?»

«Das ist ja widerlich.»

«Warum?»

«Weil es bedeutet, dass du mindestens einen Menschen getötet hast, eher mehrere. Aus der Nähe. Man hat ja kein Erster-Klasse-EK für reinen Dienst nach Vorschrift bekommen.»

«In dem Fall doch», sagt Sophia. «Am Ende des Krieges waren keine EK 2 mehr übrig, deswegen hat man die noch vorrätigen der ersten Klasse an die Soldaten verteilt, zur Motivation.»

«Peinlich», sagt Thomas. «Wie Lutscher, damit die Kinder artig sind.»

«Ich habe also ein EK 1, aber die Urkunde dazu ist nur die für ein EK 2.»

«Toll. Herzlichen Glückwunsch. Du warst also doch nur wie die meisten. Und? Hast du jemanden getötet?»

«Ich glaube nicht.»

«Wie kann man das nicht wissen?»

«Wenn du eine Granate wirfst oder in die Ferne schießt, siehst du oft nicht den Effekt.»

«Hast du das denn oft gemacht? In die Ferne geschossen?»

«Nein.»

«Bist du stolz auf dein Eisernes Kreuz?»

«Nein.»

«Wieso hast du es dann aufgehoben?»

«Wieso hätte ich es nicht aufheben sollen?»

«Weil das Nazidreck ist. Eine lächerliche Blechplakette fürs Mitmachen.» Thomas lässt sich nach hinten auf die Decke fallen. Die Arme unterm Kopf, die Beine angewinkelt schaut er zu den Sternen. Er ist gespannt, was Sophia nun sagen wird, aber sie schweigt. Sie weiß vermutlich genauso wenig wie der Vater oder irgendjemand sonst in der Familie, warum der Naziorden aufbewahrt werden musste.

«Es war eine wichtige Zeit in meinem Leben», hört er seine Schwester sagen. «Ich wurde davon geprägt.»

«Und du erinnerst dich offenbar gern daran.»

«Erinnerst du dich gerne an deine Schulzeit?»

Thomas ist von der Gegenfrage überrascht. Trotzig sagt er «nein», obwohl er sich kurz darauf nicht mehr sicher ist. ‹Teils, teils› wäre die ehrlichere Antwort gewesen.

«Warum hast du dann nicht alle Zeugnisse verbrannt?»

«Ach komm, hör auf. Es gibt schon ein paar kleine Unterschiede zwischen Schüler und Nazisoldat.»

«Du meinst, ich hätte jederzeit desertieren können, du hingegen musstest zur Schule, weil sie dich sonst erschossen hätten?»

Thomas richtet sich auf. Er ist mit dem Gespräch unzufrieden. Er hat nicht den Eindruck, dass er dabei irgendeine Einsicht gewinnt. Es zeigt sich bloß, dass Sophia trotz der Wut, die sie nun manchmal offen zeigt, im Kern noch immer die treue Tochter ist, die sich schützend vor den Vater und die Mutter stellt und auch noch für den größten Dreck irgendeine Erklärung und Entschuldigung findet. Sind wir nicht alle Opfer? Der Vater war auch nur ein Kind seiner Zeit. Blablabla.

«Okay», sagt Thomas und zieht das Päckchen mit Zigaretten aus seiner Hemdtasche. «Lassen wir das mit dem Krieg. Erklär mir, warum du mich geschlagen hast.» Er lässt sich wieder auf die Decke sinken und sieht hinauf zu den kleinen, kalt und weiß blinkenden Sternen, die über der Tramuntana stehen. Sophia nimmt sich ein paar Sekunden Zeit, bevor sie für den Vater antwortet: »Erinnerst du dich an die Geschichte, die ich dir mal im Arbeitszimmer vorgelesen habe?»

«Du hast mir viele Geschichten vorgelesen. Ganze Karl-May-Bände, wenn ich mich richtig erinnere.»

«Du erinnerst dich richtig. Ich meine die Geschichte ‹Der schwarze Kater› von Edgar Allan Poe. Sophia war nicht dabei, weil das eine Sache unter Männern war, zu gruselig für ein Mädchen. Aber sicher hast du ihr nachher davon erzählt.» Thomas zündet seine Zigarette an. Tatsächlich erinnert er sich. Zuerst hatte ihn sein Vater mit Wilhelm Hauffs Geschichte vom Gespensterschiff verrückt gemacht. Immer wieder hatte er von einer besonders gruseligen Geschichte gesprochen, Andeutungen gemacht, gesagt, er sei noch zu jung dafür, und sie ihm dann schließlich doch auf sein Drängen hin vorgelesen, ihm, und nicht Sophia, denn für Mädchen sei das nichts. Dabei litt Thomas damals deutlich stärker unter Alpträumen und war nachts furchtsamer als seine Schwester. Vielleicht gerade deswegen, denkt er nun und bläst Rauch in die kühle Luft. Er hatte sich jedenfalls gerade vom Gespensterschiff halbwegs erholt, da fing der Vater an von einer neuen, ganz besonders gruseligen Geschichte, das Gespensterschiff sei im Vergleich dazu etwas für Kleinkinder.

«Ich war noch viel zu jung für den Scheiß», sagt Thomas. «Aber ich erinnere mich gut. Vor allem, was mein lieber Herr Vater mir danach erzählt hat.»

«Lass uns erst über die Geschichte reden. Woran erinnerst du dich?»

«Ein Alkoholiker bringt erst einen Kater um und dann seine Frau. Und am Ende wird er entdeckt, weil er einen anderen Kater lebendig mit der Leiche der Frau eingemauert hat, und das Tier schreit genau dann, als Polizisten den Keller untersuchen.»

«So ähnlich. Vorher sticht der Mann noch dem ersten Kater ein Auge aus.»

«Ja, sehr schön.»

«Warum macht der Mann das?»

Thomas atmet laut aus. Er könnte jetzt gut ein Bier oder ein Glas Wein gebrauchen. Was hat er sich dabei gedacht, in dieser Nacht nichts Trinkbares mitzunehmen? Obwohl er die lehrerhafte Frage dämlich findet, bemüht er sich schließlich um eine Antwort: «Weil er krank im Kopf ist.»

«Was weißt du noch über den Mann?»

«Dass er ein Säufer ist.»

«Was noch?»

«Nichts. Ich glaube, in der Geschichte steht nichts weiter über ihn. Das ist doch immer so bei Poe, das sind mehr Typen als Charaktere. Das könnte letztlich überall und zu jeder Zeit spielen.»

«Schon richtig. Aber am Anfang erfährt man vom Ich-Erzähler, dass er ein besonders weichherziger und tierlieber Junge gewesen ist, der für seine Zartheit oft verspottet wurde.»

Thomas lacht auf. «Das ist der ganzen langen Rede kurzer Sinn? Der arme sensible Mann ist eigentlich ein Opfer und kann ja gar nicht anders, als einem Kater ein Auge auszustechen und nebenbei mal seine Frau zu erschlagen? Wirklich absurd, was für Verrenkungen du hier machst.»

«Es ist schade, dass du deiner Schlauheit nicht stärker misstraust.»

«Was soll das jetzt?»

«Weil du oft Dinge schnell erfasst, glaubst du, dass du Dinge immer schnell erfasst.»

«Okay, was willst du mir sagen?»

«Ich will dich etwas fragen: Was weißt du noch über den Mann, der erst den Kater und dann seine Frau tötet?»

«Keine Ahnung.»

«Er verbringt lieber Zeit mit Tieren als mit Menschen. Die menschliche Fähigkeit zur Freundschaft bezeichnet er als armselig.»

«Gut, dass du dich so genau an die Geschichte erinnerst. Ich weiß nur noch, dass das ein Säufer gewesen ist.»

«Er wird nicht als Säufer geboren worden sein.»

Thomas bemüht sich, bei seiner Antwort nicht ärgerlich zu klingen. «Ich glaube, du verlangst von mir, dass ich dich irgendwie freispreche. Weil du weißt, dass du dich nicht selbst entschuldigen kannst, soll ich das für dich übernehmen. Ich finde das schäbig.»

«Du unterstellst etwas. Dein Verstand ist im Alarmmodus. Ich verstehe das. Ich will aber nur wissen: Warum, glaubst du, sticht der Mann dem Kater ein Auge aus?»

«Weil er sich selbst hasst.» Thomas sitzt nun ganz aufrecht. Er spürt Energie durch den Körper fließen, als er noch einmal sagt: «Weil er sich selbst hasst. Er ist voller Wut und Hass. Und danach hasst er sich noch mehr. Die leere Augenhöhle im Kopf des Katers erinnert ihn jetzt erst recht daran, wer er ist.»

«Warum hasst er sich selbst?»

«Weil etwas mit ihm nicht stimmt. Er kann sich selbst nicht ertragen.»

Sophia nickt. Thomas kommt sich schon seit einer Weile vor wie bei einem der Rätselspiele, die er und seine Schwester in einer Phase ihrer Jugend gespielt haben, nur dass da er die Fragen gestellt und anerkennend genickt hat.

«Natürlich trinkt jemand nicht einfach so, sondern weil er sich nüchtern nicht ertragen kann», sagt Thomas und spürt plötzlich, wie er zittert. Er steht auf und lässt die Arme kreisen. Er muss sich bewegen, er muss sich aufwärmen.

«Was genau kann er an sich nicht ertragen?»

«Gedanken», sagt Thomas. «Gefühle. Die Anspannung. Die Gereiztheit. Das Gefühl, explodieren zu müssen, weil man die ganze verschissene Welt nicht ertragen kann.»

«Die Welt oder die Menschen darin?»

«Ja, schon klar», sagt Thomas und beginnt jetzt auf beiden Füßen zu wippen und dann zu hüpfen, als spränge er über ein unsichtbares Seil. «Klar sind es die Menschen, die am meisten an die Substanz gehen. Und frag jetzt nicht warum!»

Die Vater-Sophia schweigt. Thomas stellt das Hüpfen ein und macht sich auf die Suche nach weiteren Ästen, um damit das Feuer am Leben zu halten. Er hätte mehr sammeln sollen vorhin, denn es wird kühl hier oben in den Bergen. Das Zittern hat damit allerdings nichts zu tun. Thomas kennt dieses aus der Körpermitte um sich greifende Beben, das Gefühl, ein Stück Fleisch zu sein, das wehrlos einer Erregung ausgesetzt ist. «Es fehlt doch was in der Geschichte», sagt er schließlich, ein Bündel Reisig unterm Arm. «Nur weil jemand sensibel ist und dafür verspottet wird und sich bei Tieren sicherer fühlt als bei Menschen, also nur deswegen hasst sich jemand doch nicht. Und wenn sich jemand hasst, wird er deswegen nicht automatisch zum Gewalttäter. Oder von mir aus erst zum Säufer und dann zum Gewalttäter. Habe ich irgendetwas übersehen?»

«Er ist ein Mann.»

Thomas will sofort etwas entgegnen, aber sein Mund öffnet sich nicht. Er hat keine Stimme. Das Nächste, was er empfindet, ist Durst. Er ärgert sich über Sophias klischeehaften Einwurf, diesen wieder so modischen, akademisch verbrämten Männerhass, der bestimmt auch durch Sibel befeuert wird. Zugleich weiß er, dass seine Sprachlosigkeit einen anderen Grund hat.

Er muss daran denken, wie ihm der Vater «Der schwarze Kater» vorgelesen hat. Die Aufregung, der Stolz, die Furcht, der Eindruck, in etwas eingeweiht zu werden, vielleicht in die Männerwelt. Er muss daran denken, wie er sich nach dem Vorlesen etwas schummerig gefühlt hat, sicher auch wegen den Dannemann-Zigarillos, die der Vater ständig quarzte. Seine Erinnerung ist jetzt ganz klar: Er sieht das Gesicht des Vaters sehr nah vor sich. Er hört ihn sagen: «Ich habe selbst mal eine Katze umgebracht. Ich habe sie gepackt und in einem Wasserbottich ertränkt.» Es ist keine Metapher. Thomas sieht sich in dem Zimmer sitzen, an dem dunklen, aufgeräumten Schreibtisch, über dem die Rauchschwaden treiben. Er glaubt, das Gefühl unterhalb der Erstarrung greifen zu können. Aber er hat keine Worte dafür.

39. Kapitel

Es geht ein forscher Wind und treibt die schwarz-zerfetzten Wolkenlaken über den Novemberhimmel. Die Uniform hält leidlich warm. Wenn ich jetzt Schwäche zeige, erliege ich noch ganz der Krankheit. Ihren Keim fühle ich bereits in den Gliedern, deshalb richte ich meine Gedanken auf Stärke und Gesundheit. Ich stelle mir das heiße, junge Blut vor, das kraftvoll durch meine Adern rauscht, meine Muskeln anfüllt und meine Haut in einen wärmenden Mantel verwandelt. Die Wikinger sind mit nackter Brust durch eisige Gefilde gezogen, von nichts gewärmt als von der Hingabe an ihr Land, ihre Sippe und ihre Götter. Es geht allein um den Geist. Ein Krieger verdient die Bezeichnung kaum, der nicht seinen Körper komplett dem Geist unterwirft, dem lodernden Willen. Und schließlich bin ich hier, um zum Krieger ausgebildet zu werden. Deshalb ertrage ich auch das Geblaffe und Bestrafen, obwohl es mir unter anderen Umständen unerträglich wäre. Hoffmann, dieser dämliche Zwölfender, hat mich hier zur Wache verdonnert, wegen einer Nichtigkeit. Bungert hat mich in der Kantine im Übermut gestoßen, mein Teller ist runtergefallen, Hoffmann hat's gesehen und mich zum Schuldigen für die Sauerei erklärt. Aber ich hadere nicht, denn Hadern macht schwach. Ein Soldat sollte in jeder Situation das Beste sehen. Und tatsächlich hat die einsame Wache in der kühlen Nacht einen Vorteil, der mir erst nach und nach bewusst wird: Ich bin einmal allein. Den ganzen Tag ist man unter Kameraden. Des Nachts in der Stube sind wir zu neunt. In der Kantine summt es wie in einem Bienenstock. Seit ich hier bin, habe ich kein Buch gelesen. Man kommt kaum dazu, den Eltern einmal zu schreiben, und wenn, dann sitze ich mit Papier und Füller im Unterrichtsraum, in den jederzeit ein Rekrut kommen kann, um den Gemeinschaftsempfänger einzuschalten. Wenn ich vor dem Einschlafen an Hilde denke und dann an Muttchen und Paps – das ist dann das Privateste im Laufe eines langen, oft selbstvergessenen Tages.

Bungert meint, die Schleiferei sei sinnlos. Die Unteroffiziere würden dabei nur ihren Ärger herauslassen. Sie hätten die besten Jahre hinter sich und seien eben nur das: Uffze. Wir Jungen hingegen würden doch ohnehin längst lichterloh für den guten Kampf brennen. Man brauche uns nicht zu bestrafen, damit wir gehorchten. Man brauche uns nicht anzubrüllen und Kniebeugen am bollernden Ofen machen zu lassen. Man könne auf die Schwanzparaden ebenso verzichten wie auf die penibler Kontrollen der Ausrüstung, des Gewehrs, der hinterletzten Litze der Uniform. Aber Bungert irrt. Es geht im Kern nicht um Motivation oder Gehorsam. Es ist ein Einweihungsweg. Viele scheinen das nicht zu begreifen. Auch Keller nicht, der den ganzen Zweck des Drills darin sieht, dass wir uns auf die Front freuen. Wir brennen doch so oder so darauf, von hier wegzukommen und ins echte Leben einzutauchen, uns endlich zu bewähren. Um aber in einer Schlacht zu bestehen, sollte man etwas begriffen haben: In dir gibt es einen festen Kern, hart und funkelnd wie ein Diamant. Und in den ritzt nicht das Wetter und nicht der pfeifende Kugelhagel und nicht der Anblick des verreckenden Kameraden und nicht die Kälte oder Hitze. Genau das aber lässt sich erkennen, wenn die Unteroffiziere uns nachts im Hemd vor die Zimmer treten lassen, damit wir das Glied präsentieren. Oder wenn sie uns wegen einem blanken Nichts anschreien und, wie sie es nennen, zur Sau machen. Oder wenn man nachts erkältet vor dem Tor Wache schiebt. All das geht dich im Kern nichts an. Es ist die Außenwelt mit ihrem Geschrei, nichts als Wolken, die über den Himmel ziehen und schnell verwehen. In einem selbst aber ruht das Unzerstörbare. Gleichmütig wie der Ritter auf dem Kupferstich von Dürer. Mag ihm der Tod die Stunde zeigen und der Teufel mit der Hölle drohen – er reitet voran, den Blick nach innen gekehrt.

Ich bin keineswegs der Stärkste und sicher nicht der Robusteste unter den Kameraden hier in Dresden. Da gibt es ganz andere Kaliber: rotwangig und breitschultrig, mit Händen, die bereits jahrelang Rüben gezogen und Hufe beschlagen haben. Doch mögen mich manche einen Hänfling oder eine Hühnerbrust nennen, weil ich tatsächlich eher zum leptosomen Typus zähle und wohl auch anfälliger bin als der handelsübliche westfälische Bauernsohn: Ich komme mir doch älter vor als die meisten, und von größerer innerer Kraft und Ernsthaftigkeit erfüllt. Hoffmann hat es indirekt zugegeben, als er gesagt hat: Hauser, jetzt piesacke ich Sie, und Sie können nichts dagegen machen. Aber es wird der Tag kommen, da erteilen Sie mir die Befehle.

Und Bungert hat neulich meinen Eindruck bestätigt: Ich werde mehr geschliffen als alle anderen. Abgesehen vielleicht von Lohse. Aber Lohse ist ein asoziales Element, der von Kameraden stiehlt und der nicht Abreibung genug bekommen kann. Aus mir hingegen will man den Diamanten herausarbeiten, der so eindeutig vorhanden ist. Da erhält das Wort «Schleifen» seinen tieferen Sinn.

Die Albertstadt ist eine Welt für sich. Alles hier ist auf den Krieg ausgerichtet: die Kasernen, die Exerzierplätze, die Laboratorien der Rüstungsindustrie, die Eisenbahn, die durchs Gelände schneidet, um Munition und so weiter zu transportieren. Nur selten einmal haben wir Ausgang, und das ist mir nur recht, will ich mich doch gar nicht durch Anklänge ans Zivilistenleben zerstreuen lassen, auch wenn ich bis jetzt von einer Theateraufführung im Sächsischen Staatstheater zehre und von der Iphigenie schwärme, die da so lieblich und herzzerreißend auf den Brettern stand. Ihr Bild schiebt sich manchmal über das meiner Hilde, dann schäme ich mich, denn ich will nicht so sein wie viele der anderen, die in Mädchen und Frauen austauschbare Waren zum eigenen Gusto sehen. Wie unreif doch viele sind, wie wenig tief. Wie schlecht sie von den Frauen reden, von denen sie zugleich aber doch nicht lassen können. Immer geht es um das Eine, immer geht es um das Körperliche. Diese Art zu reden, versetzt mir Stiche, die lange nachwirken. Wie kann man so viehisch von den Frauen reden und dabei lachen? Wie kann man das Himmlische der Liebe zu einem stumpfsinnigen Akt erniedrigen, als seien wir nichts anderes als Schweine vor dem Trog? Mich verfolgen diese Sprüche, das künstlich in den Ohren klingende raue Lachen, und ich muss gestehen, dass ich manchmal mitlache, ich weiß nicht warum. Danach bin ich mir selbst zuwider. Ich habe mein Höheres verraten, um unter diesen rohen Bauern nicht noch mehr aufzufallen, als ich es ohnehin schon tue. Sie ziehen mich auf, weil ich nicht mit ihnen davon träume, zu einer Dirne zu gehen oder bald eine große, blonde Niederländerin zu meinem Bettschatz zu machen, die mir dann ja zu Willen sein muss, wenn wir das Land erst nur besetzen. Mich ekelt dieses Gerede, und doch muss ich viel daran denken. Immerhin – mit meiner Trinkfestigkeit habe ich mir Respekt verschafft. Seht her, der Hauser, heißt es, wenn ich Zechkumpane wie Keller oder von Kempis unter den Tisch trinke oder zumindest solide mithalte. Auch hier ist es wieder der Geist, der kräftige Wille, nicht der Körper, der mich die Lage meistern lässt. Dabei ist die Zeit der Dumme-Jungen-Streiche längst vorbei, nur haben es viele von uns noch nicht begriffen. Es ist jetzt schon über ein halbes Jahr her, dass Reichsminister Goebbels uns Deutsche auf Kurs gebracht hat. Wir haben die glühende Rede im Radio gehört, und mir gehen noch heute die letzten Worte nach: «Nun, Volk, steh auf, und Sturm, brich los!» Und dann stimmen alle ins Lied der Deutschen ein.

Seitdem hat der Feind endgültig sein wahres Gesicht gezeigt und unschuldige Frauen und Kinder in Berlin ausgebombt, dann in Hamburg. Und in Köln hat er vor einem der erhabenen Baudenkmäler des Abendlandes nicht haltgemacht und mit roher Gewalt den Dom bombardiert. Auch auf Dresden können jeden Tag die Bomben der Barbaren niedergehen. Man munkelt von einem Dresdner Bauamt für Luftschutz, das in diesen Tagen aus der Taufe gehoben wird, um allerlei Maßnahmen einzuleiten. Auf dem Altmarkt haben sie begonnen, einen Löschteich anzulegen. Tunnel sollen gegraben und Keller unter Reihenhäusern mit Durchbrüchen verbunden werden. Viele deutsche Zeitungen wurden still- oder zusammengelegt, um Rohstoffe für Wichtigeres zu haben. Vielleicht für eine der Wunderwaffen, von denen man ebenfalls munkelt, seit die Ostfront ins Stocken gerät. Ich habe die Europakarte in der Schreibstube gesehen, wenn auch nur kurz. Und ich bin nicht naiv. Ich weiß, dass die Lage ernst ist, sehr ernst vielleicht, aber keineswegs aussichtslos. Wenn die Deutschen jetzt all ihren Willen mobilisieren, wenn sie ihre geistige Überlegenheit erkennen und nutzen, dann werden sie wie die Spartaner bei den Thermopylen auch einer erschreckenden Übermacht trotzen, ob zum Sieg oder zur Niederlage, das mag die Vorsehung entscheiden. Doch ich bin guten Mutes! Wer ist wie wir Deutschen? Wer hat einen Führer, der mit unserem vergleichbar wäre? Die Franzosen und Engländer sind blasse Vernunftmenschen. Die slawische Rasse kommt uns an Tiefe nahe, ist jedoch zu sehr Untertan von Gefühl und Trieb, um sich zu den höchsten Möglichkeiten des Menschseins emporzuschwingen. Für uns jedoch geht es um die kostbarsten Güter, für die man streiten kann: Freiheit, Ehre, Volk und Heimat. Was ist im Vergleich dazu schon das einzelne Ich mit seinen bangen Sorgen und seinem Bedürfnis nach Wohlleben und Sicherheit? Ich bin der Platzpatronen und des Exerzierens so überdrüssig. Während die Welt rundherum brennt, üben wir Strammstehen und löffeln Reispampe. Ach, könnten wir doch endlich heraus aus diesen grauen Mauern und in die Schlacht, um das Unsere beizutragen. Ach, könnten wir doch endlich, endlich in den Krieg.

40. Kapitel

Thomas braucht eine Weile, bis er bemerkt, dass seine Schwester aufgehört hat zu reden. Die Stille wirkt künstlich, so als wäre er eingeschlafen und in einen Traum abgeglitten. Er sitzt noch immer mit Sophia am Feuer, aber was er sieht, ist ein Traumfeuer, und seine Schwester scheint nur ein Abbild aus der wachen Welt. Es würde Thomas nicht wundern, wenn ihm plötzlich der Vater gegenübersäße. Seit vielen Jahren hat er nicht so intensiv an ihn gedacht. Hat er sich ihm jemals so nah gefühlt? Es kommt Thomas so vor, als habe er selbst vor Jahren in einer Herbstnacht vor einer Kaserne gestanden und diese Gedanken gedacht.

Sophia steht auf und hält die Hände über die Flammen.

«Hat er mit dir denn so viel über den Krieg gesprochen?», fragt Thomas und steht ebenfalls auf. Er will neue Äste holen.

Sophia schüttelt den Kopf: «Nicht viel. Ein paar Anekdoten.» Ihre Stimme klingt fremd.

«Zum Beispiel?»

«Zum Beispiel, warum er keinen Rotkohl mochte.»

Während Thomas erneut trockenes Holz sammelt, erzählt Sophia von einem besetzten Kaff an der französischen Küste. Da warteten sie mit dem Bataillon wochenlang auf die Invasion der Amerikaner, spielten Karten und mussten täglich Rotkohl essen.

«Das klingt nicht gerade nach hartem Fronteinsatz», sagt Thomas und bricht einen Ast in der Mitte entzwei. «Wurde er nicht irgendwann verwundet?»

«Laut seinem Soldbuch: ja», sagt Sophia.

«Mir ist er mal mit einer verrückten Geschichte gekommen», sagt Thomas. «Aber ich weiß nicht, ob ich die glauben soll. Vielleicht erinnere ich mich auch falsch.»

«Erzähl!»

Thomas erzählt, wie er einmal an einem Sommertag mit der Mutter und dem Vater im Garten saß, allein das ein denkwürdiger Moment, weil sie in seiner Erinnerung eigentlich nie zu dritt zusammengesessen hatten, es sei denn zum Mittagessen oder in einem Restaurant. Mal mit Sophia und mal ohne sie. Thomas erinnert sich, dass er gerade eine unheimliche Geschichte von Ray Bradbury gelesen hatte, er war vielleicht zehn oder elf Jahre alt gewesen. In der Geschichte hatte ein Junge Fieber und wurde nach und nach von etwas Fremdartigem übernommen, einer außerirdischen Wesenheit, einem hochintelligenten Virus. Dabei blieb unklar, ob diese Übernahme tatsächlich stattfand oder nur eine Fieberphantasie des Jungen war, aber es gab Andeutungen, die für die weniger harmlose Lesart sprachen. Aus irgendeinem Grund erzählte Thomas seinen Eltern von der Geschichte, vermutlich vor allem seiner Mutter, da er mit dem Vater selten sprach. Der aber hörte aufmerksam zu und sagte dann: Das erinnert mich an etwas. Wir sind einmal durch bewaldetes Gelände geritten. Plötzlich donnerte und dampfte es, und Geschosse sausten durch die Luft. Ganz in meiner Nähe wurde ein Pferd samt Reiter zerfetzt. Mein Pferd bäumte sich auf, und ich wurde zu Boden geworfen. Und da lag ich in einem Graben unter feindlichem Beschuss und hatte nicht die geringste Angst. Dann fiel mir auf, dass die Geräusche viel leiser geworden waren, bald hörte ich nur noch ein Sirren und fühlte mich vollkommen ruhig und geborgen. Dabei schaute ich von hoch oben auf das Gelände und sah mich selbst dort unten liegen. Ja, ich habe mir tatsächlich auf den Hinterkopf geschaut. Wann hat man dazu schon einmal Gelegenheit?

Noch während Thomas davon berichtet, kommt ihm die Geschichte surreal vor, wie geträumt.

«Die hatten im Zweiten Weltkrieg doch gar keine Pferde mehr», sagt Sophia. «Auch wenn er anfangs bei der Kavallerie gewesen ist.»

«Doch, doch», erwidert Thomas. «Ich habe darüber mal gelesen. Die Russen haben flüchtende Fußsoldaten noch hoch zu Ross verfolgt. Und die Deutschen haben zum Beispiel eine Kavallerie-Brigade beim Überfall auf Polen genutzt. Auch beim Westfeldzug waren Pferde dabei.»

«Aber wo soll das gewesen sein? Panzer in einem Wald?»

«Das werden wir vermutlich nicht mehr herausfinden», sagt Thomas. «Ich weiß noch nicht mal mehr, was ich als Kind bei dieser Geschichte empfunden habe.»

«Wir können das schon herausfinden», sagt Sophia. «Ich habe das militärhistorische Archiv in Freiburg angeschrieben. Jetzt ist nur die Frage, ob die schneller recherchieren, als ich sterbe.»

«Du wirkst gerade ganz schön lebendig», sagt Thomas und fühlt mit leichter zeitlicher Verzögerung einen Stich in seiner Brust. Sophia geht nicht darauf ein, sondern liest jetzt selbst etwas Holz in der Umgebung auf. Als sie mit einem komplex verzweigten Ast zurückkommt, sagt sie: «Ich weiß auf jeden Fall, dass sich unser Vater ziemlich über die Offiziere aufgeregt hat.»

«Warum?»

«Die wären die Ersten in den französischen Bordellen gewesen. Dabei wollte er wenigstens von den Vorgesetzten eine hohe Meinung behalten. Er meinte einmal zu mir: Was ist mein Dienstgrad als Leutnant wert, wenn selbst Offiziere feige Schweine sind?»

«Wieso feige?»

«In seinen Tagebüchern steht, dass sie von Frankreich nach Holland weitergezogen sind, weil es hieß, dass die Amerikaner dort landen. Sie sollten die Fallschirmjäger abwehren. Und dann über Nacht waren die höheren Offiziere allesamt verschwunden, und er musste allein entscheiden, was er mit seiner Kompanie da jetzt an der Küste macht.»

«Vermutlich hatten die oberen Chargen mehr Informationen. Die Ostfront war doch längst zusammengebrochen.»

«Ja, das steht auch in seinen Aufzeichnungen: Die haben mehrmals am Tag telefoniert und haben dann wichtige Gesichter gemacht. Sie hielten wohl aber noch immer feurige Ansprachen über Tapferkeit und Treue und Ehre, und in der Nacht haben sie sich davongemacht.»

Der Vater, erzählt Sophia, habe daraufhin wohl überlegt, ob er sich den Amerikanern mit seinen hundert Leuten entgegenstellt wie Leonidas dem Perserkönig. Dann habe er sich aber doch für den Rückzug entschieden. Sie hätten sich tagsüber versteckt und seien nachts gelaufen, immer darauf bedacht, das Kochgeschirr nicht klappern zu lassen und sich nicht durch den Glutpunkt einer Zigarette zu verraten.

Thomas ärgert sich. Bei Sophia klingen die Kriegserinnerungen ihres Vaters, als handele es sich um einen Abenteuerfilm. Kein Wort davon, dass er ein Nazisoldat war. Außerdem sind sie längst weit weg von den eigentlichen Fragen. Natürlich ist es wichtig, die Bruchstücke an Wissen zusammenzulegen und endlich einmal zu klären, was der Vater im Krieg überhaupt getan hat, aber die Nähe, die er eben zu seinem Vater empfunden hat, löst sich nun mit jedem Satz, den sie über ihn sprechen, wieder auf.

«Du erinnerst dich aber schon, dass er dir mal ein Messer an den Hals gehalten hat?», sagt Thomas plötzlich. Ihm ist etwas eingefallen, und er hat es ausgesprochen, noch bevor er sich fragen wollte, ob das eine gute Idee ist.

«Wer?», fragt Sophia.

«Unser Vater.»

«Quatsch. Davon weiß ich nichts.»

«Aber ich. Wir sind vier Jahre alt gewesen. Ich und Lorenz waren aus irgendeinem Grund bei Tante Gisela, und du warst zu Hause. Und er ist bei einem Streit ausgerastet, hat dir ein großes Küchenmesser an den Hals gehalten und unsere Mutter gefragt, ob er diesem Leben ein Ende machen soll.»

Sophias Gesicht verknittert. Im Schein des Feuers sieht es aus wie eine altertümliche Holzmaske.

«Was, was, was?», sagt sie, und Thomas kommt der Gedanke, dass er womöglich besser geschwiegen hätte, aber jetzt muss er weitersprechen und erklären.

«Das hat mir unsere Mutter erzählt. Sie hat mich gebeten, es dir nicht zu sagen. Du hast wohl geschlafen, oder warst starr vor Schreck. Es war eine Botschaft an unsere Mutter, es hätte auch mich treffen können.»

«Was soll denn das für eine Botschaft sein? Und warum erzählt sie das dir?»

«Ist ein paar Jahre her», sagt Thomas. «Ich habe ihr Vorwürfe gemacht, weil sie uns als Kinder diesem Mann ausgesetzt hat. Sie hat daraufhin beteuert, sie hätte Selbstmordgedanken gehabt, als sie mit uns schwanger war. Dann hat sie mich gefragt, ob sie sich hätte umbringen sollen. Ich habe gesagt, als Ungeborener hätte ich ihr die Entscheidung genauso wenig abnehmen können wie jetzt im Nachhinein. Und als sie merkte, dass sie so nicht weiterkommt, hat sie diese Geschichte erzählt.»

Sophia steht schweigend da und zieht sich den Poncho enger um den dünnen Körper. Thomas hält es für besser, ebenfalls erst einmal den Mund zu halten.

«Okay», sagt sie plötzlich, nun wieder im Vater-Tonfall. «Machen wir weiter mit unserem Spiel, mein Junge. Möchtest du mich noch etwas fragen, oder mir etwas sagen?»

Das bringt Thomas aus dem Konzept. In den letzten Wochen ist er immer wieder von Sophias Verhalten verblüfft, von neuen Seiten, die sie zeigt. Er weiß nicht, was er sagen oder fragen soll, aber er ahnt, dass es nicht mehr viele Gelegenheiten für ein Gespräch wie dieses geben wird.

«Ich weiß es gerade nicht», sagt er. «Ich bin überfordert. Sag du mir, was ich dich fragen soll.» Thomas bemerkt die Weinerlichkeit in seiner Stimme, als er hinterherschiebt: «Das wäre überhaupt mal was: dass du mir einmal einen Weg zeigst, der mich irgendwo hinführt, anstatt nur ein Anti-Vorbild zu sein. Ich habe das Gefühl, dass ich meine Eltern erziehen musste. Alle beide. Dabei wäre ich vermutlich einfach gerne erzogen worden. Von gesunden Erwachsenen.»

«Und wie gerne wären diese Erwachsenen gesund gewesen, Thomas. Wie gerne hätten sie dir das gegeben, was du gebraucht hast. Wie gerne hätten sie selbst gesunde Eltern gehabt und gesunde Zeiten erlebt, die nicht das Vertrauen junger Menschen missbrauchen, erschüttern, tief enttäuschen und für immer besudeln. Wenn du mir eine Frage stellen willst: Frag mich, wem ich nach dem Krieg vertrauen konnte! Frag mich, woran ich glauben konnte.»

Aber Thomas kann keine Frage stellen. Tränen laufen über sein Gesicht, und er hat keine Stimme, um zu sprechen.

41. Kapitel

Du willst es vielleicht nicht hören, aber ich habe deine Mutter geliebt, und du hast sie mir weggenommen. Verübeln kann ich es dir nicht, denn du warst süß und unschuldig, und wenn du gebrüllt hast, dann doch nur, weil du Hunger hattest oder ein Bäuerchen quer saß. Ich kann verstehen, dass sich Helga lieber mit dir beschäftigt hat als mit mir. Du hast eine frische Hoffnung präsentiert, ich nur eine enttäuschte. Aus dir konnte einmal ein besserer Mann werden, oder besser noch: Du konntest ein Engel bleiben, ein Wesen jenseits aller Geschlechtlichkeit. Ich habe ihren Blick auf dich mit Eifersucht beobachtet, es hat mir das Herz zerquetscht. Dein Anblick hat mich täglich daran erinnert, dass ich meiner Frau eine Last war und dass ich nie mehr so unbeschädigt sein konnte wie du. Später habe ich in deinen ängstlichen, vorwurfsvollen oder kaum noch mir geltenden Blicken gesehen, dass ich aus den gleichen Gründen nicht nur kein Ehemann, sondern auch kein Vater sein konnte, nur eine Witzfigur, die man im Krankenhaus ehrfürchtig mit Herr Doktor und zu Hause gar nicht anspricht, ein Mann, der brüllt, weil er nichts zu sagen hat. Ein Mann, der anfängt, die anderen zu meiden, bevor sie ihn meiden können, und dem jede Geste der Zärtlichkeit zur Verrenkung gerät. Du kennst es bei mir nicht anders, aber es ist nicht immer so gewesen. Zumindest nicht in dem Maße. Jugendliche können sich nicht vorstellen, dass ihre Eltern einmal so geliebt haben, wie sie zu lieben glauben oder in naher Zukunft zu lieben hoffen.

Ich habe Helga durch gemeinsame Freunde kennengelernt. Gerade hatte ich als junger Arzt in einem Bonner Krankenhaus zu arbeiten begonnen, aber meine Stelle, meine Arbeitserlebnisse und mein medizinisches Wissen waren nicht das, was deine Mutter interessierte. Ich war Anfang dreißig, und sie war gerade einmal zwanzig Jahre alt, machte eine Ausbildung zur Buchhändlerin und betreute manchmal gegen Taschengeld die beiden Kinder der Nachbarn. Obwohl sie gerne las, bedeutete ihr die Arbeit nicht wirklich viel. Wie den meisten Frauen damals ging es ihr darum, die Zeit bis zur Ehe finanziell zu überbrücken. Helga war ein zart gewachsenes, fröhliches Mädchen, aber sie hatte auch eine Tiefe im Blick, die mich auf sie aufmerksam machte. Sie suchte das Geistige, den Austausch, das Verstandenwerden und sicher auch die Anerkennung durch einen gebildeten, erfahrenen Mann.

Ich habe nicht Medizin studiert, weil es meine größte Leidenschaft gewesen wäre, sondern weil es nach dem Krieg das Sinnvolle, Nützliche und Gebrauchte gewesen ist. Eine Karriere als Violinist kam ohnehin nicht mehr infrage.

Anstatt zu üben, hatte ich vier Jahre Krieger gespielt, und ein Granatsplitter hatte meine linke Hand verletzt. Der bleibende Schaden war nicht nennenswert, aber groß genug, um den Ringfinger unbeweglicher zu machen, als er es bei einem Orchestermusiker sein darf. Der Ärger über die verpatzte Musikerkarriere war allerdings nicht so groß, wie ich manchmal gesagt und hin und wieder auch selbst gedacht habe. Denn eigentlich träumte ich als Jugendlicher am glühendsten davon, ein Schriftsteller zu werden. Vielleicht wollte ich auch nur besonders sein: Musiker, Maler, Autor – ein großer Künstler jenseits der bürgerlichen Enge. Ja, ein Drang nach dem Besonderen hat mich früh ausgezeichnet. Als wir in der Normandie saßen und Rotkohl futterten, da bat ich einen Offizier, mit meiner Kompanie an die Ostfront versetzt zu werden, dorthin, wo in meinen Augen jeder Mann gebraucht wurde. Ich wollte kämpfen und über mich hinauswachsen. Der Offizier fragte nach der Anzahl meiner Geschwister. Als ich ihm erklärte, ich sei Einzelkind, schüttelte er den Kopf und meinte: «Sie sollten eigentlich nach Hause zu Ihren Eltern. Der Krieg ist eh verloren.»

Ich lachte auf und stand kurz davor, den Offizier wegen Defätismus anzuschwärzen. Ja, ich wäre gerne ein Kriegsheld gewesen. Aber ich glaube, dass mir die Schriftstellerei im Grunde am meisten am Herzen lag. Als Jugendlicher habe ich mindestens so viel Zeit mit dem Verfassen von Gedichten, Prosaminiaturen und Geschichten verbracht wie mit den Übungsstunden am Instrument.

Kurz bevor ich mit den Resten meiner Kompanie die rheinische Heimat erreichte, wurden wir von den Amerikanern gestellt und zu den Krippwiesen in Remagen gebracht. Und da lagen wir dann im nassen Frühling auf einer riesigen sumpfigen Fläche am Rhein und mussten uns Löcher in den

Boden graben, aus denen dann das Wasser schwappte. Rund um mich herum husteten und stöhnten die Männer in ihren abgerissenen Uniformen. Viele hatten Fieber, täglich starben Dutzende. Wer einen Mantel, eine Zeltplane oder gute Schuhe hatte, der konnte sich glücklich schätzen. Die Amis verteilten, was sie verteilen konnten: Weißbrot, Corned Beef, Erbspulver, Backpflaumen.

Ich hatte einen Schutzengel und blieb gesund. Vielleicht lag es auch am Schreiben. Bereits in den ersten Tagen konnte ich mir einen Bleistift organisieren. Mit dem schrieb ich so akkurat wie möglich in kleinsten Buchstaben auf Dutzende kleine Zigarettenpapiere. Damals schon habe ich etwas geahnt, was mir nach der Rückkehr ins Zivilistenleben zur Gewissheit wurde: Ich hatte nichts zu sagen. Das mag dir heute sonderbar vorkommen, wo doch deine Generation klagt, sie habe nicht genug erlebt, wegen all der komfortablen Sicherheit des Lebens fehle die Dringlichkeit fürs Schreiben. Bei mir war es so, dass sich das, was mein Stoff hätte sein können, dagegen sperrte, erzählt zu werden, und so gleich alles Erzählen wie mit einem Bann belegt war. Egal, was ich schrieb, es wirkte am Ende hölzern, gesucht, nachgemacht und im Kern unehrlich. Ich versuchte es immer wieder, aber ich klang wie ein Papagei. Als ich Helga kennenlernte, flammte süße Verliebtheit in mir auf, und ich hoffte, doch wieder ganz zu werden, eine Stimme zu finden, eine Sprache der Liebe sprechen zu lernen, denn ohne Liebe ist die Sprache nur tönendes Erz, das sehe ich bis heute so wie Paulus. Helga war so anders als ich: unbekümmert, redselig, noch ganz unerfahren und auf frische, mich berührende Weise naiv. Sie war dreizehn Jahre jünger, was mir manchmal wie ein großer Unterschied vorkam und dann wieder wie gar keiner. Und es gab auch das Verbindende: Wie ich interessierte sie sich für Kunst, Malerei und Literatur. Bei unserem ersten Spaziergang sprachen wir lang und ernst über Dostojewski, und ich sagte etwas angeberisch, ich hätte nun gute Lust, Russisch zu lernen, um den Dostojewski einmal im Original lesen zu können. Sie fand das ganz großartig. Und sie war froh, in mir ebenfalls einen Christen zu finden, dem es ernst war, vielleicht nicht mit der Kirche, aber doch mit dem Glauben. Helga beeindruckte mich mit einer Metapher, in der sie die Religionen der Welt mit Mosaiksteinen verglich. Erst in der Zusammenschau würden sie ein vollständiges Bild ergeben, das aber noch immer nur eine trübe Spiegelung Gottes sei. Ich konnte ihr nicht erklären, wie sehr mir das Christentum mittlerweile als Schutzschild gegenüber dem kraftmeierischen Barbarengerede erschien, mit dem ich meine Jugend hatte vergiften lassen. Nach und nach hatte ich erkennen müssen, für welche Verbrecher wir gekämpft hatten, für welche Lügen wir in einen bereits verlorenen Krieg gezogen waren und was diese Verbrecher mit den Menschen angestellt hatten, denen sie die Menschlichkeit aufgrund einer gottlosen Rassenlehre versagten. In den Psalmen und Evangelien und Paulusbriefen fand ich eine Sprache, die die Nazis nicht mit ihrem Dreck beschmiert hatten. Und in der alten Kunst Europas einen Geist, der mich manchmal befreit aufatmen ließ. Helga ging es ebenso, wenn auch mit viel mehr Leichtigkeit. Ihr Interesse am Geistigen entsprang mehr jugendlicher Neugier als Notwendigkeit. Es war von einer Unbeschwertheit, nach der ich mich so sehnte. Aber ich glaubte an eine Rettung, die es so nicht gab. Wenn man dunkle Tinte und klares Wasser mischt, wird das Wasser trüb, nicht die Tinte klar.

Ich hatte gesehen, wie Hunderte auf den feuchten Rheinwiesen an Fieber und Hunger krepierten, und die Amis standen daneben und wussten nicht, wohin mit den Gefangenen, den lebenden wie den toten. Und wieder wollten die Offiziere das größere Stück Brot, aber das machten wir jetzt nicht mehr mit, und einer bekam sogar aufs Maul, bis er Ruhe gab. Vielleicht liegt es an den alten Fotos, aber ich erinnere das Blut, das aus dem Mund dieses Offiziers lief, als schwarz und sein Gesicht als weiß.

42. Kapitel

Der Wald ist dicht und finster. Sie setzt einen Schritt vor den anderen und sieht nicht, wohin sie tritt. Schon seit geraumer Zeit ist es totenstill. Kein Vogel ruft, kein Tier knackt im Unterholz, die Käfer verharren still unter den Rinden und Blättern. In der Nachtluft hängt ein schwüler Dunst. Der Wald ist ein Wesen, das jetzt den Atem anhält. Sie kann den Vater riechen, der vor ihr geht. Sie kann die Mutter riechen, die in der Mitte geht, sie spürt das Zittern ihres klammernden Arms. Auf der anderen Seite hält sich die Mutter an Thomas. Lorenz bildet die Nachhut. So schaffen sie einen Schutz um die Langsamste, die Schwächste. Man kann ihn nicht sehen, man kann ihn nicht hören, man kann ihn nicht riechen, und doch weiß sie, dass er da ist: ein großer, muskulöser Schatten mit gewaltigem Maul und langen, scharfen Zähnen. Der

Vater und die Brüder halten die Speere und Keulen. Sie erinnert sich nicht an den Grund oder die Erklärung, sie weiß nur, dass sie nie eine Waffe getragen hat. Sie hat sie nicht verliehen bekommen. Sie ist in einer anderen Hütte eingeweiht worden. Der Verfolger holt auf, lässt sich dann wieder etwas zurückfallen, holt dann wieder auf und läuft schließlich geschmeidig, aber noch mit Abstand auf ihrer Höhe. Sie spürt es, auch wenn er auf der Seite von Thomas läuft. Eben hat sie dort ein Paar Augen in der Finsternis glimmen sehen. Ihre Angst vor dem Gefressenwerden ist mehr als Angst vor Schmerzen, mehr auch als Angst vor Verlust und Tod. Es ist das Entsetzlichste, was sie sich denken kann. Sie will keine Beute sein. Lieber würde sie sich die tiefste Schlucht hinunterstürzen, als dass dieses Maul das Fleisch aus ihrem liegenden Leib reißt, ihren Kadaver hinter sich herzieht, dieser mitleidlose Gott der Nacht. Wäre da ein großer Mond. Wäre da ein Feuer. Wären sie doch viele. Der Vater ruft jetzt laut. Er hat es eben schon getan, aber ihr Verfolger ist nur kurz zurückgewichen, als ob er sich mit sich selbst hätte beraten müssen. Aber er kennt seine Kraft, und er kennt ihre Schwäche. Er wartet nur noch auf den richtigen Moment. Vaters Stimme soll sicher und stark klingen, aber sie hört, dass er sich fürchtet und daran denkt, wer sich opfern wird, wenn es nicht mehr anders geht. Sie haben darüber gesprochen, und sie wissen alle, dass es Lorenz sein muss, er ist als Opfer für die Götter bestimmt, damit sie die anderen leben lassen. Lorenz ist der Auserwählte. Auch dafür hat sie den Grund vergessen. Der Schweiß läuft ihr den Rücken herunter und zwischen ihren Brüsten zum Bauch. Lorenz darf sich für die anderen opfern, denkt sie. Das ist sein Vorrecht und macht ihn zu etwas Besonderem. Der Rest muss mit der Schuld und dem Grauen leben, den Geräuschen mahlender Kiefer in der Dunkelheit. Aber noch ist es nicht so weit. Die Wege der Götter sind schwer zu ergründen. Manchmal ziehen sie sich zurück, manchmal lassen sie Fleisch für sie liegen, manchmal greifen sie an, manchmal huschen sie davon, wie ein böser Traum am Morgen.

«Wir sind hier!», ruft der Vater. «Wir sind Menschen!» Er bleibt stehen und lauscht. Dann redet er lauter und länger: «Warum suchst du dir nicht Kaninchen und Wildschweine? Wir sind Menschen. Du hörst meine Stimme! Wir beten dich an. Wir bringen dir Opfer. Welches Reh betet zu dir? Welcher Dachs bringt dir Gaben?»

Der Vater hat all das schon gesagt. Es ist schon so lange dunkel. Sie sind schon so lange in diesem Wald. Die Mutter zittert. Sie ist müde und hat Durst. Wie lange können sie so weitergehen? Das Blut rauscht ihr in den Ohren. Sie fühlt sich klein und schwach und schutzlos und will weinen oder schreien. Aber sie soll erst schreien, wenn der Vater es sagt, sie hält den Schrei in ihrem Inneren fest, für den Moment, wenn der gefräßige Gott aus der Finsternis hervorbricht. Die Geschichten haben sie oft genug gehört und selbst erzählt. Sie wissen es von anderen, sie wissen, warum große Familien kleiner und kleiner werden. Thomas hat einmal am Lagerfeuer gefragt, ob die Götter am Ende wohl alle Menschen fressen werden, denn es sind so viele, ihr Hunger ist so groß, und die Menschen sind so wenige. Die Götter scheinen nie krank zu werden, die Götter scheinen nie schwach zu sein, und nur für eine kurze Zeitspanne ihres Lebens sind sie klein und hilflos. Sie wachsen schnell und haben von Geburt an Klauen und Fänge. Wie schwach dagegen die Menschen sind. Wie lächerlich die mühsam gehauene Steinspitze auf dem Stock in der Hand ihres Bruders.

Plötzlich spürt sie eine Veränderung. Es ist etwas in der

Luft und zugleich im Arm der Mutter, die sich bei ihr einhakt. Vor allem ist es etwas, das Thomas denkt oder spürt. Sie ist mit ihm verbunden. Der Augenblick friert ein. Sie hört die Mutter schreien. Sie sieht, wie sich der Vater umdreht. Sie spürt, wie sich Lorenz zur Seite wirft. Der Gott ist groß und dicht und schwer und doch lautlos wie ein Schatten. Sie reißt die Mutter zur Seite. Sie geht mit ihr zu Boden, legt sich schützend halb über sie, auch wenn es anders sein müsste: die Alten schützen die Jungen. Die jungen Frauen können noch Kinder bekommen. Sie und die Mutter liegen und zittern und hören die Geräusche so laut, dass es in den Ohren wehtut: das Rufen und Ächzen der Männer, ein dumpfes Schlagen, ein Fauchen, schrecklicher als alles, was sie je gehört hat. Ihr Herz scheint im Erdboden weiterzuklopfen, trocken und fest. Es pocht zwischen Wurzeln und Würmern, sein Klang erfüllt den Wald. Dann hört sie den Bruder schreien. Es ist ein wildes, aus der Tiefe aufsteigendes Geheul. Sie öffnet die Augen, erkennt nur Schattierungen von Schwarz, darin aber die Umrisse von Thomas, der seinen Speer Richtung Boden bohrt und brüllt. Jetzt stimmen auch der Vater und Lorenz ein. Die Männer brüllen in den Wald. Der Gott aber faucht nicht mehr. Der Gott ist ein schweres Bündel Fleisch auf dem Boden, in das Thomas seinen Speer bohrt. Sophia steht auf, sie schüttelt sich am ganzen Leib und schreit und lacht und weint. Sie stellt sich vor den toten Tiger und brüllt ihn an, mit aller Angst und Wut und Freude, die sie je gefühlt hat. Aus seinem Fell schimmern weiße Streifen. Die furchtbaren Augen sind blicklos. Sie sieht zu Thomas, der jetzt ganz steif steht. Sie geht nah an ihren Bruder heran und will seinen Kopf in ihre Hände nehmen. Aber sie erstarrt in der Bewegung. Sie sieht in seine Augen und erschrickt: Der Blick des Tigers leuchtet jetzt aus seinem Gesicht. Sophia wacht auf.

MÄRZ

43. Kapitel

Sophia spürt das Licht auf ihrem Gesicht und öffnet die Augen. Mit einem wohligen Gefühl blickt sie erst aus ihrem Bett zur hellen Decke hinauf und dann durch die Fensterfront auf den in der Sonne glitzernden Scharmützelsee. Eine Eiche streckt ihre noch kahlen Äste ins Bild, auf einem sitzt eine Krähe und äugt zu Sophia ins Zimmer. Das Licht ist angenehm mild, das Bett ist nicht zu weich und nicht zu hart, die Bettwäsche riecht frisch und die Temperatur im Raum ist genau richtig. Diese Wahrnehmungen könnten mit dem Morphin und dem Lorazepam zusammenhängen, ein Medikament gegen den Schmerz, eins gegen die Angst, beide großartig. Sophia ist dankbar, einen Platz in diesem Hospiz bekommen zu haben. Hier fühlt sie sich leichter und freier als zu Hause, was vielleicht auch traurig ist, aber dann doch auch wieder verständlich. Zu Hause kann jeder Gegenstand jederzeit Erinnerungen auslösen, gute, schlechte, vielschichtige – auf jeden Fall aufwühlende. Und Sophia will sich nicht aufwühlen lassen, nicht durch Erinnerungen. Sie will im Moment leben. Sie versteht nicht, warum viele Menschen unbedingt zu Hause sterben wollen. Sophia sieht jetzt einiges anders als noch vor einem Jahr. Hätte man sie damals gefragt, wie sie gerne einmal sterben würde, hätte sie niemals gesagt: Mit 46 Jahren an Krebs in einem buddhistischen Hospiz in Brandenburg. Sie hätte wahrscheinlich gesagt: in hohem Alter friedlich zu Hause im Kreis der Lieben einschlafen. Dabei ist der Preis für ein hohes Alter doch fast immer ziemlich happig: Freundinnen sterben, Partner sterben, Kinder nabeln sich ab, werden seltsam und machen Vorwürfe. Der Körper sackt, ächzt, bockt. Der Geist wird schlaff, vielleicht auch dement. Am Ende verdämmert man ein Jahrzehnt in Einsamkeit, sitzt in zu straff angelegten Windeln in Pflegeheimen und füllt Kreuzworträtsel in gelbstichigen Gemeinschaftsräumen mit Schlagerbeschallung aus, um dann endlich, endlich «friedlich» einzuschlafen. Und wer weiß, wie sich die Welt noch entwickeln wird. Vielleicht hat sie die besten Jahrzehnte Europas erlebt, eine Ära des Wohlstands, der Sicherheit und des Friedens, von der sich künftige Generationen sehnsuchtsvoll erzählen werden. Womöglich ist es gar nicht so schlecht, jetzt abtreten und einmal den anderen die Arbeit überlassen zu dürfen, während sie selbst durch einen frühen Tod in guter Erinnerung bleibt. Vor wenigen Monaten hätte sich Sophia für diesen Gedanken geschämt, jetzt freut sie sich über ihn.

Was sie alles hinter sich hat: die Arzttermine, das Warten auf Ergebnisse, die Ungewissheit, die Chemo-Zyklen, die

Übelkeit, die monatelang aussetzende Periode, die emotionalen Abstürze, die Weinkrämpfe, die Wut und den schmerzhaften Drang, noch schnell die Person werden zu müssen, die sie eigentlich hätte sein sollen. Jetzt ist sie zufrieden, dass sie alles geregelt hat: den Podcast und einen halbwegs nachhaltigen ETF-Sparplan für Julika, das detaillierte Testament mit Aufteilung aller Habseligkeiten, die Liste mit sämtlichen Passwörtern für Marcel und Thomas, die Liste mit den Namen aller Menschen, von denen sie sich verabschieden will. Hat sie mit jemandem gesprochen, zeichnet sie ein Sternchen hinter den Namen. Es steht kaum noch jemand aus, auch das verschafft ihr ein Gefühl der Befriedigung. Sophia ist froh über die technischen Möglichkeiten. Mit ihrem Laptop kann sie von hier aus mailen, skypen, chatten, zoomen. Sie kann bei Facebook, Twitter oder Instagram sehen, was ihre Freundinnen und Bekannte umtreibt, wie sie sich darstellen wollen, was in der Welt so los ist. Anders als früher postet sie nun auch selbst öfters etwas, mehrmals am Tag. Meist sind es nur kurze ironische, sarkastische oder rundherum alberne Kommentare. Manchmal sind es auch Fotos. Das ist nicht die Sophia, die die meisten kennen, aber es ist eine Sophia, die im Netz gut ankommt. Sie hat so auch schon neue Menschen kennengelernt. Sie chattet nachts mit Unbekannten und findet es super. Und sie genießt mit Wonne Videos von niedlichen Tierbabys. Nie hätte sie gedacht, dass sie die sozialen Medien einmal so uneingeschränkt feiern würde. Jetzt kommt es ihr sonderbar vor, dass sie und alle um sie herum bisher über all das so viel gemeckert haben. Immer steht das Negative im Vordergrund. Kaum noch jemand, der einfach begeistert und dankbar sagt: *Ist das nicht super, was alles möglich ist?*

Und sie streamt Serien, stundenlang. Früher hat sie Filme

gesehen, meist mit Julika und Marcel, aber jetzt schaut sie nur für sich und ihren privaten Spaß «Sex Education» oder «Better call Saul», und sie findet: Besser ist Fernsehen nie gewesen. Blöd nur, dass sie so weniger zum Lesen kommt, denn Bücher findet sie nun auch besser als je zuvor in ihrem Leben. Sie muss sie nicht für die Schule lesen, nicht fürs Studium, nicht, um mitreden zu können. Sie liest sie, um Zeit mit inspirierenden Menschen zu verbringen, um andere Leben intensiv kennenzulernen, ohne dass es wirklich unangenehm oder riskant wird. «Die geheime Geschichte» von Donna Tartt hat sie längst durch, auch zwei Bücher von Virginia Woolf. Jetzt gerade liest sie mit Begeisterung «Kaltblütig» von Truman Capote. Das Lesen, Streamen und Chatten macht Sophia so viel Spaß, dass sie sich manchmal schon während der Besuche von Julika und Marcel darauf freut. Manchmal fühlt sie sich selbst von Julika gestört – sie kann es sich nicht erklären. Sie hat viel zu tun. Natürlich würde sie sich dabei gern fitter fühlen. Aber sie wird schlapper. Mittlerweile hätte sie keine Lust und kaum Kraft, noch etwas organisieren zu müssen. Dabei hat ihr die Planung ihres eigenen Begräbnisses vor Kurzem noch Freude bereitet. Sie hat sich eine schöne Buche im Wohldorfer Ruhewald ausgesucht, den groben Ablauf skizziert, Songtitel notiert, sich Priester am Grab verbeten und ansonsten jeder eine Rede gestattet, die eine halten will. Kaum war sie mit allem fertig, fand sie es schade, dass sie ihre Beerdigung nicht noch einmal planen konnte. Jetzt will sie lieber Serien gucken, mit Unbekannten plaudern oder lesen, dabei ist eine wichtige Sache noch nicht geregelt. Sie liegt aber leider auch kaum in ihrer Hand: die Frage, wer sich um Julika kümmern wird. Marcel hat immer wieder beteuert, er werde schon einen Weg finden, aber Sophia kennt ihn gut genug, um an seiner Stimme zu hören, wenn er sich nicht sicher ist. Sophia will nicht, dass Julika größtenteils bei Marcels Eltern aufwächst. In ein paar Jahren wird das Kind in Nordfriesland nicht tot überm Zaun hängen wollen. Genauso wenig will sie, dass Marcel eine Nanny bezahlt. Auch wenn es sicher tolle Kindermädchen gibt: Der Gedanke, dass jemand dafür entlohnt werden muss, Zeit mit Julika zu verbringen, kommt ihr absurd vor, obwohl sie Sibel sagen hört, dass sie nur deshalb so empfindet, weil sie im Patriarchat erzogen worden ist, in dem die unbezahlte Care-Arbeit von Frauen seit Jahrtausenden eine tragende Säule bildet. Sophia weiß, dass das nicht mehr geht, aber sie hat sich in den Kopf gesetzt, dass Thomas und Katrin sich das Sorgerecht für Julika mit Marcel teilen. Dabei war die Idee allein schon deswegen nicht gut umsetzbar, weil beide nicht in Hamburg wohnen. Genauso verhält es sich mit Sibel, einer weiteren Wunschkandidatin. Sie könnte mit Mia nach Hamburg ziehen und Marcel heiraten, denkt Sophia amüsiert, aber dann wäre sie nicht mehr die Sibel, die ihr als neue Mama für Julika vorschwebt.

Es klopft an der Tür, sie sagt «herein», und Marcel betritt den kleinen Raum. Als er an ihrem Bett steht, fällt ihr wieder auf, wie sehr er sich verändert hat in den letzten Wochen. Er ist schmaler geworden. Seine Schultern sind jetzt oft ein wenig hochgezogen, und der selbstgewisse Ausdruck ist einer melancholischen Miene gewichen.

«Du siehst mittlerweile aus wie ein Erwachsener», sagt Sophia fröhlich.

«Was soll das denn heißen?», fragt Marcel und setzt sich zu ihr an die Bettkante.

«Nicht mehr wie ein junger Mann.»

«Ich schätze, das ist kein Kompliment.»

«Doch. Durchaus.» Sophia lächelt. Nun muss auch Marcel

lächeln. Bevor er mit dieser väterlichen Sorge fragen kann, wie es ihr geht, fragt sie: «Wie geht es Julika?»

Marcel wiegt den Kopf. Er muss gar nichts mehr sagen, tut es aber doch: «Ganz okay.»

«Also schlecht.»

«Ja, aber meine Eltern tun ihr gut.»

«Es ist superlieb von deinen Eltern, dass sie jetzt nach Bad Saarow gekommen sind. Ich sehe Julika trotzdem nicht dauerhaft in Langenhorn.»

Marcel seufzt. Seine Haltung wirkt verkrampft.

«Wir haben das schon mehrmals durch. Sag mir nicht, was nicht geht. Sag mir, was wir stattdessen machen sollen.»

«Du bringst Thomas und Katrin wieder zusammen und motivierst sie, nach Hamburg zu ziehen.»

«Okay, Sophia. Hast du auch einen realistischen Vorschlag?»

«Es wäre für alle das Beste. Ich habe lange darüber nachgedacht. Und ich habe den klaren Blick der Todgeweihten.»

«Die Medikamente hier sind ziemliche Hämmer, oder?» Marcel steht auf, steckt die Hände in die Taschen, sieht aus dem Fenster wie ein Feldherr und sagt: «Willst du heute Abend mit mir und Thomas essen? Er kommt gegen fünf. Vielleicht dann so um sieben?»

«Ich habe heute Skype-Abend», sagt Sophia. Sie hat sich im Bett aufgesetzt. «Und ich will lesen. Morgen vielleicht. Mal sehen, wie es mir geht.»

Marcel nickt.

«Ich dachte nur», setzt er an, «weil Julika und deine Eltern nicht dabei sind und wir dann über deine Wünsche reden könnten.»

«Wie wäre es, wenn du dich darum kümmerst?»

Marcel sieht nicht glücklich aus. «Ich verstehe den vorwurfsvollen Ton nicht. Ich ...»

«Ich bin es leid, dass alles, was nicht mit deiner Karriere zu tun hat, allein mein Problem ist», unterbricht Sophia ihn. «Von Anfang an. Dazu zählt nicht nur Julika, sondern auch unsere Beziehung. Du reagierst nur. Es nervt.»

Marcel lacht freudlos auf.

«Ich dachte, wir hätten keine Beziehung mehr», sagt er.

«Ha, das ist genau das, was ich meine. Immer ausweichen, immer den bequemen Weg gehen.»

Marcels Gesichtszüge verengen sich. Sie werden dichter und dunkler, und plötzlich schlägt er mit der flachen Hand hart gegen den Fensterrahmen und brüllt «Bullshit!».

Sie erschrickt nur ein bisschen, obwohl sie ihn so kaum kennt. Leiser, aber laut genug, dass man es im Nachbarzimmer und auf dem Flur hören kann, sagt er: «Du reißt alles an dich und beschwerst dich dann auch noch. Du machst alles zu deinem Projekt, weil du sonst nichts hast. Und jetzt gibst du Befehle. Klar, toll, einer Sterbenden kann man ja nichts abschlagen. Aber ...»

«Red leise, verdammt!», unterbricht ihn Sophia zischend und hebt die Hände. Und tatsächlich hält er erst einmal den Mund und sammelt sich.

«Okay», sagt Sophia leise. «Tu, was du für richtig hältst. Es ist in Zukunft dein *Projekt*.»

Es klopft an der Tür. Eine kräftig gebaute Pflegerin mit rot gefärbter Kurzhaarfrisur betritt das Zimmer.

«Alles in Ordnung hier?», fragt sie streng und sieht Sophia an.

«Ja.» Sophia lächelt. «Auch Männer haben Emotionen.»

«Na, allet andere wäre ooch komisch», sagt die Pflegerin und lächelt jetzt auch.

44. Kapitel

Die Nadelbäume scheinen sich näher an den Zug zu drängen. Wie hagere Soldaten stehen sie dicht an dicht, zwischen ihnen ziehen milchige Nebelfetzen über einen feuchtschwarzen Boden. Thomas sieht aus dem Fenster auf die vorbeigleitenden kahlen Stämme, die nur im oberen Drittel einen Schopf aus lichtschluckendem Grün tragen. Die Regionalbahn fährt in eine Kurve und lässt ein Hupen ertönen. Wobei «Hupen» nicht das richtige Wort ist, zu sehr klingt der Laut nach dem klagenden Schrei eines großen Waldtieres. Thomas sitzt beinahe allein im Großraumwagen, nicht viele Menschen wollen an diesem Tag um diese Uhrzeit von Fürstenwalde nach Bad Saarow. Er fährt wie in einem Traum durch den Spreewald und fühlt sich müde. Seit er sich von der Idee verabschiedet hat, bedeutsam sein zu müssen, fühlt er sich oft müde, aber anders als vorher, wattiger, trauriger und kaum noch wütend und reizbar. Er will nicht mehr in den Krieg ziehen, vielleicht kann er es auch gar nicht. Er ist psychisch krank. Das hat er sich in den letzten Tagen immer wieder selbst gesagt: Du bist psychisch krank, akzeptier das endlich.

Er hat keine Kraft mehr, wichtig zu sein. Er hat keine Lust mehr, jede wichtige Debatte zu verfolgen und die schlauste Meinung dazu zu haben. Er ist es leid, ständig Aufträgen hinterherzurennen und sich in finsteren Stunden seine «wichtigsten» Artikel aufzulisten wie Trophäen. Er hat den Groll auf erfolgreiche Kollegen satt und die Gier nach schönen Frauen. Sobald er daran denkt, wird er noch müder. Gleichzeitig ist er sich nicht sicher, ob er sich nur in einer Phase der Erschöpfung befindet oder ob er eine Einsicht hatte, die ihn dauerhaft verändert. Hat er resigniert, weil sein Selbstbewusstsein zu stark beschädigt wurde oder weil er klüger geworden ist? So oder so driften seine Wünsche und die Wirklichkeit immer weiter auseinander. Er wird sich neuen Wünschen zuwenden müssen: Er will weg aus Berlin. Die Stadt ist ihm zu laut, zu voll, zu grell, zu aufgeladen mit Ehrgeiz und dem Wunsch nach Größe, zu vollgestopft auch mit Echos von Katrin und Rabea und seiner Versuche, sich als Journalist einen Namen zu machen. Außerdem will er noch einmal eine Therapie anfangen. Allerdings keine Gesprächstherapie wie die, mit der er in seinen Dreißigern zwei Jahre lang vor allem damit verbracht hat, sich alles zu erklären, ohne irgendetwas zu ändern. Er will nicht reden, grübeln und urteilen, sondern etwas machen, aber was genau das sein soll, das ist ihm schleierhaft. Und vielleicht ist es auch nur wieder ein Quatsch aus seinem Kopf; jetzt halt die Achtsamkeitsnummer. Vermutlich sollte er gleich nach Medikamenten fragen, bei der Biochemie ansetzen und nicht bei den ständigen Versuchen, durch Reden, Denken, bewusst Atmen oder Körperarbeit ein ausgeglichener Mensch zu werden.

Der Zug rollt puckernd in den Bahnhof von Bad Saarow, zischend öffnen sich die Türen. Thomas schultert seine Tasche und macht sich auf den Weg zu seinem Hotel. Er geht über einen erstaunlich großflächig angelegten Bahnhofsvorplatz, an dessen Rand sich ein Fleischautomat befindet, aus dem man abgepackte Bratwürste, Buletten und Putensteaks ziehen kann. In der Mitte des Platzes befindet sich ein Brunnen, der gerade kein Wasser führt. Vier nackte Männer und Frauen aus Bronze stemmen eine Schale in die Höhe. Thomas überquert den Platz und eine breite Chaussee und folgt dann der Ulmenstraße, die ebenfalls preußisch wirkt, eine Weitläufigkeit, in der sich Thomas immer ein wenig verloren fühlt. Größe und Gloria verträgt sich schlecht mit Behaglichkeit.

Das Hotel am Ende der Ulmenstraße ist auf andere Weise unbehaglich: altbacken, verstaubt, «gutbürgerlich». An der Wand des Treppenaufgangs hängt in dunklem Holzrahmen ein verstörendes Ölgemälde, es sieht nach frühem 20. Jahrhundert aus. Abgebildet ist ein Mädchen, das auf einem ungewöhnlich breiten Sessel sitzt und einem etwas kleineren Jungen einen Arm so schützend wie besitzergreifend um die Schulter legt. Beide sind in einen altmodischen, komplett weißen Sonntagsstaat gekleidet und schauen den Betrachter an: das Mädchen verträumt und in leichter Abwehr, der Junge verdutzt mit offenem Mund. Offenbar fühlen sie sich gestört, Brüderchen und Schwesterchen aus einem anderen Jahrhundert.

Thomas bezieht sein Zimmer und merkt, dass er hier in diesem nach Hund und Duftbaum «Grüner Apfel» riechenden Raum mehr Ruhe und Privatsphäre hat als in den gesamten letzten Wochen. Er fühlt sich so erschöpft, dass er lange nur auf dem Bett sitzt und es nicht fertigbringt, seine Sachen auszupacken, zu duschen oder wenigstens das Fenster zu öffnen und zu lüften. Es blickt ohnehin nicht auf den See, an dessen östlichem Ufer seine Schwester untergebracht ist. Ihm kommt das Lied von den zwei Königskindern in den Sinn, das er als kleiner Junge so traurig fand. Was war denn eigentlich mit den Eltern dieser Königskinder, die offenbar nichts tun konnten oder wollten, um das Ertrinken des Prinzen und den Selbstmord der Prinzessin zu verhindern? Thomas spürt Tränen in sich aufsteigen, aber er kann nicht weinen, er fühlt sich wieder einmal blockiert.

Schließlich schaut er auf die Uhr seines Smartphones, es wird Zeit. Er hat keine Lust, sich mit Marcel zu treffen, er weiß nicht, worüber er mit ihm reden soll. Aber als sie sich schließlich vor einem der halbwegs gediegenen Hotelrestaurants an der nördlichen Seepromenade gegenüberstehen, entspinnt sich doch mühelos ein Gespräch. Thomas ist erstaunt über die Herzlichkeit, mit der ihn sein Schwager begrüßt. Kaum, dass sie Platz genommen haben, beginnt Marcel von einem langen Magazin-Beitrag zu schwärmen, den Thomas im Dezember geschrieben hat, sein letzter nennenswerter Job. Es geht in dem Text um das kollektive Verdrängen der Erderwärmung seit den Siebzigern. Marcel lobt, dass der Artikel weder in einen alarmistischen oder vorwurfsvollen Ton verfalle noch die wissenschaftlichen Wahrscheinlichkeiten weichzeichne. Mit diesem «Long Read» und «Think Piece» – Marcel benutzt die gleichen Ausdrücke wie die journalistischen Kollegen – hätten sie ein gutes Thema gehabt, um sich eine Weile unverfänglich zu unterhalten. Aber Thomas winkt schnell ab und sagt, dass er eine Auszeit von all dem braucht, dass er depressiv ist, schon lange, dass er es verschleppt hat, dass ihm durch Sophia die Augen geöffnet worden sind. Sein Schwager sitzt, nickt und schweigt. Er wirkt dabei auf Thomas weder ablehnend noch ungläubig. Er hat sich den kleinen Ausbruch einfach angehört, und das tut Thomas gut. Vielleicht verbindet ihn doch mehr mit dem Mann seiner Schwester, als er bisher dachte. Zumindest fühlt er sich ermuntert, noch hinzuzufügen, dass er Berlin satthat und überlegt, nach Hamburg zu ziehen.

«Das ist ja großartig.» Marcel klingt tatsächlich erfreut. «Du könntest Julika öfter sehen. Wir könnten öfter etwas zusammen machen.»

«Ja», sagt Thomas. «Ich brauche nur eine bezahlbare Wohnung.»

«Das kriegen wir hin. Und bis du eine hast, kannst du bei uns wohnen. Wenn du dir das vorstellen kannst.»

Diese Freundlichkeit überfordert Thomas. Auch wenn er es heute lassen wollte, macht er dem Kellner ein Zeichen, um ein Bier zu bestellen.

«Das ist sehr nett», sagt er. «Ich muss darüber nachdenken. Ich muss sehen, was das Ganze hier mit mir macht.»

Marcel nickt, und als der Kellner kommt, bestellt er ebenfalls ein großes Pils. Nach dem Zuprosten und dem ersten Schluck atmet Thomas einmal tiefer ein und aus. Dann sagt er: «Ich resigniere gerade. Und ich weiß nicht, ob das etwas Gutes oder etwas Schlechtes ist.»

«Kommt drauf an, wovon», sagt Marcel, und Thomas schaut ihn fragend an. Marcel lächelt, als hätte er mit nichts anderem gerechnet, und hält dann einen kleinen Vortrag über das Wort «resignieren». Früher habe man damit nicht mutloses Aufgeben bezeichnet, sondern die Aufgabe von Pfründen oder eines Amtes, wie heute noch im Englischen.

Man könne «resignieren» übersetzen mit «die Unterschrift unter einem Vertrag zurücknehmen». Die Frage sei, welchen Kontrakt Thomas nun aufkündige.

Eine Weile sagt Thomas nichts und schaut in den sich nach und nach auflösenden Schaum seines Bieres. Dann sieht er Marcel in die Augen. «Ja, ich gebe so etwas wie ein Amt auf», sagt er und lacht.

«Klingt gut.» Marcel versagt sich eine weitere Bemerkung und räuspert sich stattdessen, denn der Kellner steht wieder am Tisch, diesmal, um zwei kleine Schalen mit Vorspeisensalat vor ihnen zu platzieren.

«Schön oldschool hier», sagt Marcel und mustert den Salat. Nach einem Augenblick der Stille fügt er hinzu: «Würdest du eigentlich gerne zu Katrin zurück? Ich meine, jetzt wo du dein Amt offiziell niedergelegt hast.»

Thomas lächelt müde und greift zur Gabel. Diese Frage stellt er sich selbst in den letzten Wochen immer häufiger. Vielleicht hält er damit die Illusion aufrecht, dass es nur an seiner Entscheidung liege, ob er wieder mit Katrin zusammenkommt. Er glaubt nicht, dass es klug ist, Marcel mit seiner Unentschlossenheit zu konfrontieren.

«Wie geht es Sophia überhaupt?», fragt er. «Und Julika?» Er schämt sich dafür, nicht wie ein normaler Erwachsener gleich zu Beginn diese Frage gestellt zu haben. Marcel nickt kauend.

«Okay», sagt er. «Heute relativ okay. Nur ändert sich das bei beiden schneller als das Wetter.» Marcel macht eine Pause und schaut eine ganze Weile an Thomas vorbei in den Raum. Das gedämpfte Reden der anderen und das Schlagen der Messer und Gabeln gegen das Porzellan der Teller wird laut.

«Aber es ist gut so. Das ist lebendig», sagt Marcel und richtet seinen Blick jetzt wieder auf Thomas.

45. Kapitel

Sophias rechter Arm ist eingeschlafen, aber sie ändert ihre Position nicht. Sie möchte noch eine Weile so liegen bleiben und die Schwere von Julikas Kopf spüren, der warm auf ihrem Bauch liegt und sich beim Atmen mithebt und -senkt. Julika ist noch so klein. Das ist Sophia gerade beim gemeinsamen Ansehen des ersten Harry-Potter-Films bewusst geworden. Die Zauberschülerinnen sind so süß und noch so kindlich, aber selbst die jüngsten von ihnen sind zwei Jahre älter als Julika. Der Film ist zwar ab sechs Jahren, aber für ihre Tochter eigentlich viel zu aufregend. Spätestens der Troll, der mit seiner riesigen Keule nach Hermine schlägt, hat Julika aufgewühlt. Wohl auch deshalb, weil er auf sie «gar nicht böse, sondern nur so dumm» wirkte. Später, als im nächtlichen Wald Voldemort in schwarzem Kapuzenumhang über einem ermordeten Einhorn kniet und dessen Blut trinkt, musste Julika wegsehen, und auch Sophia fand die Szene gruselig. Dabei ist ihr wieder der Traum aus der Nacht eingefallen: Sie steht allein auf einer großen Rasenfläche. Im Boden ist ein rechteckiges Loch ausgehoben. Sie tritt an den Rand des Grabes und schaut hinunter in der Erwartung, dass es ihr Grab ist. Aber dort unten liegt Julika in einem gläsernen Sarg und schaut zu ihr hoch. Sophia weiß, dass ihre Tochter noch lebt, der Blick ist nicht gebrochen, nur starr vor Schreck. Plötzlich steht Marcel neben ihr und drückt ihr eine Schaufel in die Hand. Bevor sie mit der fürchterlichen Arbeit beginnen kann, wacht sie auf.

Jetzt liegt sie hier mit Julika im Doppelbett im Hospiz. Der Laptop steht auf ihren unruhig gewordenen Beinen und summt leise.

«Komm, Schatz», sagt sie zu ihrer Tochter, «beweg dich mal.»

«Ich will nicht aufstehen», sagt Julika. Sophia streicht ihr mit der linken Hand über den Kopf. «Ich will für immer so liegen bleiben.»

«Ich auch», sagt Sophia. «Aber wir müssen jetzt beide tapfer sein wie Harry Potter.»

Julika denkt einen Moment nach, dann sagt sie: «Der hat seine Eltern wenigstens nie kennengelernt. Außerdem bin ich nicht wie der.»

«Wie wer bist du denn? Wie Hermine?»

«Quatsch. Wie Ron Weasley.»

«Stimmt, der interessiert sich besonders für Schokofrösche. Wie du.»

«Gibt es die wirklich?»

«Bestimmt.»

«Dann will ich so welche.»

«Okay, kommt auf die Liste. Bis dahin könnten wir mal in die Cafeteria gehen und nach einem Sonntagnachmittagskakao für dich gucken.»

Julika schafft es jetzt doch recht schnell aus dem Bett. Sophia räumt den Laptop zur Seite und steht ebenfalls auf. Kurz wird ihr schwindelig, und sie muss sich wieder setzen. Julika unterbricht das Zubinden ihrer Schuhe und sieht zu ihr her: «Mama? Wann genau stirbst du?»

«Das weiß ich nicht.»

«Sagst du es mir, wenn du es weißt?»

Sophia möchte etwas Beruhigendes sagen, aber sie hat in diesem Moment keinen Zugriff auf ihre Stimme.

«Weil», sagt Julika, ohne lange auf eine Antwort zu warten, «weil, wenn ich den Tag weiß, dann bleibe ich da liegen. Dann stehe ich nicht auf. Dann passiert das gar nicht.»

Sophia stellt sich eine Weggabelung vor. Ein Weg führt nach links, wenn sie ihn nimmt und dem Impuls nachgibt, jetzt selbst ein ratloses Kind zu sein, geht es Julika und ihr selbst danach schlechter. Der andere führt nach rechts, ist auf den ersten Blick unbequemer, erfordert mal wieder ein Zusammenreißen, kostet aber im Ganzen weniger Kraft. Diese Technik hat sie in den letzten Monaten immer wieder angewendet. Sophia atmet aus, versucht sich an einem anfangs etwas angestrengten Lächeln und sagt: «Das ist sehr schlau, Julimaus. Die Idee hat nur einen Haken.»

«Welchen denn?»

«Du müsstest dann für immer liegen bleiben.»

«Jaja», sagt Julika. «Papa meint auch: Das Leben geht weiter. Scheißleben.»

«Stimmt», sagt Sophia matt, «manches am Leben ist scheiße.»

«Warum ist das so?», fragt Julika und sieht ihre Mutter

ernst an. Sie wechselt mehr denn je in Sekundenschnelle von verspielt-verschmustem Kleinkind in eine Pubertätsvorstufe, in der sich bereits Trotz, Abnabelungsbestreben und Verstörung über das Wesen der Dinge erkennen lassen. Manchmal scheint sie zu verstehen, was das bedeuten könnte: Sterben, Tod. Dann wieder nicht. Warum soll es einem Kind anders gehen als Sophia selbst?

«Das ist keine wichtige Frage», sagt Sophia.

«Warum nicht?»

«Weil du darauf so wenig eine Antwort findest wie auf die Frage, warum es Möhren gibt.»

«Möhren gibt es für die Hasen, ist doch klar.»

«Die Hasen fragen aber nicht, warum es die Möhren gibt. Die essen sie einfach.»

«Soll ich jetzt das Leben essen, oder was?»

«Nee, natürlich nicht. Die wichtige Frage ist, wie du damit umgehst, wenn das Leben scheiße ist.»

«Mama?»

«Hmm.»

«Scheiße soll man nicht sagen.»

«Stimmt. Deswegen sage ich jetzt Kack… Kacka… Kakao!»

Julika lacht. Und Sophia lächelt, ohne dass es ihr noch Mühe bereitet.

46. Kapitel

Das Bistro des Sukhavati Zentrums für «Spiritual Care» wirkt wie aus dem Ausstellungsbereich eines Möbelhauses. Schicke Schalenstühle aus weißem, grauem und grünem Plastik stehen an quadratischen Tischen in nüchtern-nordischem Design. Das Bistro-Team hat sechs dieser Tische zusammengestellt und so eine Tafel für Sophia und ihre zwölf Gäste gebildet. Als Dekoration dienen kleine, flache Schalen mit Blumen und Teelichter in farbigen Gläsern. Noch mehr Blumen stehen auf zwei extra dafür bereitgestellten Tischen, denn was soll man einer Frau anderes zum Geburtstag schenken, die nur noch wenige Tage zu leben hat? Tatsächlich sieht Sophia aus, als sei sie bereits nicht mehr ganz von dieser Welt: ätherisch dünner Körper, ein wissendes Lächeln, schwarze Schatten unter den intensiv leuchtenden Augen.

Thomas findet sie auf eine märchenhafte Weise schön, wie sie da steht und huldvoll Blumenbouquets und Glückwünsche entgegennimmt. Er ahnt, dass diese kleine Feier seine Schwester viel Kraft kostet, und dass sie sehr wichtig ist für alle, die heute hier sind.

Thomas freut sich, Lorenz und seine Frau zu sehen. Er umarmt zuerst Bianca, die etwas viel Parfüm aufgetragen hat, dann seinen älteren Bruder. Thomas wundert sich, wie warm und angenehm die Umarmung ist. Er spürt, dass Lorenz aufgewühlt ist, weniger in sich verbacken als sonst. Natürlich macht er wieder seine üblichen Witzchen. Lorenz ist der Typ, der am Tresen einen dummen Spruch nach dem anderen heraushauen kann. Sein Repertoire ist über viele Jahre gewachsen und wird hin und wieder durch Improvisationen ergänzt. Auf die Witzeleien von Lorenz ist Verlass. Sie haben noch fast jede peinliche Stille und so ziemlich jedes tiefere Gespräch verhindert. Heute steigt er gleich ein, indem er Thomas kurz nach der Begrüßung fragt, ob Sukhavati tibetisch für Sugardaddy sei, wobei er den Kopf leicht in Richtung Marcel neigt. Thomas grinst und klopft seinem Bruder halb bestätigend, halb warnend auf die Schulter. Wieder einmal denkt er, dass Lorenz und Bianca in der Galerie von Marcel ziemlich aus dem Rahmen fallen würden. Ihre Frisuren, die Kleidung und Körpersprache sehen nun einmal nicht nach Grauburgunder, Mahlers Siebter und kultivierter Geschäftemacherei aus, sondern nach Bratwurst, AC / DC und Streit um den Kassenwartposten des örtlichen Tischtennisvereins. Sie haben sich in einem Milieu eingerichtet, in dem Thomas früher noch öfter zu Gast gewesen ist und das er in der letzten Zeit wieder mehr vermisst. Während er mit Bianca und Lorenz ein paar Neuigkeiten aus dem Hospiz gegen Neuigkeiten aus Bonn-Röttgen eintauscht, sieht er aus dem Augenwinkel, wie sich die Hövermanns seiner Schwester nähern. Einer Intuition folgend lässt er seinen Bruder stehen und postiert sich an Sophias Seite, die jetzt lächelnd einen Strauß Blumen aus der Hand ihrer Schwiegermutter entgegennimmt und sich artig bedankt.

«Isst du immer noch kein Fleisch?», fragt Frau Hövermann mehr vorwurfsvoll als besorgt. «Du bist ja nur noch Haut und Knochen.»

Sophia zieht die Brauen zusammen. Thomas legt seinen Arm um Frau Hövermanns Schulter und sagt mit allem Charme, den er aufbringen kann: «Wenn Sie mal Krebs haben, Frau Hövermann, dann machen Sie das besser. Wo ein Wille ist ...»

Dann erblickt er Katrin, die mit neuer Frisur in einem eleganten dunklen Kleid das Bistro betritt und sich umschaut. Er vergisst Frau Hövermann und versucht, sich zu sammeln. Obwohl er intensiv zu seiner Exfreundin herüberschaut, scheint sie ihn nicht wahrzunehmen. Eine Bistro-Kellnerin trägt ein Tablett mit Sektflöten vorbei, für Thomas ein wiederkehrendes Element all der bundesrepublikanischen Familienfeiern seines Lebens: Sekt pur, Sekt mit O-Saft und für die Kinder nur Orangensaft. Genau so eine Mischung findet sich auch jetzt auf dem Tablett, nur dass Thomas zum ersten Mal seit Jahren zum Orangensaft greift. Mit dem Glas in der Hand nähert er sich Katrin, lächelt und prostet ihr aus zwei Meter Abstand zu. Sie erwidert die Geste.

«Hallo Thomas», sagt sie. «Damit du es weißt: Ich bin zu null Prozent wegen dir hier.»

«Schon okay», sagt er. Katrin sieht gut aus. Er sucht in ihrem Gesicht nach dem Doppelkinnansatz und ist beruhigt, als er ihn aus einem bestimmten Blickwinkel wahrnimmt.

«Was ist?», fragt Katrin.

«Nichts.» Er macht eine Pause und sagt dann: «Es tut mir leid.»

«Was genau?»

Thomas schweigt. Er hat zu viel im Kopf, um einen klaren Gedanken zu formulieren. Vielleicht wäre es klüger gewesen, sich vorher etwas zurechtzulegen.

«Dass ich mich selbst zu wenig annehme», sagt er.

«Sei mir nicht böse», sagt Katrin, «aber ich glaube, das ist hier nicht der Rahmen.»

Thomas nickt. Sie sieht ihm noch einmal in die Augen, klopft ihm auf die Schulter wie er vor ein paar Minuten Lorenz und wendet sich dann Sibel zu, die zusammen mit Mia und zwei Studienfreundinnen von Sophia das Bistro betreten hat: Danja und Artur. Die beiden mochte Thomas schon immer. Danja sieht auch heute wieder scharf aus. Thomas vergleicht ihr Gesicht und ihre Figur mit der von Sibel und von Katrin. Bescheuert, aber lassen kann er es nicht. Seine Schwester hat Tischkärtchen gemacht. Sie sitzt in der Mitte der Tafel, rechts von sich Julika, links von sich Marcel. Thomas ist neben seinem Schwager platziert und befindet sich in einer bizarren Viererkonstellation: vis-à-vis zu Bianca, links von sich Lorenz, dem wiederum Katrin gegenübersitzt. Was hat Sophia sich dabei gedacht? Wenigstens sitzt Sibel ganz am anderen Ende des Tisches. Thomas macht sich auf einen langen unangenehmen Abend gefasst, erst recht, als ihm Marcel leise ins Ohr raunt, wie gut Katrin doch aussehe. Thomas stellt sich für einen Augenblick vor, er hätte heute Rabea an seiner Seite, eine groteske Vorstellung. Er fühlt sich wie ein Leichtgewicht, das von jedem Windhauch herumgepustet wird. Er wäre sich gerne sicher, dass er wieder mit Katrin zusammen sein will, dann hätte er ein Ziel, wenn auch ein vermutlich unerreichbares.

«Ich überlege, nach Hamburg zu ziehen», sagt er beim Vorspeisenteller zu Bianca und Lorenz, aber eigentlich zu Katrin.

«Schnauze voll von Berlin?», fragt Lorenz und holt zu einem kleinen Exkurs aus. Seine wilden Abenteuer in Berlin, wo er nie und nimmer leben möchte – «viel zu stressig».

«Für Zeitungen kannst du ja von überall schreiben», sagt Bianca in ihrer herzlichen Art, die Thomas im Stillen immer «patent» nennt, ohne genau zu wissen, was das heißt. Aber Bianca ist patent. Vielleicht hat er das Wort in Bezug auf die Frau seines Bruders von seiner Mutter übernommen, denkt Thomas jetzt und nickt seiner Schwägerin lächelnd zu.

«Ich will erst mal gar nicht viel schreiben. Ich sortiere mich erst mal ein bisschen. Und kann da auch mal auf Julika aufpassen.»

«Gute Idee», sagt Bianca freundlich. Thomas merkt, dass Katrin genau zugehört hat.

Das weitere Gespräch bestreiten sie mit ihren jeweiligen Eindrücken von Bad Saarow, dem Hospiz, ein paar Anekdoten über Sophia, und als das unangenehm zu werden droht, mit der Besprechung eines Romans, den außer Lorenz alle gelesen haben. Zwischendurch hält Marcel eine Rede. Man merkt ihm an, dass er bereits ein wenig betrunken ist, aber die Rede ist tadellos. Thomas fühlt sich nicht ein einziges Mal peinlich berührt. Er freut sich für Sophia, die viel lächelt heute Abend. Das Licht des Frühlingsabends fällt friedlich durch die große Fensterfront auf die Tafel und ihre Gäste. Leider kann man durch das Glas nicht auf den See gucken.

Später wird es emotional: Frau Hövermann verlässt eingeschnappt das Bistro. Ihr Ehemann folgt ihr wie ein dienstbarer Schatten. Offenbar hat der mittlerweile eindeutig betrunkene Marcel seiner Mutter gesagt, sie solle einfach mal die

Klappe halten. Julika weint. Ob wegen der Familienszene oder wegen etwas anderem ist jetzt nicht herauszufinden. Sibel, Danja und Artur tanzen mit der erschöpft wirkenden Sophia zu Musik aus einer Bluetoothbox und ignorieren Thomas. Er hat auch gar kein Interesse daran, sich dazuzugesellen. Stattdessen geht er raus, um eine zu rauchen, und sieht Katrin, die etwas abseits im Garten der Anlage steht und durch ein paar kahle Bäume auf den jetzt nach Einbruch der Dunkelheit kaum erkennbaren See blickt. Er stellt sich neben sie und zündet eine Zigarette an. Erst nach ein paar Zügen bemerkt er, dass Katrin weint.

«Wegen Sophia?», fragt er leise. Sie nickt.

Thomas wünscht sich, auch zu weinen, aber es geht halt nicht. Er weiß noch nicht einmal, ob er traurig ist.

«Ich fühle mich leider bloß dumpf», sagt er.

«Kann vorkommen», sagt Katrin, und er ist ihr dankbar.

47. Kapitel

Das Morphin fließt friedlich durch einen Perfusor in ihren Arm. Sie ist zu müde, um sich auf irgendeinen Gedanken länger konzentrieren zu können. Und durstig ist sie auch. Der Durst überlagert andere Empfindungen. Sie will sich noch einmal sammeln. Sie will noch einmal ganz bewusst sein, aber die Eindrücke aus der Außenwelt erscheinen jetzt meist verwaschen und sonderbar entfernt. Manchmal sieht sie ihren Bruder deutlich da auf der Bettkante sitzen, manchmal spürt sie seine Hand auf ihrer. Dann ist es wieder so, als ob sie träume. Worüber haben sie zuletzt gesprochen? Hat sie ihm von dem Gefühl in ihren Eingeweiden erzählt? Von dem Wunsch, noch einmal auf Toilette zu gehen? Seit Tagen kann sie nicht mehr richtig auf Toilette. Sie fühlt sich mit Scheiße vollgestopft. Selbst im Magen scheint sie zu sein.

Worüber haben sie zuletzt gesprochen? Über das Buch. Es wurde ihr von einer Pflegerin gleich zu Beginn in die Hand gedrückt. Sie solle es lesen, es werde ihr die Augen öffnen. Es ist ein buddhistisches Buch von irgendeinem großen tibetischen Meister, der auch dieses Hospiz … Es ist egal, was mit dem Meister ist. Was ist mit dem Buch? Es geht darin ums Sterben, den Tod, den Übergang in irgendeine Zwischenwelt. Es geht um das richtige Leben davor, das richtige Verhalten währenddessen und die richtige Haltung danach. Man muss irgendetwas verstehen und üben, um gut von einer Existenz in die andere zu gelangen. Richtig: Man soll die anhaftenden Gedanken und Gefühle ziehen lassen und sich beständig auf das Wissen fokussieren, dass das Wesentliche nicht vergänglich und das Vergängliche nicht wesentlich ist. Sie ist unsterblich. Sie weiß es nur noch nicht. Beim Lesen hat sie kurz gedacht, dass das eine tröstende und gute Idee ist. Aber warum muss man sich immer so viel Mühe geben, damit es einem gut gehen darf? Das Buch ist ihr viel zu streng. Wieder und wieder wird von den großartigen Eigenschaften all dieser erleuchteten Männer erzählt, die als Kinder in Klöstern zu ihrem eigenen Besten belehrt und geschlagen wurden. Ständig fühlt man sich beim Lesen klein und ungenügend, voller Anhaftung und weit weg von jeder Erleuchtung. Dabei haben sich womöglich nur Männer eine großartige Geschichte ausgedacht, weil sie die ganze Wirklichkeit kontrollieren wollen. Sie können den Tod nicht hinnehmen, sie müssen Sieger bleiben und von Karma, Wiedergeburten und einer endgültigen Erlösung aus dem Kreislauf erzählen. Vielleicht muss man ihnen dankbar sein, vielleicht muss man sie auch auslachen.

Sie ist müde. Sie ist es leid, sich anstrengen zu müssen, um geliebt oder endgültig erlöst zu werden. Gott soll einfach freundlich sein. Was ist das sonst für ein bescheuerter Gott? Es gibt ihn eh nicht, vielleicht doch. Egal. Bei den Buddhisten gibt es keinen Gott, sondern ein ewiges Bewusstsein, und wenn man immer mehr versteht und immer mehr loslässt, dann stellt man fest, dass man selbst dieses ewige Bewusstsein ist. Es gibt keine Grenzen. Die eigene Person ist nur eine vergängliche Illusion, die man loslassen soll. Sie will nicht loslassen. Sie spürt die Hand ihres Bruders. Er ist bei ihr. Als Kinder waren sie viel zusammen. Er war ihr bester Freund, ihr Seelengefährte. Manchmal dachte sie, sie sind eins, aufgespalten in ein Mädchen und einen Jungen. Sie erinnert sich, wie sie im Bett aus Decken eine Höhle gebaut haben. Als Proviant gab es Kekse. Das Wort «Proviant» hat es erst richtig gut gemacht. Es kam von Thomas. Thomas hat immer gute Ideen. Er konnte gut die Hexe spielen, das war sehr gruselig.

«Sophia?»

Sie hört seine Stimme. Er soll sich keine Sorgen machen. Sie kann es doch nicht ändern.

«Sophia?»

Sie drückt seine Hand und sagt: «Durst.»

Thomas befeuchtet ihr die Lippen mit einem Schwamm. Dann fühlt sie das Plastik der Schnabeltasse an den Zähnen, öffnet den Mund und trinkt. Das geht nicht gut. Vielleicht hat sie doch keinen Durst? Vielleicht verbrennen bloß ihre Organe? Sie fühlt sich wie ein schwer verwundetes Tier, das sich unter einen Busch zurückgezogen hat. Wo ist Julika? Die ist doch auch verwundet. Würde man von der verlangen, die richtige Geisteshaltung zu praktizieren oder ihre Sünden zu bekennen? Würde man der raten, sich nicht mit ihrem Ego zu identifizieren oder weiß der Geier? Wieso sagt man eigentlich: weiß der Geier? Muss sie Thomas noch etwas Wichtiges sagen? Gibt es noch etwas zu klären?

Sie hat «Kaltblütig» noch nicht zu Ende gelesen. Das wird sie jetzt nicht mehr schaffen. Es fehlen noch knapp 100 Seiten. Sie wird sterben, ohne zu wissen, was auf diesen 100 Seiten steht.

«Thomas», sagt sie und erschrickt über den Klang ihrer Stimme. Jetzt fällt ihr auch auf, dass ihr Atem rasselt. Ein krasses Geräusch. Ihr Bruder drückt ihre Hand fester, um zu zeigen, dass er sie gehört hat.

«Ich liebe dich», flüstert sie und muss lächeln.

«Ich dich auch», sagt er.

«Blöd, oder?»

«Was?»

Sie denkt nach. Sie hat vergessen, was sie sagen wollte. Das Schlucken fällt ihr schwer, und sie muss Thomas noch einmal bitten, ihr Wasser zu geben. Auch muss sie eigentlich aufs Klo, aber es wird nichts kommen. Vielleicht sollte sie doch noch mal nach einem Abführmittel fragen. Wird sie wirklich bald einfach weg sein? Ausgelöscht? Dann sind alle ausgelöscht: Julika, Thomas, Sibel, Danja, Marcel. Alle weg. Das ist doch irre. Das kann doch nicht sein. Sie bekommt Angst, aber etwas liegt weich und schwer auf der Angst wie eine Decke. Eine gedämpfte Angst ist das. Das, was sie erlebt, erleben alle Menschen. Manche natürlich nicht bewusst. Aber alle sterben. Total banal, völlig abgefahren. War sie gerade eingeschlafen gewesen? Hat sie ihr eigenes Atmen geweckt? Kurz ekelt sie sich vor diesem neuen Atemgeräusch. Aber dann verfliegt der Ekel auch schon wieder. Ihr Atem klingt jetzt eben so. Es ist anstrengend genug, überhaupt zu atmen. «Soll ich dir was vorlesen?», fragt Thomas.

Sie nickt.

«Brüderchen und Schwesterchen?»

Sie nickt wieder. Sie hört Thomas' Stimme und wird ruhig.

Er legt sich neben sie in das Doppelbett. Das ist gut. Das ist wie früher. Sie spürt seine Wärme. Sie hört seine Bruderstimme: «Brüderchen nahm sein Schwesterchen an der Hand und sprach: ‹Seit die Mutter tot ist, haben wir keine gute Stunde mehr; die Stiefmutter schlägt uns alle Tage, und wenn wir zu ihr kommen, stößt sie uns mit den Füßen fort. Die harten Brotkrusten, die übrig bleiben, sind unsere Speise, und dem Hündlein unter dem Tisch geht's besser: Dem wirft sie doch manchmal einen guten Bissen zu. Dass Gott erbarm, wenn das unsere Mutter wüsste! Komm, wir wollen miteinander in die weite Welt gehen.› Sie gingen den ganzen Tag über Wiesen, Felder und Steine, und wenn es regnete, sprach das Schwesterchen: ‹Gott und unsere Herzen, die weinen zusammen!› Abends kamen sie in einen großen Wald und waren so müde von Jammer, Hunger und dem langen Weg, dass sie sich in einen hohlen Baum setzten und einschliefen.»

Sophia wird müder und müder, aber sie will hören, wie es weitergeht. Ich bin das Reh, denkt sie. Ich bin gar nicht das Schwesterchen.

48. Kapitel

Thomas drückt seiner Schwester den Schwamm noch einmal auf den Mund, obwohl sie nicht darum gebeten hat. Er sieht, wie trocken ihre Lippen sind. Sein Blick fällt auf die Kanüle in ihrer Hand mit den langen, dünnen Fingern, die wie ein unbekanntes Meerestier auf dem weißen Spannbettlaken liegen. Es ist keine Stunde her, dass Thomas mit der vor Vitalität strotzenden Palliativmedizinerin in einem langen Flur gestanden und leise gesprochen hat. Unangefochten wandelt diese Frau durchs Hospiz, Herrin über Leben und Tod. Sie hat es ihm knapp und nicht allzu medizinisch erklärt: Wenn die Pupillen kaum noch auf Lichteinfall reagieren, wenn der Atem rasselt und sich das Blut in der Körpermitte zentralisiert, dann ist nicht mehr viel Zeit. Vielleicht ein paar Stunden, höchstens sehr wenige Tage. Jetzt wird die Morphindosis hochgefahren, die Schwester wird sehr bald sehr schläfrig sein, vielleicht auch nicht mehr ansprechbar. Wenn er noch etwas mit ihr bereden will, muss er es jetzt tun. Also hat er Marcel und Julika abgelöst, das Mädchen verweint und apathisch, Marcel ruhig und gefasst.

Thomas sitzt auf einem Stuhl neben dem Bett seiner Schwester und schlägt das Märchenbuch auf, das er gestern in Erinnerung an Kindertage aus einem Bücherregal hier im Hospiz geborgt hat. Er hätte gedacht, dass er das nicht kann, dass er den Anblick seiner Schwester nicht erträgt: ihr Gesicht eingefallen und graustichig, die Augen nicht mehr ganz gegenwärtig, der Körper unter den Laken ausgemergelt wie bei einem Christus am Kreuz. Er hätte gedacht, dass er weglaufen will. Aber das will er gar nicht. Er will genau hier sein. Es erschreckt ihn nicht, wie seine Schwester aussieht. Auch das kranke Röcheln ihres Atmens stößt ihn nicht ab. Nicht einmal die dumpfen Schmerzen, die seit Tagen in seinem Kopf an- und abschwellen, binden bei diesem Besuch seine Aufmerksamkeit. Thomas ist dankbar, dass er so empfinden kann. Wenigstens jetzt.

In den letzten Tagen wollte seine Schwester mehr reden als je zuvor. Und er wollte immer weniger reden. Seine Schwester fand es auf einmal interessant und wichtig, alles in Worte zu fassen. Er hingegen empfand plötzlich das Schweigen als wahrhaftiger, so als hätten sich ihre Rollen vertauscht. Sie haben über die letzten Dinge gesprochen: das Leben nach dem Tod, den Sinn des Ganzen, Gott. Sie beide sind als Säuglinge getauft worden, als Kinder in die Kirche gegangen, eine Weile sogar Messdiener gewesen. Sophia hat genau wie er als Kind gebetet und ernsthaft an Gott geglaubt. Auch als Jugendliche hat sie viel über ihn nachgedacht, genau wie Thomas. Im Laufe der Jahre ist das Interesse an Gott oder einem Leben nach dem Tod verblasst. Thomas erinnert sich daran, wie er am Totenbett seines Vaters stand und sich auf einen Schlag sicher war: Es gibt kein Leben danach.

Vielleicht ist Glauben so etwas wie eine Selbstverzauberung, und man muss sie regelmäßig praktizieren, damit sie funktioniert. Erst recht, wenn das ganze Umfeld die Zaubersprüche vergessen hat oder für unwirksam, albern und rückständig hält. Er hat mit seiner Schwester in den letzten Tagen mehrmals über die buddhistische Sicht auf das Leben und den Tod geredet. Sie hat über das Buch gesprochen, das von der Hospizleitung empfohlen wird. Sie hat immer wieder darin gelesen, anfangs interessiert, dann regelrecht ergriffen, schließlich genervt. Thomas weiß nicht, was er dazu sagen soll. Er findet den Buddhismus seit dem Studium sympathischer als das Christentum, aber vermutlich liegt das nur daran, dass er nicht mit ihm aufgewachsen ist. Er kennt ihn nicht als eine den Alltag bestimmende Erzählung, nur als abstrakte Lehre, und auch das nicht wirklich tiefgehend. Sophia hat gesagt, das Buch ist eine gigantische Männerphantasie voller Ansprüche, die letztlich nicht trösten, sondern überfordern, oder zumindest Trost und Überforderung untrennbar miteinander verquicken. Vielleicht hat sie recht. Noch nie wusste Thomas so wenig wie jetzt, was er glauben soll. Es kommt ihm anmaßend vor, jede religiöse Empfindung als Einbildung abzutun, und es kommt ihm anmaßend vor zu glauben. Wahrscheinlich ist er nur ein Tier mit einem abnorm windungsreichen Gehirn. Er wird das hier nicht begreifen. Das ist kein Rätsel, das zu lösen wäre. Alles, was er tun kann, ist, hier zu sein: in diesem schmucklosen Raum mit der Küchenzeile und der Fensterfront, die ihm plötzlich wie ein abstraktes Gemälde erscheint: unten das matte Blau des Sees, darüber die dunkelgrüne Front der Bäume am anderen Ufer, und schließlich der grau-drückende Abendhimmel: drei Farbflächen übereinander, wobei die graue fast zwei Drittel des Bildes einnimmt. Thomas fragt sich, ob er nun den kunsthistorischen Blick übernimmt, den er von seiner Schwester kennt, und ob sie in den letzten Tagen durch das Fenster etwas Ähnliches gesehen hat wie er jetzt: die Strukturierung der Wirklichkeit in Flächen, Formen, Farben. Er drückt die winterkalte Hand seiner Schwester.

«Thomas.» Sophias Stimme klingt dünn und matt. Vermutlich kostet das Sprechen sie Kraft. Er streicht ihr eine Haarsträhne aus dem klein wirkenden Gesicht.

«Ich liebe dich», sagt sie mit geschlossenen Augen, und es ist ihm nicht peinlich.

«Ich dich auch», erwidert er und hält ihre Hand fest.

«Blöd, oder?», sagt seine Schwester, und er fragt «Was?», obwohl er glaubt, zu wissen, was seine Schwester meint. Sie hätten es sich öfter sagen können, ohne es kitschig zu finden und sich zu schämen. Aber vielleicht ist das auch nur so eine negative Idee. Sie haben es sich doch gezeigt. Sie sind Mutter und Vater füreinander gewesen, so streng und nachlässig, so umsichtig und hilflos, wie Mütter und Väter nun einmal sind.

«Soll ich dir was vorlesen?», fragt er. Er zieht sich seine Schuhe aus und legt sich eng neben seine Schwester in das Bett. Während sich draußen der Himmel verdunkelt, blättert er in dem Märchenbuch die Geschichte von «Brüderchen und Schwesterchen» auf. Während des Vorlesens wird seine Stimme sicherer, und er geht mehr und mehr in dem vertrauten Märchen auf.

«Die böse Stiefmutter aber war eine Hexe und hatte genau gesehen, wie die beiden Kinder fortgegangen waren, war ihnen nachgeschlichen, heimlich, wie die Hexen schleichen, und hatte alle Brunnen im Walde verwünscht. Als sie nun ein Brünnlein fanden, das hell und klar über die Steine sprang, wollte das Brüderchen daraus trinken; aber das Schwesterchen hörte, wie es im Rauschen sprach: ‹Wer aus mir trinkt, wird ein Tiger, wer aus mir trinkt, wird ein Tiger.› Da rief das Schwesterchen: ‹Ich bitte dich, Brüderchen, trink nicht, sonst wirst du ein wildes Tier und zerreißt mich!› Das Brüderchen trank nicht, obgleich es großen Durst hatte, und sprach: ‹Ich will warten bis zur nächsten Quelle.› Als sie zum zweiten Brünnlein kamen, hörte das Schwesterchen, wie auch dieses sprach: ‹Wer aus mir trinkt, wird ein Wolf, wer aus mir trinkt, wird ein Wolf.› Da rief das Schwesterchen: ‹Brüderchen, ich bitte dich, trink nicht, sonst wirst du ein Wolf und frisst mich.› Das Brüderchen trank nicht und sprach: ‹Ich will warten, bis wir zur nächsten Quelle kommen, aber dann muss ich trinken, du magst sagen, was du willst. Mein Durst ist gar zu groß.› Und als sie zum dritten Brünnlein kamen, hörte das Schwesterlein, wie es im Rauschen sprach: ‹Wer aus mir trinkt, wird ein Reh, wer aus mir trinkt, wird ein Reh.›»

Thomas liest und liest. Die meiste Zeit vergisst er den Ort, an dem er sich befindet, dann wieder erlebt er ihn auf fast surreale Weise bewusst und fühlt seine Schwester ganz nah bei sich.

Er liest: «Was macht mein Kind? Was macht mein Reh? Nun komm ich noch zweimal und dann nimmermehr.»

Er liest, und es klingt wie eine Beschwörung: «Was macht mein Kind? Was macht mein Reh? Nun komm ich noch einmal und dann nimmermehr.»

Er liest und würde gerne noch lange so weiterlesen: «Was macht mein Kind? Was macht mein Reh? Nun komm ich noch diesmal und dann nimmermehr.»

Er blickt zu seiner Schwester. Ihr Atem hat ausgesetzt. Ihre Augen sind geschlossen. Er legt das Buch aus der Hand und drückt sich eng an sie. Als das Atmen plötzlich nach mehreren Sekunden der Stille wieder einsetzt, erschrickt er.

49. Kapitel

Sie sitzt mit ihrem Bruder in einer Höhle. Hier sind sie sicher. Der Vater hat den Bruder geschlagen. Sie muss ihn beschützen. Sie haben Paul, den Hasen, und Conny, das Mondschaf, bei sich. Das ist auch immer gut. Auf die ist Verlass. Man kann die abgeschlossene Badezimmertür mit einem Zehnpfennigstück öffnen. Das hat sie zuerst herausgefunden. Man steckt die Münze in den Schlitz und dreht von «rot» auf «grün». Sie warten auf der anderen Seite. Das sind ihre Leute. Sie erkennt die Gesichter nicht richtig, aber es sind ihre Leute. Blöd nur, dass der Fluss dazwischen breit und tief ist. Sie sitzt an einem Lagerfeuer. Der Junge mit den Locken spielt Gitarre und singt ein Lied nur für sie. Es ist ein sehr schönes Lied. Er singt es auf Englisch, und er hat es für sie geschrieben. Sie schaut zu den Sternen. So gerne hätte sie einen Hund gehabt. Jetzt fällt es ihr wieder ein. Wie konnte sie das vergessen? Der Weihnachtsbaum ist schön, sie durfte mitschmücken. Aber der Vater hat verschwommene Augen, eine Falte über der Nase und schreit so laut, dass sie sich die Ohren zuhält. Sie steht vor dem Spiegel und versucht, sich die Kontaktlinsen über die Augen zu legen. Marcel schaut zu ihr herüber, und sein Blick gilt ihr, er scheint sie wirklich zu erkennen. Sie hält Julika im Arm und kann nicht aufhören zu lächeln: ein kleines, verschmiertes Bündel mit zugekniffenen Augen. Die Cafeteria an der Uni ist nicht schick und nicht cool, aber ihr Lieblingsplatz. Dort sitzt sie am Fenster, trinkt Kaffee, schaut manchmal raus und manchmal in ein Buch mit Fotografien von Cindy Sherman. Es ist Frühling, und heute Abend gibt es eine Party. Sie wird mit dem Fahrrad hinfahren. Da kommen Danja und Sibel! Eben ist die Pflegerin mit einer Ärztin ins Zimmer gekommen. Sie stehen am Bett und schauen auf sie herunter. Die eine runzelt die Stirn, die andere spricht. Dann wenden sie sich dem Perfusor zu. Wo ist ihr Bruder? Gerade lag er noch hier. Julika ist so stolz auf ihre Einschulung. Sie hält die Schultüte wie einen Freund und wie das Zepter einer Königin. Im Bikini aus dem See stürzen, weil das Gewitter kommt, und danach die Klöße mit Sauerkraut im bayrischen Landgasthaus. Hier schmeckt ihr sogar Hefeweizen. Sie steht vor dem Bild «Die Bauernhochzeit» von Brueghel und muss weinen. Sie fühlt eine Verbundenheit über die Jahrhunderte. Der Urlaub auf Djerba ist ziemlich scheiße, aber dieser eine Morgen mit Marcel bei offenem Fenster auf dem großen weißen Doppelbett fällt ihr immer wieder ein. Sie möchte sehr gerne auf die andere Seite. Da sind die richtigen Leute, ihre liebsten Menschen stehen da und winken zu ihr und warten auf sie. Aber sie ist klein und trägt nur ein bodenlanges Hemd, und irgendetwas piept in ihrem Ohr. Da sieht sie sich liegen, in einem Bett in einem schmucklosen Zimmer. Aus dem Schilf kommt ein großes Tier. Sie hat keine Angst, aber Ehrfurcht, denn es ist ein wirklich großes Raubtier, ein Tiger. Er betrachtet sie ruhig aus seinen Augen, die sind wie aus geschliffenen Edelsteinen zusammengesetzt. Sie hält seinem Blick stand. Sie ist dünn und fast nackt. Das Hemdchen zählt ja kaum. Julika kann nicht bei Mensch ärgere Dich nicht verlieren. Warum spielt man trotzdem so oft Spiele, in denen es Gewinnerinnen und Verliererinnen gibt? Sie hat es bis in die erste Reihe geschafft, und Thom Yorke guckt sie an. Sie kreischt. Fuck, ist das geil. In dieser Winternacht ist es besonders still in dem Kloster. Sie denkt Gedanken, die sie so noch nie gedacht hat. Sie sitzt an einem kleinen Holztisch und schreibt in ein Buch und ist ganz erfüllt von sich selbst. Der Tiger geht gerade auf sie zu, nicht seitlich mit zu ihr gewendetem Haupt. Jetzt muss sie auch keine Angst mehr haben. Die Mutter weint, und Sophia weiß nicht, was sie tun soll. Später spielen sie zu zweit Rommé. Sie sitzt mit Thomas auf einer Bank an dem kleinen See. Es ist Sommer und im Nachthimmel verglühen Sternschnuppen. Sie fährt allein mit dem Auto von Danja zu dem Vorstellungsgespräch. Sie wird nicht genommen, und vielleicht ist das auch besser so. Die Menschen winken ihr. Sie sind zu weit weg, um sie erkennen zu können. Der Tiger kommt näher. Seine Schnurrhaare glänzen wunderschön im Sonnenlicht. Sie presst Julika ganz fest an sich. Mitten im Louvre stehen sie, und sie hat ihre Tochter wiedergefunden. Die Orangen an den Bäumen von Alaró erinnern sie an kleine Sonnen, wie Julika sie malt. Sie sitzt bei ihrem Vater auf dem Schoß und malt ein Bild. Er schaut freundlich darauf und riecht gut nach Rasierwasser. Gleich ist der Tiger bei ihr. Vielleicht wird er springen und sie mit seinen

Krallen umwerfen und dann in sie hineinbeißen. Es ist ihr egal. Sie fühlt sich leicht und frei. Sie schwebt ein Stück über dem Boden. Und so schwebt sie auf den Tiger zu. Der Tiger ist ganz stark und friedlich. Jetzt hat sie verstanden. Er ist gekommen, um sie zu holen. Sie schwingt auf seinen Rücken hinauf, krallt sich in sein Fell und drückt ihm mit den Oberschenkeln in die Flanken. Als ob das nötig wäre. Der Tiger weiß sowieso, was zu tun ist. Er nimmt Anlauf, springt, und dann fliegen sie zusammen durch die Luft, über den Fluss und auf die andere Seite, wo ihre Leute stehen und im Gegenlicht der Abendsonne auf sie warten.

50. Kapitel

Thomas wird durch den harfenartigen Klingelton seines Smartphones geweckt. Er sieht aufs Display, dann nimmt er an und hört Marcels sonderbar dünne Stimme: «Es ist so weit. Kommst du?»

Thomas steht auf, wäscht sich das Gesicht und zieht sich an, alles zügig und ohne nachzudenken. Erst auf dem Weg vom Hotel zum See und von dort am Ufer entlang entfalten sich Gedanken, die zwischen pragmatischen Erwägungen und Erinnerungen an die Tode seines Vaters und seiner Mutter hin- und herpendeln. Er erinnert sich an etwas, das ihm Sophia vor Jahren einmal erzählt hat: Der Vater lag sterbenskrank im Krankenhausbett, die Mutter saß bei ihm. Ob auch Sophia dabei gewesen ist, weiß Thomas nicht. Zumindest soll der Vater mit schwindender Kraft seine Frau gefragt haben, ob sie ihn lieb habe. Und sie sagte *Ja*. Und er fragte ängstlich: *Warum kann ich es dann nicht fühlen?* Die Antwort der Mutter darauf ist nicht überliefert. Thomas denkt an einen seiner letzten Besuche am Sterbebett seiner Mutter, an ihr «Ich habe dich sehr lieb», das er auch nicht fühlen konnte. Bis heute weiß er nicht, ob es an ihm, an der Mutter oder an ihnen beiden lag. Vermutlich sollte man einen solchen Moment auch nicht überbewerten. Die Gefühle der Zuneigung sind immer in Bewegung, schlagen ins Gegenteil um, verharren in Stumpfheit und wagen sich dann wieder zaghaft hervor, zumindest bei ihm. Sein Vertrauen ist zu gestört, um eine stabile Nähe dauerhaft erleben zu können. Er beobachtet sich und seine freundlichen Gefühle meist viel zu sehr, als dass sie sich ungehindert entfalten könnten. Das ist traurig. Dann fällt ihm ein, wie er vorgestern am Abend bei Sophia im Bett lag und ihr vorgelesen hat. Ein warmes Gefühl breitet sich in seiner Brust aus. Er überlegt gerade, ob es selbstverliebt ist, dass er darauf stolz ist, als ihn ein paar Enten aus seinen Gedanken schnattern.

Es ist früher Morgen, und außer einem Jogger und einer alten, gebückten Frau mit dickem schwarzem Hund ist niemand unterwegs. Das Licht ist fahl, fast unwirklich, Dunst zieht über den See. Im Hospiz am Ufer schräg gegenüber scheinen ein paar heimelige Lichter aus den Fenstern.

Thomas fühlt sich wach, als er den buddhistischen Tempel des Todes erreicht. Ein junger Pfleger geleitet ihn in den ersten Stock und den langen Flur hinab. An den Wänden stehen ein paar moderne schwarze Elektro-Rollstühle. Der Pfleger, der aussieht, als ginge er in seiner Freizeit zu Rammstein-Konzerten, zeigt auf eine Tür: «Dahinter sind der Mann und die Tochter. Wollen Sie erst da rein, oder erst zu Ihrer Schwester.»

«Zu meiner Schwester», sagt Thomas. Wenige Sekunden später betritt er das Zimmer, in dem Sophias Körper liegt. Der Pfleger zieht die Vorhänge auseinander, dann tritt er pietätvoll zur Seite. Thomas sieht in das Gesicht, das als wächsern-graue Maske auf dem Kopfkissen liegt. Die Augen sind zu. Die Wimpern schließen sich friedlich ineinander. Die Lippen sind eingefallen und blass. Das ist Sophia, und es ist nicht Sophia, es ist bereits eine Erinnerung an sie. Thomas küsst die Stirn der Toten und berührt ein letztes Mal ihre Hand. Sie tut ihm leid, weil sie ihm so alleine vorkommt, was gibt es Einsameres als eine Tote? Er erhebt sich, nickt dem Pfleger zu, und geht in das Zimmer, in dem Marcel und Julika sind. Es handelt sich um einen kleinen Meditationsraum mit großer Buddhastatue und vielen bunten Wimpeln und Tüchern. Julika liegt auf dem Boden und weint verzweifelt, Marcel, der bei ihr kniet und ihren Kopf streicht, schaut blass und erschöpft zu Thomas hoch. Sein Blick scheint zu sagen: *War vielleicht doch keine gute Idee, Julika zu ihrer toten Mutter zu lassen*. Thomas setzt sich neben die beiden auf die Matten, die einen Teil des Bodens bedecken. Julika heult zwischendurch auf wie in großen körperlichen Schmerzen. Sie windet ihren kleinen Körper und schreit, dann wimmert sie wieder fast reglos. Thomas hat noch nie ein Kind in solchem Leid gesehen. Er weiß, dass sich die Erinnerung daran in ihn eingraben wird.

Später sitzen sie zu dritt am Ende eines Steges, der wie ein T in den See führt. Julika ist in eine Decke gewickelt, Marcel hat zwei Pappbecher mit Kaffee für sich und Thomas geholt. Julikas Kopf liegt auf Thomas' rechtem Oberschenkel, erschöpft und voller Vertrauen. Thomas spürt die Tränenspur, die seine Wange hinunterrinnt. Die Sonne scheint. Das Wasser plätschert leise gegen das Ufer, zieht sich zurück, schwappt aufs Neue gegen Steine und Steg. Im See spiegeln sich die Wolken: weiß-grau und zerrupft, flüchtig und schön.

Quellennachweise

S. 274 f. Brüder Grimm: Kinder und Hausmärchen. Mit vielen Bildern von J. Grabianski. Verlag Carl Ueberreuter, Wien und Heidelberg 1964

Danksagung

Für Informationen und Inspirationen möchte ich vor allem Markus Lang, Jochen Metzger und Joscha von Rappard danken. Mein Dank gilt außerdem dem Sukhavati Zentrum in Bad Saarow, dem Friedensmuseum in Remagen, der Sütterlinstube Hamburg und dem Bundesarchiv in Berlin. Frank Schliedermann und Christoph Roth danke ich für aufmerksame Erstlektüren. Und auch Marcus Gärtner, Regina Steinicke sowie die Mitglieder der «total seriösen Schreibgruppe» haben das eine oder andere Getränk bei mir gut.

Mein größter Dank gilt meiner Frau für umfassendes Interesse und Verständnis und meiner Familie, vor allem meiner Mutter, die nicht müde wurde, mir Auskunft über die Vergangenheit zu geben.

Widmen möchte ich das Buch meinem Neffen Lukas.

Die Rowohlt Verlage haben sich zu einer nachhaltigen Buchproduktion verpflichtet. Gemeinsam mit unseren Partnern und Lieferanten setzen wir uns für eine klimaneutrale Buchproduktion ein, die den Erwerb von Klimazertifikaten zur Kompensation des CO_2-Ausstoßes einschließt.
www.klimaneutralerverlag.de

FSC
www.fsc.org
MIX
Papier aus verantwortungsvollen Quellen
FSC® C083411